養蜂家と蜜薬師の花嫁
上
江本マシメサ
Illustration 笹原亜美

イヴァン
マクシミリニャン

アニャ
ヴィーテス

ミハル
ツィリル

養蜂家と蜜薬師の花嫁 上

江本マシメサ
Illustration　笹原亜美

新紀元社

CONTENTS

第一章　養蜂家の青年は、今日も蜜蜂のようにあくせく働く

知っているだろうか、蜜蜂《みつばち》が一生のうちに集める蜂蜜の量を。

多くの蜜蜂の寿命は一ヶ月程度。その間、たったティースプーン一杯分にも満たない蜜しか集められない。儚《はかな》い人生だ。

俺たち養蜂家《ようほうか》はそんな蜜蜂から蜂蜜を得て、日々の生計を立てている。

✣　✣　✣

オクルス湖のほとりにある花畑養蜂園――ここではイェゼロ家が代々蜂蜜を得るために花を育て、蜜蜂の世話をしながら暮らしていた。養蜂園には十三の区切られた花畑がある。イェゼロ家の十三人の息子がそれぞれ管理し、蜂蜜を得ていた。十四番目の子どもとして生まれた〝イヴァン〟と名付けられた俺は、継ぐべき花畑がなかった。だから毎日兄たちの手伝いをしている。そう言えば聞こえはいいが、実際は馬車馬のごとく働かされているのが現実だ。

「おい、イヴァン！　巣箱近くにスズメバチがいたらしいから、退治しておけよ」

「俺のところは、柵が壊れてしまっている。修理しておけ」

「イヴァン、花の種の用意を頼む」

十三人の兄は結婚し、それぞれ子どももいる。一番上の兄とは二十歳離れているので、年上の姪《めい》

もいるのだ。人を雇わなくても、働き手は十分いる。だから兄たちは働かず、朝から酒を飲んだり、賭けカードをしたり、遊びたい放題である。

同じように遊んで暮らしていた父を見て育ったので、無理はないのかもしれない。

そんな父は十年前に母と喧嘩して家を追い出され、馬車にはねられて死んだ。

けれど一家の主が死んでも、この家はなんら問題なかった。

働いているのは、母に従う女性陣だから。イェゼロ家は蜜蜂社会と同じなのだ。女王蜂たる母がいて、下に従う女たちが働き蜂のようにあくせく働き、男は子作りのためだけに存在して、あとは働かずにのほほんとしていた。種の繁栄のためだけに存在する雄蜂は、用なしと判断されたら働き蜂に容赦なく追い出される。イェゼロ家の男たちも同じだろう。用なしと判断されたら、父のように家を追い出される。住み処《か》を失ったら、あとは死ぬしかない。

兄たちはきっとわかっていない。自分たちが女性陣に、〝生かされている〟ということに。偉ぶって、驕《おご》って、女たちを支配していると勘違いし、自由気ままに暮らしている。

いつかしっぺ返しを受けるに違いない。

俺は用なしと判断されないように、毎日あくせく働く。給料なんてものはない。けれど、それでもこの家で居場所を得るには働くしかないのだ。今年で二十歳になったが、当然、結婚相手なんて見つからない。財産もない男に嫁ぐ物好きは、世界中どこを探してもいないのだろう。

かつて、この地は他国の支配下にあった。オクルス湖周辺は王族の保養地として愛され、その昔は、王族とすれ違うなんてことも珍しくなかったらしい。

オクルス湖の中心には島が一つ浮かんでおり、教会がポツンと建っている。山頂から見たら瞳のように見えるので、オクルス湖は〝山々の瞳〟とも呼ばれていた。花畑養蜂園がある土地は平地であるものの、周辺は山に囲まれている。郊外にあるこの地では、豊富な湖水と豊かな自然が、おいしい蜂蜜をもたらしてくれるのだ。

ただ、何もしないで、たくさんの蜂蜜を得られるわけではない。人が手を加えて、蜜蜂を世話しなければいけないのだ。

もうすぐ春になる。越冬した蜜蜂が、活動的になるシーズンである。蜜蜂の動きに注目し、より快適な巣箱になるように助けてやらなければならない。

花畑養蜂園では、いたる所に養蜂小屋が建てられている。箪笥《たんす》のように中が区切られていて、そこに出入りする蜜蜂が花の種類ごとに蜜を集めてくるのだ。巣の出入り口となる蓋には、精緻《せいち》な彫刻が施されている。田園風景だったり、湖の様子だったり。町の芸術家に作らせているらしい。これらは蜂蜜の種類を見分けるものであり、養蜂家は豊かな生活をしていると自慢するものでもあるようだ。

兄たちに頼まれていた仕事を終えると、今度は母や義姉《あね》、年上の姪が次々と仕事を命じてくる。それをこなすだけで、昼の鐘が鳴り響いた。昼食はバタバタしていて、もらいそこねてしまった。魚でも昼食にしようとオクルス湖に釣りに行こうとしたそのとき、声をかけられる。

「あの、イヴァンさん」

振り返った先にいたのは、ブルネットの髪の美女ロマナ。双子の兄、サシャの妻だ。五年前、収穫祭で身売りをしようとしていたところを保護し、住み込みで働かせることにした。刷り込みされた雛《ひな》のように俺について回っていたが、結婚したのは兄だった。それはまあ、しかたがないだろう。継ぐべき花畑を持たない男のもとに嫁いでくる物好きなんて、いないだろうから。

「ロマナ、何？」

これを、と差し出されたのは魚を挟んだ練りパイ。わざわざ持ってきてくれたのだろう。

「ありがとう」

「あの、イヴァンさん、湖のほとりで、一緒に食べない？」

「それはダメでしょう。ロマナは、サシャの妻だから」

他の兄弟の妻とふたりきりで過ごすのは、禁じられている。だが、ロマナはサシャと結婚したのに、結婚前のように俺と過ごしたがる。結婚しても仲良くだなんて、都合のいい話はない。ロマナと仲良くした結果、サシャに喧嘩を売られても困る。だから、可哀想だけれど断った。

今日もひとり、青空の下で昼食を食べる。

午後からは、母に頼まれていた雄蜂の確認作業を行わなければ。

「おーい、イヴァン!!」

元気よく走ってやってきたのは、町に住む幼なじみのミハル。彼は雑貨商の息子で、幼い頃からイェゼロ家に出入りしている。

「ミハル、今日も、配達に来たの？」

「ああ。お前の兄さんの酒とつまみを三箱も持ってきたぞ」

蜂蜜を売って得た金も、兄たちが湯水のごとく使ってしまうのだ。だが、いつものことなので何か思う心はすでに死んでいる。ミハルは「おまけだ」と言い、干物の端っこを集めた包みをくれた。

「イヴァン、また、痩せたんじゃないのか？」

食いっぱぐれるのは、日常茶飯事。実の母親でさえ、気にしない。けれど唯一、ミハルやミハルの家族は俺の状況を心配し、食べ物をくれるのだ。

「最近は、ロマナがお昼をくれるし」

「お前、それ、大丈夫なのか？」

「何が？」

「何がって、ロマナはサシャの妻だろう？」

「そうだけど」

ロマナはサシャと結婚して、家の炊事を担当することになった。そのため、こっそり食事を分けておいて、あとで届けてくれるのである。結婚前はよく食いっぱぐれていた彼女に俺が食事をあげていたので、その恩返しのつもりなのだろう。

「あんまり親しくしていると、誤解される」

「それは大丈夫。さっきも、追い返したし」

「だったら、いいけどよ」

サシャは独占欲が人一倍強いので、ロマナが俺と仲良くしていると面白くないだろう。だから、なるべく関わらないようにしている。

「それはそうと、例の件を考えてくれたか？」

「例の件？」

「忘れるなよ！　お前と家《うち》の、養子縁組みの件だよ！」

「ああ」

ミハルの家族は変わり者で、俺を気に入ってくれている。信じがたいことに、養子縁組みをしたいと申し出てくれたのだ。

「ありがたい話だけれど、俺は、この仕事が好きだから」

「あー、やっぱり、お前と蜜蜂は、切っても切り離せないかー」

物心ついたときから、蜜蜂と共に在った。今更、離ればなれの人生なんて考えられない。

イェゼロ家に蜂蜜をもたらしてくれるのは、腹部に灰色熊のような毛を持つ、カーニオランと呼ばれる蜜蜂。彼らは温厚で、真面目。せっせと花蜜を集めてくれる。太陽の光を浴びると、カーニオランが持つ灰色の毛はやわらかく光るのだ。そんな蜜蜂を、親しみを込めて〝灰色熊のカーニオラン〟と呼んでいた。俺はそんな蜜蜂に、人一倍の愛着を抱いている。

ミハルは草むらにゴロリと転がり、目を細めながら青空を見上げて続ける。

「イヴァン、お前さ、このままだと、働き過ぎて早死にしてしまうぞ」

「大丈夫だよ。うちに優秀な女王蜂がいる限り、死にはしない」

兄たちは酷い扱いをするが、母がたしなめてくれている。状況はまだ最悪ではない。

「お袋さんが死んだあとは、どうするんだよ」

「一応、独立は考えているよ」

週に一度の休日に、ミハルのお祖父《じい》さんの趣味である漁に付き合っていた。釣りの名手で、毎回大量の魚を釣って帰るのだ。そのあと、釣った魚を捌《さば》いて町に売りに行く。そのさい、売り上げの二割を報酬として渡してくれるのだ。その金をコツコツ貯めている。いつか独立して、自分だけの養蜂園を開くのが夢だ。

「祖父ちゃん、イヴァンを養子として引き取ったら、漁師になるとか言っているぜ」

「週に一回だけだから、楽しいんだよ」

特にミハルの祖父は、俺を気に入ってくれている。オクルス湖のほとりにある小屋を、譲ってくれたくらいだ。

「あーあ。俺たち家族は、選ばれなかったか。蜜蜂さえいなかったら――ぶわっ!!」

ミハルの顔面目がけ、蜂が飛んできた。ぶぶぶ、と音を立てながら、ミハルの顔にまとわりついている。手で乱暴に払おうとしているところを制止した。

「待ってミハル。動かないで」

飛び回る蜂を、素手で捕まえる。

「うわっと！」

「もう大丈夫」

ミハルは飛び起き、安堵の息を吐いた。

「イヴァン、ありがとう」

「いえいえ」

手に蜂を握ったままだったので、ミハルはぎょっとする。

「お、おい。蜂を握って、大丈夫なのかよ」

「平気。これは雄蜂だから、針は持っていないんだ」

「え、そうなのか!?　でも、蜜蜂の針は、通常は体内にあるんだよな？　どうして見た目だけで雄蜂だとわかったんだ？」

「雄蜂は働き蜂より、体が大きいからね」

「あー、なるほど」

手を開くと雄蜂は勢いよくはばたき、礼を言うように頭上を飛び回ったあといなくなった。

「しかし、なんで、雄蜂には針がないんだ？」

「何もしないから。蜜蜂の雄の存在意義は子孫繁栄のみで、あとは巣でぐうたら過ごすんだよ」

「えー、なんだそれ！　お前のところの、兄さんみたいじゃん！」

ミハルの容赦ない指摘に、思わず笑ってしまった。


あっという間に一日が終わる。疲れた体を引きずるように、家路についた。

イェゼロ家は家長である母ベルタをはじめに、親から孫世代まで大家族がともに暮らしている。

母屋の他に離れが六つあるが、まだまだ増える予定だ。俺個人の部屋なんてあるわけがなく、母屋の屋根裏部屋を改造して使っていたが、それも甥《おい》や姪に占領されてしまった。

恐ろしいかな、兄の妻だけで十三人、甥と姪だけで、二十三人もいるのだ。

くたくたに疲れて帰ってくると、元気いっぱいの甥と姪が遊んでと集まってくる。まともに相手にしていると、夕食も食いっぱぐれてしまう。

訪れる夜にうんざりする。子どもの夜泣きや、走り回って遊ぶ物音や声で眠るどころではないから。それだけならばまだかわいいと許せるのだが、兄夫婦たちの夫婦の営みが聞こえてきた日には死にたいと思った。

双子の兄サシャは去年結婚したばかり。周囲は子どもの誕生を、今か今かと楽しみにしている。二十三人も子どもがいるのに正気かよ。なんて率直な感想が浮かぶが、口にできるわけもなく。新婚夫婦の奮闘を、頑張れ頑張れと応援もできないでいた。

新しい離れの完成なんて待てやしない。そう思っていた矢先、ミハルのお祖父さんからオクルス湖のほとりにある小屋を譲って貰った。それ以来、夜中に家を抜け出し、小屋で眠る毎日を過ごしている。夕食を食いっぱぐれたら湖で魚を釣って食べたらいい。ミハルのお祖父さんのおかげで、なんとか暮らしていた。

今日も今日とて、俺の分の夕食なんて影も形もなかった。家族が大勢いたら、誰が食べたとか食べていないとか、確認するのは不可能なのだろう。ロマナもサシャに部屋に呼び出されていたようなので、顔を合わせる暇もなく。きっと今頃、部屋でよろしくやっているのだろう。

腹がぐーっと鳴った。ひとまず、釣りをして夕食を調達しなくてはならない。オクルス湖には、魚がたくさんいる。おかげで飢えることはない。ありがたい話である。

明かりは満天の星と月。それから、手元にある小さなランタンの炎だけ。

水面に月光が照らす島の教会が映っている。世にも美しい光景を、独り占めだ。

と、優雅に湖を眺めている場合ではない。腹の虫は、一秒たりとも待ってくれなかった。今も、ぐーぐーと空腹を訴えている。

土を掘ってミミズを餌にし、釣り糸を放った。全神経を釣り竿に集中し、しばし待つ。すると、グググッと糸を引く力を感じた。ひときわ強い力を感じた瞬間、竿を思いっきり引いた。大きな背びれを持った、縞模様の魚が釣れた。一匹だけでは、満腹にはならない。

粘ること一時間、十二匹の魚が釣れる。なかなかの釣果だろう。一気に食べきれる量ではないので、残りは朝食にしよう。

腹からナイフを入れて腸《わた》を抜き、塩を振って串焼きにする。

パチパチ、パチパチパチと焚き火が音を立てる。風が強く吹くと、火を含んだ灰が舞った。

春が訪れようとしているが、夜は冬のように寒い。ウサギの毛皮を繋げて作った毛布を、肩にかける。魚の焼き加減は、あと少しだろうか。香ばしい匂いを漂わせていた。

「……ん？」

人の気配を感じた。目を凝らしても、暗闇なので何も見えない。

だんだんと、姿がはっきりしてくる。見上げるほどの大男が、体を引きずるようにしてやってきた。年頃は四十前後か。一番上の兄と、同じくらいだろう。短く刈った髪に、彫りの深い顔、髭はのびっぱなしだった。腕や太腿《ふともも》は丸太のように太く、全体的にガッシリとした体つきである。軍人かと思ったが、服装は着古した外套《がいとう》にズボンという、一般市民そのものだった。

男は焚き火の前でがっくりうな垂れると、呟《つぶや》くように言う。

「は、腹が、減った！」

男の主張を聞き、はてさてどうしたものかと思う。

男は、火で炙《あぶ》られたほどよい焼き加減の魚と、俺を交互に見ている。瞳が潤んでいた。仕方がないとため息をつき、一本の魚の串を手に取った。脂が焚き火に滴り落ち、ジュッと音を立てている。

「食べたら？」

「よ、よいのか？」

「いいよ。小骨があるから、気を付けて」

「助かった。恩に着る‼」

男はそう言い、魚の串を受け取った。豪快に頭からかぶりつく。バリバリと音を立てながら、魚を食べている。骨も皮もすべて食べていた。最後はきれいに串だけが残る。

あまりの気持ちいい食べっぷりに、思わず二本目の串を差し出した。

かたじけない、と言って、再びバリボリと食べ始めた。

結局、男は五本の魚の串を平らげた。野草を乾燥させて作った茶も、三杯も飲み干す。

「本当に、助かった。これは、ほんの礼である」

差し出されたのは、蜂蜜が入った瓶であった。思わず、ランタンを持ち上げて蜂蜜を見る。普段見る蜂蜜と、色合いが異なっていた。褐色と言えばいいのか、全体に赤みがかかっている。

「これは？」

「樅《もみ》の木の、蜂蜜である」

「え、樅って、蜜が豊富な花なんか咲いていたっけ？」

「正確に言えば、樹液を吸ったアブラムシが出した甘い蜜を、蜜蜂が集めて作るものである」

「アブラムシから採れた、蜂蜜⁉」

初めて見て、聞いた蜂蜜に、俄然興味がそそられる。

「これ、味見をしてもいい？」

「それは、そなたにあげた品だ。好きなように、食すとよい」

「ありがとう」

きつく閉めてあった蓋を開き、先端の樹皮を削いだ木の枝で蜂蜜を掬《すく》う。バターかと思うほどねっとりしていて、ほのかに森の中にいるような香りを感じる。口に含むと、熱した砂糖のような香ばしさと品のある甘みを感じた。

「すごい……！　こんな蜂蜜があるなんて」

「うまいであろう？　我が家、自慢の蜂蜜だ」

「おじさん、養蜂家なんだ」

「ああ。我らは、森の木々や花からの蜂蜜で、生計を立てているのだ」

花を育て蜂蜜を採るイェゼロ家の養蜂とは異なり、男は森にある木々や花から蜜を得て養蜂をしているようだ。同じ養蜂でもまったく異なる。いったい、どういう作業を経て蜂蜜を得ているのか、興味がそそられる。男が名乗った。

「我は、ヴェーテル湖周辺の山で暮らす、マクシミリニャン・フリバエである」

「マクシミリニャン……」

なかなか、聞き慣れない珍しい名前だ。思わず復唱してしまった。

ヴェーテル湖というのは、ここから馬車で一時間ほど離れている、のどかで美しい秘境と呼ばれている。ヴェーテル湖はオクルス湖より三倍も大きな湖で、この辺りよりも豊かな自然が広がっている土地にある。マクシミリニャンと名乗った男は、どこか古めかしい喋《しゃべ》りで、浮き世離れをしているように見えた。秘境育ちなのも頷《うなず》ける。

「俺は、イェゼロ家のイヴァン。すぐ近くにある、花畑養蜂園で蜂蜜を採っている」

「ぬ！　そうであったか！」

なんとなく、野草茶に入れようとしていた蜂蜜を、マクシミリニャンに差し出した。

「これ、蕎麦《アイダ》の花の蜂蜜」

花畑養蜂園の端のほうに畑もある。そこで家族で消費する蕎麦を育てつつ、蜜蜂に蜂蜜を作ってもらっているのだ。

マクシミリニャンはくんくんと瓶の蜂蜜をかぎ、匙《さじ》で掬ったものを口に含んだ。

「こ、これは、なんて〝濃い〟のか！」

「ちょっと、クセがあるけれど」

「いいや、我は気にならぬ。非常に美味なる蜂蜜よ。イヴァン殿は、このような蜂蜜を得ているのだな」

「まあ、そうだね」

急に、マクシミリニャンは居住まいを正した。すっと背筋を伸ばした状態で、ジッと俺を見つめていた。何を言い出すのか。少し構えてしまう。

そんな状況で、独身かと問われる。頷くと、マクシミリニャンはとんでもない願いを口にした。

「イヴァン殿、どうか我が娘アニャと、結婚してほしい」

突然の懇願に目が点になった。

どんな反応をしていいものか迷ったが、素直な感想をそのまま伝えてみる。

「なんで、俺？」

「見ず知らずの我に、親切にしてくれた。それに、このようにすばらしい蜂蜜を得る男ならば、間違いなく、娘を任せても問題ないゆえに」

マクシミリニャンは震える声で、娘について語り始める。

「アニャは今年で十九になるものの、結婚相手が見つからないのである」

この辺りでは十六歳までにはだいたい結婚している。多くは父親が結婚相手を探し、話をまとめてくるのだ。そんな慣習があるので、十九ともなれば結婚適齢期をすぎている。ロマナのように、両親がいない娘は仕方がない話ではあるが。何か絶大な問題を抱えているのだろう。間違いない。

「これが、アニャの作った花帯である」

花帯――それは女性が日々、服に巻き付ける美しい刺繍が施された帯である。父親は結婚相手を探すさい、娘の能力を示すために、手作りの帯を見せて回る。マクシミリニャンの娘アニャは、すばらしい腕前だった。艶《あで》やかなプリムラの花々が、色鮮やかに刺されている。これほどの腕前の娘は、町を探しても滅多にいないだろう。見せた瞬間、花嫁にしたいと言いだす男が出てくるはずだ。

「どうであろうか？」

「素晴らしい腕前だね」

「だったら――――！」

首を横に振る。結婚はできないと、はっきり示した。

「な、なにゆえなのか⁉　もしや、好いた相手がいるというのか？」

「違う」

「だったら、頼む‼」

マクシミリニャンは地面に額をつけ、これでもかと懇願してきた。思わずため息をつく。自分について語るのは、おそろしく億劫《おっくう》だ。しかし説明しなければ、ここで平伏を続けるだろう。

「俺は、継ぐべき花畑がない、財産なしの男なんだ。だから、結婚しても、養えない」

マクシミリニャンは顔を上げ、ポカンとした表情でこちらを見つめる。

「何？」

「いや、我は婿を探しているのだ。だから別に、問題ない。むしろ好都合である」

娘を嫁がせるのではなく、俺自身に婿にきてほしいと望んでいると。

そこで合点がいく。

この辺りでは通常、結婚するさいは女性が男性の家に入る。これが絶対条件だ。家業のある家では、結婚して夫の家に入った女性も働き手となる。それゆえ、婿にと望んでも断られる場合がほとんどだろう。これほどの刺繍の腕前を持ちながら結婚相手が見つからないのは謎だったが、ようやく納得できた。

「では、今から、ご両親に挨拶を――」

「待って、待って。結婚しないから！」

マクシミリニャンは、理解しがたいという目でこちらを見つめてくる。婿として迎え入れてくれるのは好都合だ。しかし、だからといって結婚するわけにはいかない。

「この地には、大事な蜜蜂たちがいるから」

「ぬう！」

マクシミリニャンは悔しそうに唸《うな》る。どうにか頼むと言うが、首を横に振るしかない。蜜蜂も大事だが、俺がいなくなったら家族が、というか女性陣が困るだろう。

皆を見捨てて、結婚するわけにはいかないのだ。

「娘さんは婿を望んでいたから、結婚が遅くなったの？」

「いいや、そうではない」

マクシミリニャンの娘アニャは、婿を取る以前に問題があるらしい。

「アニャは……アニャは……」

「どうしたの？」

マクシミリニャンは険しい表情を浮かべつつ、尋常ではない様子で震え始めた。

「なんなの？　言いかけて止めたら、余計に気になるんだけれど」

「言ったら、結婚してくれるのか？」

「いや、それはできないけれど」

「ぐぬうっ!!」

マクシミリニャンは眉間に皺《しわ》を寄せ、目つきを鋭くさせた。普通にしていても強面《こわもて》なのに、余計に恐ろしくなる。いったいアニャにどんな問題があるというのか。しばらく黙って待っていたら、マクシミリニャンは小さな声で話し始めた。

「……なのだ」

「え、何？　聞こえない」

「……潮が、……なのだ」

「だから、聞こえないって」

「初潮が、まだなのだ!!」

「なんだって!?」

マクシミリニャンの大声につられて、大きな声で反応してしまう。初潮——すなわち月経とは、女性が子どもを産むのに必要な体の準備。女性を苦しめる月経については、母がしっかり教えてくれた。一週間ほど出血がある上に、頭痛や腹痛に襲われるのだという。理不尽に怒ったり、仕事がはかどらなかったりしていても、「ああ、月のものがきているんだな」と思ってくれ、と言われたのだ。子育てをして、働いて、夫の面倒を見て。その上に月経があるなんて女性は大変だと、そのときしみじみ思った。

ちらりと、マクシミリニャンを見る。額にびっしり汗をかき、顔面蒼白状態であった。

「我の言いたいことが、わかるだろうか？」

「わかるよ。子どもが、生めないんでしょう」

「ああ」

アニャが十九歳になるのに結婚していない理由を、正しく理解する。

「結婚は、アニャの初潮を待っていたのだ。しかし、いつになっても、いつになっても訪れず……」

「だったらどうして、初潮を待たずに、結婚させようと思ったの？」

「それは——我が、いつまで生きているか、わからないからな。アニャを、独りにさせるわけには、いかない」

現在、マクシミリニャンに妻はおらず、アニャとふたり暮らしをしているのだろう。

人はいつ死ぬかわからない。娘を思って、家族を迎えようとしているのか。

「子が生めぬ娘と、結婚しようという男は、もしや、いないのだろうか？」

「さあ？　世間一般の男が、どういうことを考えているかは、知らない。でも、出産は命がけだから、しなくていいのならば、それでいいんじゃない？」

これまで、多くの妊娠と出産を見守ってきた。順風満帆な出産などなかったように思える。生まれる前に死んだ子もいたし、生まれてから死んだ子もいた。子を亡くした挙げ句悲しみに暮れ、一年間寝込んだ義姉もいる。出産で大量の血を失い、生死の境を彷徨《さまよ》った義姉もいた。

「子どもは、奇跡の賜物なんだよ。結婚したら絶対に生まれるものだと考えてはいけない。別に、子どもがいてもいなくても、いいんだ。家族で手を取り合い、幸せになれば」

話を聞いたマクシミリニャンは、ポロポロと大粒の涙を零《こぼ》した。

「あ、ありがとう……！」

「いや、結婚は、しないからね」

「それでも、そういうふうに考えてくれる男がいるというのは、我ら親子の、希望になる」

泣き続けるマクシミリニャンに、なんて言葉をかけていいのかわからない。

ちょうど鍋の湯が沸騰したので、温かい野草茶を淹《い》れてあげた。

そもそもだ。なぜ、マクシミリニャンは満身創痍《まんしんそうい》だったのか、ろくでもない話だろうが会話が途切れたので尋ねる。

「途中、足を滑らせて湖に落下し、鞄と路銀を紛失してしまったのだ。文無しとなったので馬車に乗れず、人里にたどり着くまで苦労した」

「人里って……」

ヴェーテル湖周辺は秘境とはいえ、少しは人が住んでいるだろう。山にはいったいどれだけの人たちが住んでいるのか聞いてみたが、娘と自分、それから家畜と飼い犬以外いないという。

「どうして、そんなところに住んでいるの？」

「それは……皇家《こうか》に蜂蜜を納める日が、くるかもしれないゆえ」

「皇家って」

かつて、この地は隣に位置する帝国の支配下にあった。しかし、十年前の皇帝の崩御をきっかけに帝国の体制は崩れ、三年も経たないうちに解体された。以後、この国は連合国となる。独立はしていないものの、自由を手にしたと国民の多くは喜んでいた。

ただし、一部の者たちを除いてであるが。

以前までは各地に、皇家御用達《ごようたし》の商店や職人たちがいた。皇家からの注文に応じてドレスを作ったり、工芸品をこしらえたり、品物を用意したり。その売り上げが生活を支えていたため、皇家という取引先を失った者たちは一気に廃業に追い込まれた。だが、細々と続け、生活している者たちも少なからず残っている。彼、マクシミリニャンも、旧体制の影響を引きずったままでいるようだ。

「いつかまた、蜂蜜を求めてやってくるかもしれぬから、我らはあそこに居続けるしかない」

「待って。帝政は十年も前に崩壊した。影響力のあった皇帝は病死したし、新しい皇帝は島送りにされた。残りの皇族も追放されて、国内には残っていない」

「それでも、我らは、山の奥地で蜂蜜を作る以外の生き方を、知らない」

言葉を失う。訪れるはずもない皇家の使者を、秘境の地で待つなど、不毛の一言だ。

家を捨てられないのは俺と同じなのだろう。マクシミリニャンと娘アニャもまた、今の暮らしを手放せずにいる。変化は、恐ろしい。どんなに辛くても、そこから抜け出せない気持ちはよく理解できる。だからといって、誰もいない秘境の地で年若い娘とふたりで暮らすのは、あまりにも過酷だ。ただ、それがわかっているので、こうして町までやってきて結婚相手を探しているのだろう。

「明日は、町に行って探してみよう」

「まあ、家業を継いでいる者がほとんどだから、難しいとは思うけれど」

「むう」

路銀を紛失したと言っていた。泊まる場所もないのだろう。マクシミリニャンは野宿をするというが、春が訪れようとしているとはいえ夜はまだまだ冷える。仕方がない。小屋の片隅を貸してあげることにした。

「かたじけない。恩を、いつか返さなければ」

「いいよ、そんなことしなくて。代わりに、困っている人がいたら助けてあげてよ」

窮地に立つものは、他にたくさんいる。マクシミリニャンが助けた人が、また親切を施せばいい。世の中、そうやって回っていったら平和になるのに。そんな話をしながら、眠りに就いた。

朝――日の出前に目覚める。小屋の片隅にマクシミリニャンはいない。もう、起きて町へと行ったのか。そう思ったが、小屋の外から物音が聞こえた。加えて、肉が焼けるような香ばしい匂いもする。外に出ると、マクシミリニャンが焚き火でウサギの串焼きを作っていた。

「おお、イヴァン殿、おはよう」

「おはよう。何をしているの？」

「朝食を用意していた」

朝からウサギを仕留めたという。一羽ずつあるようだ。きれいに解体され串焼きになっている。

「ここにあった塩を、使わせてもらったぞ」

「それは、構わないけれど」

マクシミリニャンは笑顔で、焼きたてのウサギの串焼きを差し出してきた。朝から脂が滴る串焼きなんて。正直食欲が湧いていなかったが、厚意を無下にするわけにはいかない。受け取って、ちみちみと食べる。肉は歯ごたえがあり、臭みはいっさいない。起きたばかりでなかったら、三本くらい食べられただろう。今は一本食べきるので精一杯だった。

「む、一本でよいのか？」

「うん、ありがとう」

普段も朝はあまり食べない。薄く切ったパンに蜂蜜を塗ったものを食べるくらいだ。だから、痩せる一方なのだろう。

「そなたは、もう少し、肉を食べたほうがいいな」

「食べても肉がつかない体質なんだよ」

「そうであったか」

マクシミリニャンは他にも獣を仕留めたようで、売って路銀を稼ぐという。なんとなく心配なので、町にある知り合いの精肉店を紹介した。

「俺の名を出したら、買い取り価格をおまけしてもらえるかも」

「おお、そうか。恩に着る」

食後すぐに町に向かうようだ。もう、二度と会うことはないだろう。

「どうか、気を付けて」

「何から何まで、感謝するぞ」

「わかったから、いってらっしゃい」

「いってくる」

去りゆく後ろ姿を見つめ、どうかアニャにいい婿が見つかりますようにと心の中で祈った。

外はまだ暗い。焚き火の始末をしてから、ランタン片手に家に戻る。まだ、居間の灯りは灯っていないものの、台所は煌々《こうこう》と明るい。窓から覗き込むと、ロマナと三つ年上の兄の妻であるパヴラが朝食と昼食の準備をしていた。ロマナひとりだけだったら、声でもかけようと思ったが止めた。裏口からこっそり家の中に入り、気配と足音を殺して屋根裏部屋まで上がる。

屋根裏部屋へ繋がる小口をそっと開き、顔だけ覗かせた。狭い部屋なのに、八人もの甥と姪が転がっている。俺が横たわって眠る隙間なんて、少しもありはしない。子どもはこういう狭い場所が大好きなのだろう。ため息をつきつつ部屋に上がって、捲《めく》れていた毛布をかけなおしてやる。

五つ年上の兄ミロシュの息子ツィリルは、俺の外套を毛布代わりに眠っていた。先月八歳になったツィリルは、甥や姪の中でも一番俺に懐いている。仕事中にもついて回ることが多い。眉間に皺を寄せながら眠っていたので、指先で伸ばしてやった。

朝の早い時間は、貴重な勉強の時間である。ランタンを点《とも》していても子どもは起きないので、部屋の端を陣取って養蜂の本を読む。

この国の養蜂は五百年ほどの歴史がある。なんといっても、養蜂の父と呼ばれていた男の功績は大きい。出版した二冊の書籍は、養蜂家の間で聖典とも呼ばれている。

彼は画家になるために帝国へと渡ったが、その夢は叶わなかった。代わりに、当時帝国領を統治していた女帝に命じられ、その地で養蜂学校の初代指導者となる。

彼の教えは画期的だった。それまでの養蜂は蜂蜜が採れたあとは巣に硫黄を流し込み、蜜蜂を殺していた。けれど彼の養蜂は、蜜蜂と共に生きる方法を提示したのだ。

春は巣箱を準備し、夏は蜂蜜を採り、秋は天敵であるスズメバチを警戒し、冬は越冬の手助けをする。彼の教えに従うと、蜂蜜はこれまで以上に採れるようになった。

以後、養蜂家たちは蜜蜂とともに生きる方法を選択する。

蜜蜂を大切にすれば、その気持ちに応えてくれる。しだいに、養蜂家たちは蜜蜂を心から愛するようになった。

長きにわたって、温厚な蜜蜂〝灰色熊のカーニオラン〟は、養蜂家にとってよきパートナーである。そのため、蜜蜂が死ぬと、口を揃えて「亡くなった《ウムレティ》」と嘆く。それほどに、養蜂家たちにとって蜜蜂は大切な存在なのだ。

春は警戒すべき蜜蜂の病気がいくつかある。もっとも被害が多いのは、ダニの発生だろう。この時季、蜜蜂の幼虫の体液を吸って繁殖するのだ。おかしな動きをしている蜜蜂や、巣穴辺りで死んでいる蜜蜂を発見したら、すぐに巣の中を確認しなければならない。

階下から母や義姉たちの声が聞こえる。屋根の隙間から、太陽の光も差し込んでいた。本を閉じ、子どもたちを起こして回った。

「ねえ、起きて。朝だよ。ほら！」

夜遅くまで遊んでいたのだろう。ぱっちり目覚める子はいない。ただひとり、ツィリルを除いて。

「ツィリル、起きて」

「ううん……ん？」

ツィリルは俺の声に反応し、重たい瞼《まぶた》をうっすら開いた。

「イヴァン兄《にい》？」

「そうだよ。おはよう」

がばりと起き上がったツィリルは、外套を掲げて抗議する。

「イヴァン兄、昨日の夜、また秘密基地に行ってたの？」

「まあ、ね」

「この外套を持っていたら、行かないと思っていたのに！」

「外套は、他にもあるからね」

「もー！　なんだよ！」

秘密基地とは、オクルス湖のほとりにある小屋のことである。ツィリルにだけは、小屋の存在を教えていたのだ。連れて行けと言われているものの、まだ招待はしていない。自分だけの城であってほしいという願望があるから。

「もう少し大きくなったら、教えてやるから」

「どうやったら、大きくなるんだ？」

「いっぱい食べて、母さんの手伝いをして、たくさん寝たら大きくなるよ」

「むうー！」

イェゼロ家では女の子は幼少時から働かせるのに対して、男の子は自由に遊ばせている。けれど、そんなことでは将来、父や兄たちのようになってしまう。だからなるべく、俺は甥たちにも仕事を手伝わせようとしていた。言うことを聞いてくれるのは、ツィリルだけなんだけれど。

「兄ちゃんたちが、女の手伝いをしていると女みたいになってしまうぞって言うんだ」

「バカだな。女みたいって、なんなんだよ」

「わかんない」

兄たちの教えが浸透していて、取り返しがつかない状態の甥たちもいる。奴らは揃って、俺やツィリルをバカにするのだ。ムキになって言い返したら、調子に乗ってどんどんバカにし続けるのだろう。だから、ツィリルには相手にするなとだけ言っている。

本当にこの家は蜜蜂の巣箱のようだ。女たちはあくせく働き、男たちは子作りしかしないで食い物を荒らす。ツィリルには、そんな男になってほしくない。だから、一生懸命仕事を教えているのだ。

しょんぼりするツィリルを元気づけようと、ある提案をしてみた。

「ツィリル、今度、一緒に釣りに行こう」

「やったー！」

たまには、ツィリルとのんびり釣りをするのもいいだろう。嬉しそうに笑みを浮かべるツィリルの頭を撫でる。

「さあ、早く支度をして。今日も、忙しいから」

「わかった！」

新しい一日が始まろうとしていた。大家族の朝は、戦争である。一番広い居間は、長男一家をはじめとする年上の兄たちが陣取っていた。ここで優雅に朝食を食べられる者は、ごく僅かである。

あぶれた者たちは廊下で食べたり、自室で食べたり、台所の片隅で食べたり。はたまた、庭に敷物を広げて食べる猛者《もさ》もいる。料理は瞬く間になくなり、確保は至難だ。

女性陣の叫びが響き渡る。

「イヴァン、うちの子を起こしてきて」

「それが終わったら、うちの末っ子の着替えをさせて」

「あの子、見なかった？」

義姉たちは、顔を合わせるたびにあれやこれやと仕事を頼んでくる。朝食を確保する余裕なんて、どこにもない。俺が生まれる前から、こんな毎日である。兄たちがのんびりパンを囓っている様子が視界に入っても、怒る心はすり減っていた。今では何も感じなくなっている。女性陣の言いつけは十を超え、最後の最後に母から最低最悪の仕事を命じられた。

「イヴァン、サシャを起こしてきて」

「ええ〜」

「ええ、じゃないわよ！」

今日もサシャは朝寝坊である。起こしても働くわけではないので、寝かせておけばいいのに。そう言うと、「朝食を食べ損ねるでしょう！」と怒る。

あれこれと動いているうちに、腹がぐーっと鳴っていた。やっと俺の腹も目覚めたらしい。マクシミリニャンにもらったウサギの串焼きを食べていたものの、空腹を訴えていた。

「お腹が空いたら、自分で起きてきて適当に食べると思うけれど」

「いいから、起こしてきなさい！」

毎日働く息子よりも、働かない息子が朝食を食べるほうが大事らしい。母はいつだってそうだ。先に生まれた子どもほど、愛情たっぷりに育てる。だから、イェゼロ家の男たちは甘えて、自由気ままに暮らしているのだ。

「サシャの好物の、マスのスープを作ったと言えば、すぐに目を覚ますから」

「はいはい」

気が進まないが、母の命令には逆らえない。重たい足を引きずりながら、サシャを起こしに向かう。生意気なことに、サシャは一階のそこそこ広い部屋をロマナとの夫婦の部屋として与えられた。十歳年上の兄ゾルターンが使っていた部屋で、彼らの離れが完成したので入れ替わる形になったのだ。そんなサシャの部屋の扉を叩くものの、返事はない。ため息を一つ零し、中へと入る。

「サシャ、入るよ」

部屋は、大きな窓にふたり用の寝台、それからテーブルや棚などの家具が置かれた立派なものである。サシャは寝台で、枕を抱きしめて眠っていた。ちなみに全裸である。窓を開け、被っていた毛布を取ってサシャの名前を叫んだ。

「サシャ!!」

朝のひんやりとした風が吹く。すると、うめき声をあげながらサシャは目を覚ました。

開口一番、物騒な言葉を吐き捨てる。

「イヴァン、殺すぞ」

「まったく同じ言葉を返すよ。早く起きないと、母さんが俺に怒ってくる」

「クソババアが」

双子に生まれたものの、性格が俺とは天と地ほども異なる。サシャは大変口が悪い。彼は昔から、傲慢で我が儘《わがまま》で自分勝手な男なのだ。同じ顔に生まれたばかりに、何度サシャのいたずらの罪をなすりつけられたことか。恨み言は、一晩中言っても尽きないだろう。

そんなサシャの悪癖は、俺のものを欲しがること。菓子、食事、友達、犬など、俺が努力して得たものを、なんでも欲しがるのだ。ロマナだってそう。俺と打ち解けている様子を見て、自分の物にしたくなったのだろう。初めてサシャがロマナに会ったときに、「汚いから、捨ててこい」なんて言った。それなのに数年後、結婚すると言いだしたときは驚いたものだ。今までどれだけの物を奪われて、悔しい気持ちになったか。親友のミハルはサシャの性格の悪さを知っているので、どんな甘い言葉を吐かれても気を許さない。

それからもう一つ。養蜂の仕事はいくら頑張っても、サシャは奪わない。

だから俺は何事にも興味がない振りをして、仕事にだけは情熱を燃やすようにしていた。

「なあ、イヴァン」

「何？」

「昨晩のロマナも、よかったぜ」

サシャは、俺がロマナを好きだと今でも思い込んでいる。こうやって、情事の感想を自慢げに話してくるのだ。俺のロマナに対する感情は、異性としての好意ではない。妹みたいな存在だと思っている。サシャと結婚すると言ったときは、さすがに反対した。けれど、ロマナの決意は揺るがなかったのだ。それを見て、サシャはさらに勘違いをしたのだろう。夫婦の情事の話なんて、死ぬほどどうでもいい。勘弁してくれと心から思っている。ここで嫌がるとサシャが喜ぶので、無視をするに限るのだ。

「おい、なんか言えよ。言葉がわからないわけじゃないだろうが！」

「はいはい、幸せそうで、何よりです」

そう答えると、サシャは枕を投げ飛ばしてくる。

起き抜けなので、そこまで勢いはない。ひらりと躱《かわ》し、サシャの部屋をあとにした。

そうこうしているうちに、朝食はなくなる。これがいつもの朝の風景であった。

朝食がわりに昨日ミハルにもらった干物を食べる。噛みすぎて、顎が疲れてしまった。

家を出る前に、恒例の兄たちの命令が始まる。

「おい、イヴァン。新しい巣を三つ用意しておけ」

「花畑の柵が腐りかけているから、新しく作っておけよ」

「花の間引きも、忘れるなよ」

口々に命じてくるが、女性陣から頼まれて言っているのである。遊んでいる兄たちが、養蜂園の仕事なんてわかるはずがない。女性陣から直接言ってもらってもいいのだが、子どもの面倒を見てもらう上に養蜂の仕事まで任せるのは悪いと、思っているのかもしれない。だからこうやって、夫である兄を通じてあれこれ頼んでくるのだ。兄たちはこうしていろいろ言っていると、仕事をしているつもりになるのだろう。実に偉そうに命令してくれる。これもまあ、物心ついたときから当たり前のように命じられていたので、別に何も感じないが。

出かける前に、上半身裸のサシャに声をかけられる。

「なあ、イヴァン」

「何？」

ニヤニヤしながら、サシャは俺を見る。何か、バカにしようとしている顔だ。

「お前、毎朝毎朝仕事を命じられて、情けないと思わないのか？」

「別に」

素っ気ない反応をしたからか、サシャの表情はだんだんとふてくされたものになる。

「兄貴たちに、いろいろ言われないと、動けないのかよ」

「ああ、そうなんだよ」

「無能の兄のために、働いているってか？」

「はいはい」

別に、兄たちのために働いているのではない。俺は、蜜蜂のために働いている。むしろ言ってくれるほうが、助かるのだ。優秀な女性陣が仕事を頼んでくれるので、忙しいながらも蜜蜂のために効率的に動ける。

けれども、兄たちが俺に命令するのをサシャは面白く思っていないらしい。かと言って、彼は俺の味方というわけではない。どういうつもりなのか、よくわからないでいる。

「兄貴たちが、お前をなんて言っているのか、知っているのか？」

「知らない。興味ないし」

どうせ、奴隷みたいとか、女の言いなりとか、好き勝手言っているのだろう。働き者の女性陣から用なし扱いされるのは嫌だけれど、遊んで暮らす兄らの評価なんて心底どうでもよかった。

「お前はそんなだから――」

「ごめん、サシャ。忙しいから」

サシャの言葉を制し、家を出る。背後で何か叫んでいたが、無視した。

太陽がさんさんと輝く時間になり、一日の仕事が始まる。養蜂のさいの恰好は、通常であれば蜜蜂避けの網つき帽に、分厚い手袋に外套と決まっている。けれど、蜜蜂に慣れるとそれらの装備は必要ない。温厚な灰色熊のカーニオランは滅多なことでは怒らないので、燻煙器《くんえんき》も必要ないくらいだ。今日も普段通りのシャツとズボンに、釣り鐘状の外套を着て、普通の帽子と手袋を装着して養蜂園を目指す。

花畑養蜂園では、花々が開花しつつあった。蜜蜂はぶんぶん飛び回り、花蜜を巣へと運んでいる。

一番上の兄の巣小屋から、様子を確認していく。病気になっている蜜蜂はいないか、他の虫がきていないか、小屋の木材は腐っていないか。点検箇所はたくさんある。

「イヴァン兄ー！」

ツィリルが手伝いにやってくる。今日は雄蜂の選別を教えてやる。巣箱から枠を取り出した。ここには、大量の蜂の子が産み付けられているのだ。

「イヴァン兄、それを、どうするの？」

「雄の幼虫だけ、外に出すんだ」

そう言った瞬間、ツィリルは「ゲッ！」と言って顔を顰《しか》める。

「なんで、そんな酷いことするんだよ」

「雄蜂の数が多いと、それだけ蜜を消費するんだ。きちんと管理していないと、採れる蜂蜜の量が減ってしまうんだよ」

「そうなんだ」

雄蜂は女王蜂と交尾し、蜜蜂を産ませる役割がある。また、雄蜂の存在は、働き蜂に働く気を与えるらしい。そのため、まったく必要ないというわけではないのだ。

「でも、どうやって、雄の幼虫と、雌の幼虫を見分けるんだ？　なんか、難しそう」

「簡単だよ。雄は体が大きいから、巣穴の蓋が盛り上がっているでしょう？」

「あ、本当だ！」

雌の巣穴は平らなのに対し、雄の巣穴はわかりやすく盛り上がっている。蓋をナイフで削ぎ、鑷子《ピンセット》で摘まんで幼虫を取り出す。

「うげー、気持ち悪い」

「じきになれるよ」

幼虫は瓶に詰めて持ち帰る。素揚げにして塩をパッパと振れば、男たちの酒の肴《さかな》となるのだ。

ツィリルはすぐに技を習得し、テキパキと幼虫を捕まえては瓶に詰めていた。

「よしと。こんなもんかな」

一部の雄の幼虫だけ残し、あとは素揚げだ。

「これ、本当においしいの？」

「さあ？」

俺は幼虫の素揚げを食べたことがない。大人の味とか言って、父や兄たちが独占していたのだ。それは今も続いている。

「ダニが寄生していないか、注意して。もしも変な幼虫がいたら、取り除いてね。ダニに寄生された個体を食べたら、大変だから」

「うへえ」

　ダニは雄の幼虫が大好物で、寄生した状態のまま外にでてくる。蜂の体を乗っ取り、別の巣に紛れ込んで繁殖し続けるのだ。羽が縮んでいたり、黒ずんでいたりと、様子がおかしな蜜蜂を発見したら、すぐに除かないといけない。

「イヴァン兄がせっせと手入れしているから、おいしい蜂蜜が採れるんだな」

「まあ、俺だけじゃなくて、みんなで頑張っているからね」

　これほど広大な養蜂園を、従業員を雇わずに家族だけで運営できているのは、女性陣の頑張りがあるからだろう。

「きちんと女王に従っていたら、これまで通りの暮らしができるんだ」

「蜜蜂も、イェゼロ家もってことだね」

「その通り」

　ツィリルの母親が迎えにきたので、授業はここで終了となった。


　今日は日差しが強く、温かな風も流れていた。春が本格的に訪れようとしているのだろう。

　頼まれていた巣箱を完成させ一息ついているところに、ロマナがやってきた。何やら、大きなバスケットを抱えている。

「あの、イヴァンさん。もうそろそろ、休憩、ですよね？」

「そうだけれど」

「ご一緒、してもいいですか？」

どうして、ロマナはツィリルがいないときにやってくるのか。ここにもうひとり誰かがいたら、一緒に休憩できるのに。ふたりで過ごしたことがサシャにばれたら、一大事である。一週間はいやみを言われてしまいそうだ。

「ロマナ、昨日も言ったけれど、ふたりでは過ごせな――」

「実はクリームケーキを、作ったんです」

「クリームケーキ、だって⁉」

オクルス湖地方の名物、クリームケーキ。一見して、一般的な正方形のケーキだが、構造がただのケーキではない。上はサクサクのパイ生地で、その下はスポンジケーキ、バタークリーム、さらにプリンのようにどっしりした濃厚なカスタードクリームが挟まった、世界一おいしいケーキだ。店や家庭によってさまざまな種類がある。父の好物だったので、以前は母もよくクリームケーキを作っていた。父を追い出してからは、一度も作っていないような気がする。

ロマナは母からクリームケーキの作り方を習ったのだという。

「イヴァンさん、クリームケーキ、食べたくないですか？」

キョロキョロと周囲を見回す。

物置小屋の陰になっていて、周囲からこちらの状況は見えないだろう。

「食べたい」

そう答えると、ロマナは満面の笑みを浮かべた。なんだか笑っているロマナを見るのは、久しぶりな気がする。きっとサシャが自分以外の男の前で笑うなとか、命令しているのかもしれない。世界一心が狭い男である。間違いない。

ロマナはバスケットから敷物を取り出す。

「俺が敷くよ」

「え!?」

「何、驚いているの?」

「あ、ごめんなさい。イェゼロ家の男性は、自分から動くということはしないので。そういえば、イヴァンさんは以前から、あれこれ自分から動いていましたね」

ロマナもすっかり、何もしないイェゼロ家の男たちの習慣に染まりきっているようだ。きっと、一から十まで世話を焼いているのだろう。

「あのさ、ロマナ。サシャの命令は、全部聞かなくてもいいからね」

「ですが、身よりのない私と結婚してくれた恩がありますので」

「結婚に恩も何もないってば。互いに好きだから、一緒になったんでしょう?」

そう言ってやると、ロマナはハッとなってこちらを見る。苦しげな表情を浮かべ、胸を押さえた。

「私、やっぱり――」

「やっぱり?」

「いえ、なんでもありません」

「そうやって言いかけて止めるの、余計に気になるんだけれど」

「ごめんなさい。ですが、言えません」

言えないことを「言えない」と、はっきり主張できるようになったのはいいことか。

ここに連れてきたばかりのロマナはとにかく口数が少なくて、日常の会話も成り立たないほどだった。家族がおらず、身売りをしようとしていたロマナの人生は凄絶だ。サシャが幸せにしてくれたら言うことなしだが、それも難しいだろう。サシャの気質は、ぐうたらで乱暴者だった父に一番似ているから。一応、ふたりの結婚に反対はしたものの、周囲もロマナ本人も聞き入れなかった。

「ロマナ、今、幸せ？」

問いかけに、ロマナはサッと顔を伏せる。その反応は、幸せではないと言っているようなものだ。

ため息を一つ零しつつ、敷物を広げる。どっかりと腰を下ろすと、ロマナがクリームケーキとレモネードを差し出してくれた。

「ありがとう」

「い、いえ」

気まずい空気の中、クリームケーキにかぶりつく。

「ん、うまっ!!」

パイ生地はサックサク、中のクリームは濃厚で、スポンジ部分は驚くほどふわふわだった。

そして、甘さが後の残らない。やはり、クリームケーキは世界一おいしいと思ってしまう。

あっという間に食べ、指先についたクリームまで舐める。

レモネードをごくごくと飲み干した。

「もう一つ、食べますか？」

「うん、ちょうだい」

ロマナは微笑《ほほえ》みながら、クリームケーキを差し出す。それを一口で食べて見せた。

彼女は目を丸くしたあと、お腹を抱えて笑っていた。

「そんなに笑うなんて」

「だって、信じられません。大きなケーキを、一口で食べるものですから」

笑いが収まったあと、ロマナは俺の口の端に付いていたクリームを指先で拭う。それをペロリと舐めた。突然の行為に驚き、身を固くしてしまう。

「ロマナ、そういうの、止めなよ」

軽く注意したつもりだったが、声色が冷たくなってしまった。ロマナは肩を震わせ、謝罪する。

「ご、ごめんなさい。つい」

「いいよ。どうせ、子どもたちにするのと同じように、世話を焼いてくれたんでしょう？」

ロマナは子ども好きで、サシャと結婚する前から甥や姪の面倒をよく見ていた。おかげでふたりが結婚すると聞いたとき、子どもたちが一番喜んでいた記憶がある。

そんなことよりも、気になるものを見つけてしまった。

「ねえ、ロマナ。さっき、首元がちょっと見えたんだけれど――」

「これは、なんでもありません！」

ロマナは早口で言って、レモネードが入った瓶やら、カップやらを片付け始める。

敷物の上から追い出され、風のように去って行った。

「あー……」

ロマナの首に、強く絞めたような指先の痕があったのは気のせいだったのか。元からある痣《あざ》なのかもしれないが。

いや、深入りしないほうがいい。見間違いだと思うことにした。

今日もミハルが、イェゼロ家が注文した品物を馬車で持ってくる。

「おーい、イヴァン！」

「ミハル、また、酒？」

「いいや、今日は食料品だ」

イェゼロ家は五十一人家族である。買い物はすべて大量に注文し、配達してもらっているのだ。

今日もまた、ミハルは「おまけだ」と言って、魚をオリーブオイルに浸けた瓶詰めをくれた。

「これ、いいの？　いい品なのでは？」

「それ、一年前のなんだよ。なるべく早く食え」

「そうなんだ。ありがとう」

ミハルがくれる食料で、なんとか食いつないでいるところもある。イヴァンは手と手を合わせて、感謝の気持ちを示した。

「そういや、お前のところに、にゃんにゃんおじさんは来たか？」

「は？　今、なんて言った？」

「にゃんにゃんおじさん」

「何、その化け物」

「なんでも、にゃんにゃん言いながら、結婚してくれと叫んでいるらしい」

「怖っ！」

朝からすでに噂になっていたらしい。市場辺りで「にゃんにゃん！」と叫んでいたのだとか。

「その化け物って、どんな外見なの？」

「髭が生えた強面の中年男で、筋骨隆々。ボロボロの服を着ていて、古めかしい喋りをしているらしい。俺は直接見ていなくて、祖父ちゃんが聞いた噂話だけれど」

「ちょっと待って」

ミハルが特徴を挙げた男に、見覚えがありすぎた。眉間の皺を解《ほぐ》しながら、深いため息を吐く。

「なあ、イヴァン。にゃんにゃん叫びながら、結婚を迫るとか、怖くねえか？」

「たぶんそれ、にゃんにゃんじゃなくて、自分の名前はマクシミリニャンで、娘の名前はアニャ。娘の結婚相手を探しにやってきた、的な内容じゃないのかな？」

「マクシミリニャンに、アニャ？　たしかに、ふたりを合わせたらにゃんにゃんだな」

噂が巡り巡って、おかしな方向に転がっているようだ。もう二度と関わり合いになることはないと思っていたので、なんともいえない気持ちになる。

「イヴァン、にゃんにゃんおじさんと、知り合いなのか？」

「知り合いっていうか、昨日、行き倒れになりかけていたところを、助けたんだ」

「もしかして、お前にも結婚してくれにゃんにゃんって言ってきたの？」

「まあ」

「そのあと、町にきたってことは、きっぱり断ったんだな」

「そうだね」

昨晩あったことについて話すと、ミハルは「結婚、すればよかったのに」と呟いた。

「にゃんにゃんおじさんの娘と？」

「ああ。だってお前を気に入って、申し出てくれたんだろう？　それに家業が養蜂だし。財がなくとも、身一つで結婚してくれるなんて、滅多にない話だからな」

「そうだけれど、婿だよ？　ここから、出て行かなければならないし」

「いや、出て行くべきなんだよ。一刻も早く」

「どうして？」

「それは――お前が、ダメになってしまうからだよ」

「ダメになっていないけれど？」

思わずムッとしてしまう。言葉尻も、刺々しくなってしまった。ミハルも、目をつり上げて喧嘩腰になる。

「今はな！　でも、そのうちダメになる。現状、健康で元気かもしれない。けれど、ひとりの人間が働ける量は、限りがあるんだよ。お前は、他の男衆の代わりに、力仕事を担って、率先して働いて、実家に多大の益をもたらしている。けれど、人の体は風車の羽根車と同じだ。ずっと、ずーっと回っていたら、いつかは劣化して、壊れてしまうだろうが」

ミハルの言葉を聞いて、ハッとなる。ダメになるというのは、俺自身が落ちぶれるという意味ではなかった。体を心配して、言ってくれていたのだ。気づかずに、怒ってしまった。一言「ごめん」と謝る。

「祖父ちゃんがさ、イヴァンが養蜂をしたいのならば、土地と道具を用意してやるって、言っていたんだ」

養子にならなくてもいい、諸々の費用は、働いて返してくれと話していたようだ。

「イヴァンが蜜蜂を大事にする想いも、家族が大事なのも、よく理解しているつもりだ。けれど、このままではお前はあまり長くは生きられない。休みなくがむしゃらに働いて死んだ人を、何人も見てきたと、祖父ちゃんが言っていたから」

「うん、そうだね。その通りだ。俺は一心不乱に働くばかりで、何も見えていなかった」

「だろう？　だから、真剣に独立を考えてくれよ」

「独立……！」

「人生は家族のためにあるものではない。自分のためのものなんだよ」

ミハルの言葉は胸に深く響いた。

もしも俺がいなくなったら、本当に危機となるのは家族だろう。

「みんな、俺に頼り切っているんだ」

「そうなんだよ！　わかったか？」

「わかった。ミハル、ありがとう。独立の件、前向きに考えておく」

「イヴァン！」

ミハルは大型犬のようにじゃれつくので、引き剥がすのに苦労する。

「まあ、なんだ。サシャの妻にとっても、イヴァンが家を出るのはいいことだと思う」

「ロマナね……」

困ったことに、ロマナは結婚しても以前のように接したがる。サシャは面白くないだろう。

「あいつ、なんでイヴァンが好きなのに、サシャと結婚したんだろうな」

「は⁉」

「は？」

ミハルと見つめ合い、しばし言葉を失う。パチパチと瞬いていたが、ミハルがすかさず指摘してきた。

「いや、ロマナは、イヴァンのことが前から好きだったろ‼」

「そうだったの？」

「そうだったんだよ！」

「じゃあなんで、サシャと結婚したの？」

そういえば結婚する前、サシャに言い寄られて困っているとか話していたのを思い出す。そのまま母に報告したら、「放っておきなさい」と言われたので放置していたのだが。

それから半年も経たずに、ロマナとサシャの結婚が決まった。

「ロマナはサシャが苦手だって言っていたのに、不思議だよね」

「それは、ロマナがお前に好意を示しているのに、いつまで経っても素っ気なくするからじゃないか？」

「いや俺、昔からこんなだし」

「まあ……だな」

ひとまず、ロマナがサシャではなく、俺のことが好きだったという話は聞かなかったことにした。

そうこうしているうちに、太陽があかね色に染まっていく。

「あ、やべ。話し過ぎた！　イヴァン、またな！」

「じゃあね――あ！」

ミハルを引き留め、用事を頼む。

「ごめん、ミハル。にゃんにゃんおじさんを見かけたら、湖の小屋に来るよう言っておいて」

「わかった。会えたらな」

今度こそミハルと別れた。太陽は沈みつつあるが、仕事はまだ終わらない。腕まくりし、作業を再開させる。腐りかけた木材を処分していたら、しょんぼりとうな垂れるツィリルを発見した。

「ツィリル、どうしたんだ？」

涙目のまま、黙り込んでいる。何か嫌なことがあったのだろう。しゃがみ込んで、念のため声をかけた。

「ツィリル、こっちにおいで」

白詰草の花畑が見える柵に、ツィリルを抱き上げて座らせた。ポケットに入れていた、非常食の飴玉を手のひらに握らせる。ツィリルは飴を口に放り込んだ瞬間に、ポロリと涙を零した。

よほど、辛い目に遭ったのだろう。

しばらく、白詰草が揺れる花畑を眺める。夕暮れ時でも、蜜蜂はせっせと蜜を集めていた。俺たちと同じで終業時刻になっても、仕事は終わりではないらしい。ツィリルが服の袖で涙を拭っていたので、ハンカチを差し出す。すると、豪快に鼻をかんだ。思わず、笑ってしまう。ツィリルも、なんだかおかしくなったのだろう。泣きながら、笑っていた。

それからツィリルは何があったのか、ぽつり、ぽつりと話してくれた。

「ロマナ姉ちゃんからもらったクリームケーキを食べていたら、いきなりサシャ兄に頭を叩かれたんだ」

「なんだそりゃ。酷いな」

「うん。サシャ兄は、ロマナ姉ちゃんから、クリームケーキをもらってなかったみたいで」

俺が二切れも食べたからだろうか。夫を最優先にしてほしい。

「それにしても呆れるな、サシャの奴。食い意地が張った恥ずかしい奴め」

「だよな」

サシャは子どもが苦手なようで、甥や姪とも極力関わらないようにしている。それなのに、ツィリルを見つけてはいじわるを言ったり、からかったりしているらしい。たぶんだけれど、俺とツィリルの仲がいいので、変なふうに絡んでしまうのだろう。ミハルが言っていたように、俺がこの家にいると、いろいろダメになってしまうのかもしれない。

ロマナやサシャだけではなく、ツィリルも。

「サシャ兄は、おれが、嫌いなのかな？」

「そんなことはないよ。機嫌が悪かっただけだ」

「だったら、いいけど」

しょんぼりうな垂れるツィリルを、柵から下ろしてやった。もう菓子はないし、かける言葉も見つからない。どうしたら、元気になってくれるのか。

一つだけ思いつく。どうしようか迷ったが、ツィリルのためだ。思いきって提案してみる。

「よし！　ツィリル、これから、秘密基地に案内してやる」

「え、いいの？」

「特別だから」

「やったー！」

花畑養蜂園からオクルス湖の小屋まで、徒歩十分ほど。暗くなる前に帰らないといけない。駆け足で向かった。小屋を見せた瞬間、ツィリルの瞳はキラリと輝いた。中を見せてやると、興奮した様子で振り返る。

「すげ――！　秘密基地だ！　イヴァン兄、ここで寝泊まりしているんだ」

「まあね」

保存食の棚と、釣り道具一式、それから寝具があるばかりの部屋だ。だが、ツィリルにとっては最高の秘密基地なのだろう。今日は見せるだけ。後日、また一緒にきて、釣りをしようと誘った。ツィリルは頬を赤く染めながら、何度も頷く。

「ひとりでここに来たら、ダメだからね」

「わかった！」

帰りも走る。早く行かないと、夕食を食いっぱぐれてしまうだろう。

でも、ツィリルの元気な横顔を見て、心から安堵した。


夜、ツィリルと共になんとか夕食を確保し、星空の下で食べた。今度の休みに行く釣りについて、ああでもないこうでもないと話し合っていたら、義姉がツィリルを迎えにやってきた。風呂の時間らしい。俺も自分で作った風呂で湯を浴びよう。大家族ともなると、風呂の順番も戦争だ。なんども沸かしては湯を追加し、というのを女性陣は繰り返している。待つ時間がもったいないし、女性陣の手をわずらわせるのも申し訳ない。だから、自作したのだ。

とは言っても、風呂と呼べる代物ではないのかもしれない。大人数用の大鍋を買い、そこに水を張って外でぐつぐつ煮立たせる。それを、三分の一ほど水を入れた樽に注ぐだけだ。屋外なので、冬は寒い。けれど、蜜蜂は汗の臭いに敏感なので、体は清潔さを保っていないと、巣箱に近づけなくなるのだ。石鹸で全身を洗い、樽の湯船に浸かる。

「はー……」

星がきれいだ。そんなことを考えつつ、ゆったりと空を眺めていた。

家に戻ると、兄たちは酒盛りを楽しんでいるようだった。いい気なものである。屋根裏部屋に行こうとしたが、押し上げて開ける小口が開かない。

「うわっ、最悪」

誰かが、小口の上で眠っているのだろう。たまに、あるのだ。

まあ、今日は小屋に行こうと思っていたので、別にいいのだが。外套を着込み、小屋へ向かった。

小屋でまどろんでいたら、扉がトントンと叩かれる。ハッと目を覚まし、起き上がった。

こんな時間に、いったい誰だろうか？　寝ぼけ眼で扉を開くと、思いがけない人物が懐へと飛び込んできた。

「イヴァンさん！」

「ロマナ!?」

なぜ、ロマナがここにいるのか。思考が追いつかず、混乱する。この小屋は、家族の中ではツィリルしか知らない。

「どうして、ここに？」

「前に、サシャさんに家を追い出されたとき、どこかに行くイヴァンさんを見かけて、ついていったらここにたどり着いて……」

「なんで、声をかけなかったの？」

「迷惑だと、思いまして」

どこから突っ込んでいいものかわからず、頭を抱え込む。まさか、ロマナにあとをつけられているのに気づいていなかったなんて。それに、サシャに家を追い出されたとは、何事なのか。

寒いけれど、ロマナを小屋に入れるわけにはいかない。個室でふたりきりなんて、絶対に許されないだろう。とりあえず外に焚き火を用意する。枯れ葉の上に細い木の枝を組む。解した麻紐に向かって火打金と火打石を打ち合わせたら、火花が散って着火した。ふーふーと息を吹きかけると、だんだんと火が大きくなる。しだいに、ロマナの姿が暗闇の中に浮かび上がってきた。

彼女は外套を着ておらず、薄い寝間着姿だったことに気づく。

「ちょっとロマナ、なんで、その恰好⁉」

慌てて外套を脱ぎ、肩にかけてやる。必要ないと遠慮していたが、いいから着ていろと強く言ってしまった。

「もう、理解不能なんだけれど」

額を押さえた瞬間、ロマナが抱きついてきた。踏ん張るのが一瞬遅れたら、そのまま焚き火に背中から倒れ込んでいただろう。危ないことをする。

「ちょっと、なんなの？　俺、サシャじゃないんだけど！」

ロマナは何も答えず、ただただ震えるばかりだ。嗚咽《おえつ》も聞こえる。泣いているのだろう。さっきも、サシャに家を追い出されたと言っていた。いったい、夫婦の間で何が起こっているのか。

悪いと思いつつも、ロマナを引き離す。大きくなった火のおかげで、はっきりロマナの顔が見えた。驚くべきことに、頬に大きな内出血の痕があった。

「なっ……これ、サシャにやられたの⁉」

ロマナは顔を背け、黙り込む。薬は何もないが、とりあえず冷やしたほうがいいだろう。

布を湖に浸し、きつく絞る。それをロマナの頬に当ててやった。昼間に見た首を絞めた痕も、見間違いではなかった。おそらく、サシャは日常的にロマナに暴力をふるっている。今までは、見えない場所をぶっていたのかもしれない。なんて酷いことをするのか。理解不能だ。

「ねえ、ロマナ。何があったの？　どうして、叩かれたの？」

ロマナはスンスン泣くばかりで、何も話そうとしない。もはや、ため息しか出てこない。

明日も仕事があるので、早く眠ったほうがいいだろう。

「ねえ、ロマナ。小屋に、布団があるからさ、そこで寝なよ。俺は、ここにいるから」

「そんなの、できません」

「なんとか頑張ってよ、そこんところをさ」

ここでふたり一緒に座っているほうが気まずい。誰かに見られたりしたら、勘違いされるだろう。

「あの、ふたりで、休みませんか？」

「それは絶対にダメ。天と地がひっくり返っても、ロマナがサシャの妻でいる限り、部屋でふたりきりにはなれないんだよ」

幼い子どもに諭すように、ロマナに言い聞かせる。すると、余計に泣き始めた。

「イヴァンさんは、酷い、です」

「は……？　なんで、俺？」

酷いのはサシャのほうだろう。どうして、俺が酷いことになるのか。

「俺、ロマナに何かした？　無視はしていないし、怒鳴らないいし、同じ職場で働く仲間として、打ち解けていたでしょう？」

「そ、それが、残酷なんです！　や、優しくするから、好きになってしまった！」

ロマナの感情の吐露に、「あーあ」という言葉を返してしまう。言わなければ、気づかなかった振りを永遠にしていたのに。

「ずっと、ずっとずっと、私は、イヴァンさんを、想って、いました」

だったらなぜ、サシャと結婚したのか。俺がロマナの好意に気づかず、のほほんとしていたからか。まあ、気づいていても彼女と結婚するつもりはなかったが。

「イヴァンさんは、わかって、いますか？　私が、サシャさんと結婚したのは、顔が、そっくりだから、なんです」

「ロマナ、それは本当によくない」

もしもサシャが聞いたら、激昂《げっこう》するだろう。サシャは同じ顔をした双子の弟を下等生物だと思っていて、自分を優れた存在だと信じて疑わない。俺が大事にしているものを根こそぎ奪うことに喜びを感じているような、ひねくれ者なのだ。もしも、ロマナが俺の代わりにサシャと結婚したことを知ればどうなるか。あまり想像したくなかった。

「私……サシャさんに抱かれているときに、イヴァンさんの名前を口にしてしまったんです。それで、叩かれてしまって――！」

最悪だ。ロマナは絶対に言ってはいけないことを、口にしてしまったようだ。

「それ以前にも、サシャはロマナに暴力をふるっていたんでしょう？」

ロマナはサッと顔を伏せる。肯定しているようなものだろう。

「その首、を絞めた痕はなんだったの？」

首を絞めるなんてよほどのことだろう。ロマナは顔を伏せたまま、絞り出すような声で告白する。

「これは……サシャさんを、愛していると言わなかったから、です」

「しょーもな!!」

明日、朝一番に母に報告しなければならない。息子たちには寛大な母も、暴力には人一倍厳しいから。きっと、サシャを懲らしめてくれるだろう。

問題はロマナだ。もう、サシャと夫婦関係を続けるのは不可能に決まっている。

「私は、これから、どうすれば……」

ロマナがこうなってしまったのは、花畑養蜂園に連れてきた俺のせいでもある。ひとまず、ロマナは修道院に預ければいい。そのあとサシャと離婚させて、独立したあと責任を取ればいいのか。

考えていたら、ふいにミハルの言葉が甦った。

――人生は家族のためにあるものではない。自分のためのものなんだよ。

ハッと、我に返る。

また俺は、誰かのために時間を使おうとしていた。このままではいけない。

俺は俺の人生を歩まないといけないし、ロマナもロマナの人生を歩まないといけないのだ。

一度、ロマナのことは助けた。あとの人生は、自分で希望を切り開くべきなのだ。

「ロマナ、太陽が昇ったら、修道院に行こう。もう、ここを出ていくんだ。サシャのいる場所は、ロマナの居場所じゃない」

「そんな、そんなの……！」

ロマナの表情が、絶望に染まっていく。住み慣れた場所を離れるのは辛いだろう。養蜂も、彼女の天職のように思えた。けれど、ここで我慢をしたらロマナが壊れてしまう。

それだけは、避けたい。

「い、嫌です」

「いや、そうしないと、ロマナ、いつかサシャに殺されるよ？」

「殺されても、構いません。私は、一秒でも長く、イヴァンさんと、一緒にいたい！」

再び、ロマナが胸に飛び込んできた。今度は勢いがあったので、押し倒されてしまった。

もちろん、焚き火のない方向へ。

「待って、待ってロマナ。落ち着いて！　冷静になって！」

「落ち着いていますし、極めて冷静です！」

人を押し倒しておいて、落ち着いているはないだろう。冷静ではない確かな証拠だ。

「起き上がってから、話をしよう。ね、ロマナ」

なるべく優しい声で言ったつもりだったが、それに対するロマナの返答は最悪だった。

「私を、抱いてください！」

「ちょっ、どうしてそうなるの⁉」

「一度、抱いていただけたら、私はそれを一生の思い出に、生きていきますので」

「いや、無理無理無理無理無理無理‼」

何回「無理‼」と叫んだのか、よくわからない。いったんここで抱いたほうがロマナの気持ちが治まるとわかっていても、絶対にそれはできない行為である。

ロマナともみくちゃになっているうちに、キスされそうになった。寸前で回避する。

「他の男に抱かれた私が、穢《けが》らわしいから、拒否、するのですか⁉」

「そうじゃなーい‼」

「だったら‼」

「おい、お前ら、そこで何をしているんだ⁉」

聞こえたのは、サシャの絶叫である。どでかい声で言い合っていたので、接近に気づかなかったのだろう。

なんていうか、俺の人生、終わった。

最低最悪のタイミングで、サシャに見つかってしまった。

「ロマナ、離れて！」

「い、嫌っ！」

ロマナは離れるどころか、サシャがやってきても尚、俺にすがりつく。

どうしてこうなった。オクルス湖に向かって、大声で叫びたい。

「お前っ‼」

あろうことか、サシャはロマナの体を突き飛ばした。そして彼女のことには目もくれず、俺に馬乗りになって拳を上げた。

「イヴァン‼　この野郎‼　ロマナに手を出しやがって‼」

右頬、左頬にと、サシャは強烈な拳を叩き込んでくれた。とっさに歯を食いしばったものの、それでも激痛が走り、口の中に血の味が広がった。

「止めて、止めてください！　イヴァンさんは、何も悪くありません」

「ロマナ‼　お前は、黙っていろ」

近寄ってきたロマナすら、サシャは腕で払ってしまう。ロマナの体は吹っ飛んで、転がっていく。打ち所が悪かったのだろう。倒れたまま、起き上がろうとしない。

「サシャ、ロマナに手を、上げては、いけない」

「うるさい‼　お前らふたりは、夜な夜な隠れて楽しんでいたのかよ‼　俺のことを、陰でバカにしていたんだろう⁉」

「違う……違う……！」

サシャはどうして、この場所がわかったのだろうか。そう思った瞬間、もうひとり、誰かいるのに気づいた。ツィリルだ。目が合うと、ツィリルは一歩、二歩と後ずさる。

きっとロマナと俺がいないとサシャに詰め寄られ、居場所を吐くように言われたのだろう。

「……ツィリル」

逃げてと言う前に、サシャに殴られた。ゲホゲホと咳き込んだら、口の端から血が滴った。

視界の端で、ツィリルが走っていく様子が見えた。よかった。ひとまず安堵する。

サシャは、顔面を殴り続けた。

「みんな、イヴァン、イヴァンって、お前ばかり気にするんだ‼　小さいときから、ずっと‼　それが、気に食わなかったんだ‼」

そんなことはない。家族からかわいがられていたのは、明るくて元気なサシャのほうだ。

町の女の子だって、みんなサシャが好きだと言っていた。

「人気取りをしたいから、みんなの言いなりになっているんだろう？　そんな人生、楽しいか？」

人生が楽しいとか楽しくないとか、まったく考えたことがなかった。けれどこれからは、自分のために生きて、人生に楽しみを見いだすのも、いいのかもしれない。

もしもこの先、生きていたらだけれど。

だんだんと、視界がかすんでくる。意識も朦朧《もうろう》としていた。顔はきっと、ぐちゃぐちゃだろう。

死ぬほど痛いけれど、叫ぶ元気すらない。

「俺は、お前のことが、大嫌いだ‼」

「そう、なんだ」

俺は不思議と、サシャのことは嫌いではない。もともと一つだったものが、二つに分かれて生まれた存在だからだろうか。

サシャを、どこか自分のように思っているのだろう。

「ふたりも、いらなかったんだ！　お前がいるから、俺は何もかも比べてしまい、劣等感に、苛《さいな》まれる！」

意識が遠退《とおの》いていく中で考える。サシャが幸せになるには、どうしたらいいのかと。サシャ自身は、俺と真逆の思考でいる。

「いなくなれ!!」

このまま目を閉じたら、きっと願いは叶うだろう。けれど俺はもう、他人のために頑張るのではなく、自分のために生きると決めたのだ。

サシャの拳が迫る瞬間、顔を少しだけ逸らした。一撃は空振りとなる。

「クソ！」

もう一度、サシャは拳を振り上げた。これ以上殴られると、さすがに生死の境を彷徨ってしまう。

「ちょっ、待っ——」

ぎゅっと目を閉じたが、衝撃は襲ってこなかった。そっと瞼を開くと、サシャの拳が目の前で止まっている。いったいどうしたのか。よくよく耳を澄ますと、ツィリルの声が聞こえた。

「ロマナ姉ちゃん、大丈夫!?　ロマナ姉ちゃん!!」

ツィリルは逃げたかと思っていたのに、戻ってきたようだ。

そして、もうひとりいた。サシャが振り下ろした腕を、掴む誰かが。

「もう、止めよ。これ以上殴ったら、死んでしまうぞ」

聞いたことのある、古めかしい喋りをする低い声。

思わず、笑ってしまった。

「にゃんにゃんおじさん、じゃん」

そう言ったあと、目の前が真っ暗になる。

最期の言葉がそれにならなければいいなと思いつつ、意識を手放した。

❖ ❖ ❖

にゃんにゃんと、猫の鳴き声が聞こえる。いつもだったら気にしないのに、どうしたことか鳴き声が聞こえるほうへと誘われる。

家族の誰かが「イヴァン！」と呼んでいる気がしたが、後回しにした。

猫の鳴き声はだんだん遠ざかっていく。走って追いかけないと、姿を見ることはできないだろう。

なんだか走りにくい気がして、兄のおさがりの帽子や外套を脱ぐ。ロマナが贈ってくれた靴や手作りの靴下も脱いだ。唯一自分で買ったシャツと、ズボンだけになると、ずいぶん走りやすくなった。ようやく、猫の姿が見える。

金色の毛並みに、青い瞳を持つ美しい猫だった。まるで、こっちへついてこいと誘っているような鳴き声をあげていた。花畑を走り抜け、草原を通り過ぎ、走って、走って、走り続けると、生まれ育ったオクルス湖を取り囲む景色は見えなくなる。

たどり着いたのは、深い、深い、エメラルドグリーンの美しい湖。果てなく広がる湖は、オクルス湖よりも大きく感じた。そして、天を衝《つ》くようにそびえる雄大な山々。見たこともない光景が、これでもかと広がっていた。あまりにも美しく、自然と涙が零れる。

「ここは⁉」

猫の姿は消え、ひとりの少女の姿になった。姿はおぼろげで見えないけれど、なぜか強く惹《ひ》かれるものがある。差し出された手を掴もうとしたら、景色がぐにゃりと歪んだ。

「にゃんにゃん、にゃんにゃん」

低い、中年親父の声が聞こえた。あまりにもにゃんにゃん言うので、叫んでしまった。

「うるさいな‼」

瞼を開くと、俺を覗き込む中年親父の姿があった。

「にゃんにゃんおじさん……じゃなくて、マクシミリニャン？」

「そうである」

どうやら、今まで夢を見ていたようだ。何か印象的な内容だった気がするが、よく思い出せない。

それよりも、顔面がズキズキ痛み、夢どころではなかった。

「痛《い》った……！」

サシャに殴られたときの記憶が甦ってきた。まずは、マクシミリニャンに感謝の気持ちを伝えなければ。彼がいなかったら、俺はサシャに殺されていただろう。

「マクシミリニャンのおじさん……ありがとう、ございました」

「気にするでない。それよりも、灯りも持たずに我に助けを求めてきた少年に感謝するといい」

マクシミリニャンはもともと、俺と話をするつもりで小屋に向かっていたようだ。それでも、走って五分くらいの距離は離れていたという。ツィリルがマクシミリニャンに助けを求めてくれたおかげで、俺は助かったのだ。

マクシミリニャンは「しばし休め」と言って出ていった。入れ替わるように、母が部屋に入ってくる。ここでようやく、ここが母の寝室であることに気づいた。さすがに、屋根裏部屋に俺を運べなかったのだろう。

「全治二週間ですって。幸いにも、骨は折れていないそうよ」

呆れたように、言われてしまった。顔全体が死ぬほど痛いのに、骨は折れていないなんて。意外と頑丈なのだな、としみじみ思う。顔は包帯だらけのようだ。傷口が痒《かゆ》いような気がして、気持ち悪い。口の中も、切っているのかじくじく痛む。それよりも、気になっていることがあった。

「サシャは？」

「あの子ったら酷く取り乱していたから、オクルス湖の教会に連れていったわ。神父様に、しばらく預かってもらうようお願いしたの」

「そうなんだ。大丈夫かな」

「あなたは、そんな状態になっても、サシャの心配をするのね」

「だって、サシャは、双子の兄、だし」

自分も一歩間違えば、サシャのようになっていた可能性はある。だから、他人事のようには思えなかった。俺とサシャは、元は一つだったものが、二つになった存在だから。

「ロマナは？」

「修道院に行くと言って、去っていったわ」

義姉たちが引き留めたようだが、修道女になると言って聞かなかったと。母も説得をしに修道院へ出向いたが、院長からロマナへ取り次いでもらえなかったらしい。

「まさか、サシャとロマナがうまくいっていなかったなんて、思いもしなかったわ」

「まあ、元は他人だから、本当の家族になるのは、難しいよ」

「結婚していないあなたが、どうしてわかったふうな口をきくのよ。でも、その通りなのよね」

家族とはなんなのか。改めて考える。人が定義する家族とは、決して蜜蜂のように割り切った関係ではない。手を取り合って助け合い、愛を与え、また愛を返す存在なのだろう。それができないと、関係は破綻してしまう。結婚を経て結ばれた存在であれ、血を分け合った存在であれ、一方的に特定の家族に頼り切るというのは、もはや家族ではない。

言葉を選ばずに言うと、蜜蜂に寄生する寄生虫のようになってしまうのだ。寄生されたら、本人も、家も、何もかもがダメになってしまう。ロマナはそれに、気づいてしまったのかもしれない。

俺も、そうなりたくない。いい機会だと思い、母に決意を告げる。

「俺、この家を出る。独立したいんだ」

母は、怒りとも悲しみともとれない表情を浮かべている。

「独立って、どこに行くつもりなのよ？　新しく養蜂を始めるの？　だったら、養蜂園に新しく土地を確保して、花畑を作ればいいわ。家だって、窮屈《きゅうくつ》だったら、新しい離れを建ててあげるし」

「え、何それ」

自分でも驚くほど、突き放すような冷たい声が出てしまう。それも無理はない。これまで俺がどれだけ頑張っても、母は花畑を作ればいいなんて提案しなかった。

もしも仕事の成果を母が評価し、土地を確保し、花畑を作って、離れを与えてくれたら、どれだけ嬉しかったか。家を出る決意だってしなかったはずだ。今さら引き留めても、もう遅い。

「イヴァン、悪かったわ。これまで、私たちはあなたに甘えていたんだと思う。これからは、もっとあなたを尊重するから。どうか、ここに残ってほしいの」

「母さん、ごめん。もう決めたから」

「あなたは養蜂をしていくしか、生きる術《すべ》はないのに」

「うん、わかっている。でも、蜜蜂はここだけではなく、世界中のどこにだっているから」

世界は広い。まだ見たことのない景色が、広がっているだろう。

蜜蜂はきっと、俺を新しい世界へと導いてくれる。そう、信じていた。

「イヴァン、あのね、世の中、甘いことばかりじゃないのよ?」

「わかっている。でも、ここにいたら、俺はダメになってしまうんだ」

サシャにとっても、家族にとっても、俺がこの家を出て行くほうがいい。

「母さん、きちんと家を管理していないと、寄生虫に侵された蜜蜂の巣のように、腐ってしまうからね」

寄生虫が何か、わからない母ではないだろう。顔色を青くさせた母は、部屋から出ていった。

開かれた扉の向こうに、マクシミリニャンの姿が見えた。母が去って行った方向と俺を交互に見ている。

「ねえ、おじさん。俺、おじさんに、ついて行っても、いい?」

「アニャと、結婚してくれるというのか?」

「うん、いいよ。アニャが、俺を気に入ったら、だけれど」

こんな、怪我で顔がぐちゃぐちゃになった、顔面包帯だらけの男を気に入ってくれるとは思わないが。性格だって明るくないし、面白みがあるわけでもない。これだけは性分なので、どうしようもないけれど。

「アニャは、そなたを気に入るにきまっておる!」

マクシミリニャンはズンズンと接近し、手をぎゅっと握ってくれた。彼の手はごつごつしていて、手のひらの表皮は硬くて、働く男のものだった。

そして、温かい。触れた熱に、心がジンと震える。

「よくぞ、決意をしてくれた！」

今回の事件は、考えを改めるいい機会だったのかもしれない。もう、ロマナは人知れずサシャに殴られることはなくなった。サシャだって、自らと俺を比べて苛立たないだろう。

「では、怪我が治ったところで、迎えにくるゆえに」

「待って。一緒に行くから」

「しかし、傷が痛むだろう？」

「痛いのは顔だけで、体は元気だから」

「そうか。ならば、明後日でよいか？」

「明日でいい」

あまり、だらだら家にいるのもよくないだろう。町の人たちにも挨拶したいけれど、この怪我では心配させてしまう。ミハルにだけ会って事情を説明して、あとの人たちへは手紙を書けばいい。

ほとぼりが冷めたら、またこの地を訪ねたい。

「何か、手伝うことはあるか？」

「大丈夫。そういえば、肉は売れた？」

「ああ、おかげさまで、そなたの名を出したら、色を付けて買い取ってくれたぞ」

「だったら、よかった」

親切な市場の人々は、マクシミリニャンの身の上話を聞いて、婿候補の男性を何名か紹介してくれたらしい。

「しかし、話を聞いていると、山での暮らしに耐えうる者たちだと思えず」

「まあ、町での暮らしに慣れた人をいきなり山へ連れていっても、暮らしは成立しないだろうね。俺だって、そうかもしれない」

「そうであるが、そなたからは、環境を受け入れる、生きる強さというものを感じていた」

マクシミリニャンが気に入る婿は、いなかったようだ。どうしてもというのであれば連れて帰るつもりだったらしい候補が、結婚してから「無理」と言われても困る。そのため、嘘偽りない山での暮らしを聞かせたようだ。すると、婿候補は青ざめた顔をして次々と辞退していったらしい。

「そういえば、どんな暮らしをしているか、聞いていなかった」

「聞くか？　もう、辞退はできぬのだが」

「なんだよ、その決まりは」

「せっかく得た婿を、逃がすわけにはいかぬからな」

「逃げないよ」

まず、マクシミリニャンの自宅は高い山の中腹にあるらしい。空気が薄く、慣れない者は具合が悪くなるのだとか。

「巣箱を設置しているのは、崖の遥か上である」

「もしかして、登っているの？」

マクシミリニャンは大きく頷いた。かなりとんでもない場所で暮らしているようだ。

「心配はいらぬ。我が家には、山羊がいるゆえに」

「山羊？」

山羊が、蜂蜜を採ってきてくれるのか？　いいや、絶対違うだろう。

「山羊が、どうしてくれるの？」

「背中に乗せてくれる」

「山羊に乗って崖を登って、蜂蜜を得ているってこと？」

「その通り！」

なんだそれは、と言いそうになったが、ごくんと呑み込んだ。場所が変われば生活様式もガラリと変わる。彼らは山羊に跨《また》がり、崖を登った先にある蜂蜜を採って暮らしているのだろう。

「しかし、山羊か……」

「どうしたのだ？」

「いや、近所の農園に、山羊の世話の手伝いに行ったことがあったんだけれど」

月に一度、山羊の爪切りを行う。山羊を押さえるのを手伝ったら対価をくれるというので、喜んで参加したのだ。当時の俺は、山羊の気性の荒さを理解していなかった。角で突かれ、顔面を蹴られ、体当たりされた。満身創痍で得たのは、金ではなく新鮮な山羊のチーズだった。

以降、俺は山羊に近づいていない。

「そんなわけで、あまり山羊が得意ではないというか、なんというか」

「安心せい。山暮らしの山羊は、穏やかで優しい性格をしておる」

マクシミリニャンは町に宿を取っているらしい。明日の朝に出発するので、そのときにまた会おうと言い、部屋から出ていった。試しに起き上がってみたが、痛いのは顔だけで体は平気だ。

痛み止めの薬を飲んで、立ち上がってみる。いまだ口の中は血の味だったが、そのうち治るだろう。そろそろ、ミハルが配達にやってくる時間だ。まず、こちらの事情を話しておかなくては。窓を開くと、ちょうどミハルが操縦する馬車が見えた。外に出てミハルを待つ。

やってきたミハルは包帯だらけの俺を見るなり、「どちら様ですか？」と尋ねてくる。

「俺だよ、俺」

「どちらの、俺さんでしょうか？」

口を怪我しているので、声がいつもより籠もっているのだろう。怪訝《けげん》な表情のまま、ミハルは固まっている。

「俺だ、イヴァンだ」

「ええっ、イヴァン⁉　どうしたんだ、その顔⁉」

「サシャに殴られた」

「ああ、なるほどね」

その一言で、ミハルはすべてを察してくれたようだ。さすが、心の友である。

小屋に移動し、事の次第をすべて話した。

「そうか。そんなことがあったのか。まあ、いつか何か起こるだろうなとは思っていた」

「よく、わかったね」

「長年、お前とロマナを見ていたからな」

ミハルは仕事をする俺を熱烈に見つめるロマナの姿を、何度か目撃していたらしい。

普段の態度も、俺とそれ以外の人に対する言動は、まったく違っていたようだ。

「町の男がさ、使いでやってきていたロマナに、茶でも飲まないかって声をかけたことがあったらしいんだ。そのときのロマナは、ゴミでも見るような目で相手を見ながら、〝忙しいので〟なんて返していたんだとよ。ロマナが優しいのは、お前とお前の家族だけだったんだ」

「そうだったんだ」

「一番怖かった瞬間は、ここ最近だったかな。お前を見つめるロマナを、背後からサシャが睨《にら》んでいるときだった。ありゃイヴァン、いつか刺されるのではと思っていた」

「たしかに。ここ最近、異様な雰囲気だったかも」

ミハルは険しい表情で、うんうんと頷く。

「しかし、怒って我を忘れているように見えて、どこか手加減していたのかもしれないな」

「手加減していた？　俺の顔、ぐちゃぐちゃなんだけど」

「本気を出していたら、歯や骨が折れたりしていただろう」

「あー、そうだね」

会話が途切れ、なんとなく空を見上げる。気持ちいいくらいの晴天だった。

「思ったんだけどさ、サシャって、お前が好きで好きで堪らなかったんじゃないのか？」

ミハルの言葉に、真冬のオクルス湖の水を頭からぶちまけられるほどの衝撃を受ける。

「本気で言っているの？」

「うん。だって、サシャがおかしくなったの、ロマナが来てからなんだろう？　それまで、よく遊んでいたし、養蜂の仕事もたまにだけど手伝っていたじゃん」

「まー、うん」

　サシャが変わったのは、思春期だからだと思っていた。けれど、記憶を遡ってみると、ロマナを家で引き取った時期とぴったり重なる。

「でも、ありえないよ」

「いいや、ありえるんだな。俺も、サシャとイヴァンが一緒にいるところに仲間に入ろうとしたら、めちゃくちゃ睨まれたことがあったんだ。たぶんサシャにとって、イヴァンはもうひとりの自分なんだよ。だから、ロマナに取られて面白くなかったし、俺とも仲良くしてほしくなかった。この気持ちを持て余した結果、イヴァンの気を引こうと、あれこれいやみを言ったり、ロマナと結婚してみたりしたんじゃないかな」

「けどさ、もうひとりの自分を、めちゃくちゃに殴る？」

「自傷行為的な？」

「傷ついているのは、もれなく俺だけなんだけれどね」

　ミハルの言っていることは、あながち間違いではないのかもしれない。サシャに対する何でも許してしまう気持ちは、母やミハルには理解できないと言われた記憶がある。

「うん。でもなんか、しっくりきた。やっぱり、俺はこの家にいてはいけなかったんだ」

「これからどうするんだ？」

「にゃんにゃんおじさんの娘と、結婚するよ」

「はあ⁉　お前、町から出て行くっていうのか？」

「家を出たほうがいいって先に言ったのはミハルでしょう？」

「いや、そうだけど、町から去るとは思わなかったから驚いて……」

「だって、家を出ても、町にいたら家族やロマナと会うかもしれないし」

「それはそうだけれど……。にゃんにゃんおじさんの家は、ここから離れた場所にある秘境なんだろう？　いつ、行くんだ？」

「明日の朝。明日までに、ミハルのお祖父さんや親父さんに宛てた手紙を書くから」

「いやいやいや、なんで⁉　急すぎないか？」

「もう、決めたんだ」

「そりゃないぜ、イヴァン」

これまで、ミハルの家族は本当によくしてくれた。心から感謝している。

「俺、ミハルと、ミハルの家族のおかげで、腐らずに暮らしてこられたんだ。本当の家族みたいに思っているよ」

「本当の家族だったら、出て行くなよ。俺の家で暮らせばいいのに。寂しいだろうが」

「俺もそう思うけれど、自分の人生は、誰かに居場所を与えられるものではなくて、自分で切り開きたいんだ」

急に黙り込んだので、ミハルを見る。瞳が若干潤んでいるような気がした。

「イヴァン、俺、お前の新しい人生を応援したい。でも、なんて言葉をかけていいのか、わからないや」

「本当に、ごめん」

ミハルは立ち上がり、明日、またくると言う。去りゆくミハルに、頭を下げた。

屋根裏部屋を封鎖して、荷物の整理をする。不要なものは、甥や姪にあげることにした。母やロマナが作ってくれた外套や服は、置いていく。自分で買い集めた品だけ、持っていくようにしたい。数枚のシャツにズボン、ミハルが譲ってくれた外套、それから下着類。ちょっとした小物に、これまで作ったりもらったりした保存食など。

もっとも大事なのは、養蜂の父と呼ばれる男が執筆した二冊の書籍である。飲んだくれの父が俺にお使いを頼むことがあり、そのお駄賃を貯めて買った品だ。俺の宝物でもある。

養蜂の父たる男は、画家になるために見知らぬ地へと渡った。

同じように、俺も明日、見知らぬ土地へと旅立つ。いったい、どんな暮らしが待っているのか。まったく想像もできない。不安はなかった。だって、自分が望んで選んだ道だから。

兄や義姉たちは、顔を包帯で巻かれた俺を見て、いたたまれないような表情をしている。何も聞いてこないのは、母に止められているのだろう。非常によそよそしいが、今はその対応は逆にありがたい。口の中が痛いので、誰かと話そうという気にもならないし。

大人たちの対応は非常に助かっていたが、深い事情を理解できない子どもたちは容赦しない。俺を見つけるたびに、笑ったりじゃれついてきたりする。

明日まで母の部屋を使っていいというので、引きこもって手紙を書くことにした。机と椅子があるので助かる。屋根裏部屋は昼間でも薄暗いし、天井が低いので机や椅子を持ち込めない。とても手紙が書けるような環境ではなかった。以前、ミハルの実家の店で買った便せん一式を荷造りの中から取り出した。何年もしまっていたので、便せんは色あせている。手紙を出す相手なんていないのに、どうして買ったのか。昔の自分の行動が、まったく理解できない。しかしまあ、今日役に立っているのでよしとする。

手紙を書くのはミハルの家族と、仲がよかった精肉店、生花店、青果店の店主や従業員。取り引きをする上で親しくしていた。きっと俺が独立すると聞いたら、驚くだろう。

サラサラと手紙を書いていたら、遠慮気味に扉が叩かれた。

「誰?」

「おれ……ツィリル」

扉を開くと、ツィリルがいたたまれないような表情でいた。目が合うと、サッと視線を逸らす。

「どうしたの?」

「ちょっと、話したくて」

ツィリルの手を握り、部屋へと誘う。寝台を椅子代わりに勧めたが、なかなか座ろうとしない。

「どうしたの?」

「顔、大丈夫?」

「大丈夫ではないけれど、骨は折れていないし、先生の薬があるから、たぶん早めに治ると思う」

「そ、そっか」

心配して様子を見に来てくれたようだ。重傷にならなかったのは、ツィリルのおかげだ。感謝の気持ちを伝えなければならない。

「暗い中、おじさんを呼びにいってくれて、ありがとう」

「う、うん。おれが、喧嘩を止められたら、よかったんだけれど」

　ツィリルの肩が震えていた。可哀想に。きっと、サシャが怖かったのだろう。

「暗闇の中、別の大人に助けを求めに行ってくれただけでも、大したものだよ。勇敢だ」

「勇敢なんかじゃないよ。おれが、サシャ兄を小屋に案内したし。その、ごめんなさい。おれのせいで、大喧嘩になって」

「ツィリルのせいじゃないよ」

　涙を浮かべるツィリルの頭を、ぐりぐりと撫でる。余計に、泣かせてしまった。

「それに一回、おじさんの顔を見て、逃げてしまったんだ」

　逃げたくなる気持ちは大いに理解できる。暗闇の中でマクシミリニャンと出会ったら、誰だって回れ右をするだろう。別におかしなことではない。

「それで、どうしたの？」

「おじさんが、追いかけてきたんだ」

　あとからマクシミリニャンに話を聞いたところ、深夜に子どもがひとりでいたため、保護しなくてはという思いに駆られたらしい。強面で服がボロボロの中年親父が追いかけてきたら、大人の俺でも普通に怖い。ツィリルの恐怖は、かなりのものだっただろう。

「最終的には捕まってしまって、イヴァン兄の名前を叫んだら、おじさんがイヴァン殿を知っているのか？　って聞いてきたんだ」

　俺の知り合いだとわかるやいなや、ツィリルは助けを求めたらしい。マクシミリニャンは、ツィリルを抱えて小屋に駆けつけてくれたようだ。

「おれが逃げなかったら、もっと早く助けられたのに。ごめん」

「そんなことはないよ。ありがとう」

にっこり微笑みかけると、ツィリルの強ばっていた表情が解れた。が、すぐに眉間に皺が寄る。

「あの、さっき、母さんからイヴァン兄が家を出て行くって話を聞いたんだけれど、嘘、だよね？」

そうだった。ツィリルにも、きちんと話しておこうと思っていたのだ。

「ツィリル、俺、この家を出て行くんだ」

「ど、どうして⁉」

「どうしてって言われても、説明が難しいな」

「サシャ兄と喧嘩して、仲直りできないから？」

「うーん。まあ、簡単言えば、そうかな」

「だったら、おれがサシャ兄に、イヴァン兄と仲直りしてって、言うから」

「仲直りしたら出て行かない、ってわけでもないんだ」

サシャとロマナの関係を崩してしまった原因は、俺にある。だが、その責任を取るように家を出て行くわけではない。このままだと、イェゼロ家がダニに寄生された蜜蜂の巣箱のようになってしまう。もちろん、前向きな気持ちで出て行くという気持ちも大いにある。

その辺の繊細な事情を、ツィリルにわかるように説明するのは難しい。

「ひどいよ……。おれを置いて、出て行くなんて」

否定はできない。けれど、この家の男手は俺以外にもある。今後のイェゼロ家がどうなるのかは、母の采配しだいだ。ツィリルはポロポロと涙を零していた。こんなに、子どもから好かれることなんて、二度とないだろう。小さな体を、ぎゅっと抱きしめてやる。

「イヴァン兄、おれも連れていって！」

「それはダメ」

山岳での養蜂だなんて、ツィリルには絶対に無理だ。養蜂家としても見習い未満なので、この家で修業が必要である。ただ、気がかりなこともあった。このままでは、ツィリルは俺と同じ道をたどってしまうだろう。だから、その辺はきちんと忠告しておく。

「ツィリル、労働には対価を要求できるんだ。家族だからといって無償で働いていたら、自分の価値をどんどん下げることになる」

「タイカ？　ムショウ？　カチ？　よくわかんないよ」

「働いたら、ご褒美がもらえるのが普通ってこと。誰かに仕事を頼まれたら、何をもらえるのって聞くんだ。もしも何もないと言われたら、しなくていい」

「うーん？」

「たとえばだけれど、働いたら飴を一つもらう。飴がもらえなかったら、仕事はしない。そういうこと。人はみんな、飴をもらえるから仕事をしているんだ」

菓子に喩《たと》えたら、少し理解してくれた。先行きは不安ではあるが。

「どの仕事が飴玉一つになるのかを、考えるのも大事だからね」

「難しいな」

ただ、ちょっとした手伝いでも報酬を要求し始めたら、女性陣から顰蹙《ひんしゅく》を買うだろう。その辺は非常に難しいところだ。家を出る前に、母に話しておいたほうがいいだろう。

「イヴァン兄が教えてくれたらよかったのに」

「そうだね。ごめん」

しょんぼりとするツィリルの手のひらに、あるものを握らせる。それはオクルス湖のほとりにある小屋の鍵だ。

「イヴァン兄、これ！」

「ひとりで行ったらダメだからね。父さんか、兄さんと一緒に行くんだ」

「う、うん」

ツィリルには兄がいるので、任せても大丈夫だろう。

「おれが、もらってもいいの？」

「ああ。その代わりに、ミハルのお祖父さんの漁を手伝ってくれないか？」

腰が悪いのに、張り切って漁に出かけているのだ。たぶん、俺がいなくなったあとはミハルが渋々手伝うだろうが、ツィリルもいたらさらに助かるだろう。

ツィリルは、コクリと頷いてくれた。

「ねえ、イヴァン兄、ずっと会えないわけじゃないよね？」

「もちろん」

「よかった」

ここでようやく、ツィリルは安堵の表情を見せてくれた。

手紙を書き終えて横になった途端、泥のように眠る。一日に大量の文字を書くことなどないので、疲れてしまったのだろう。目が覚めると、カーテンの隙間からこれでもかと太陽光が差し込んでいた。母の部屋は日当たりがよすぎる。太陽の光が差し込みすぎず、過ごしやすい部屋は、兄たちが使っているのだろう。これは母の優しさなのだろうか。

包帯を取り、部屋にあった鏡で見てみる。想像以上に、顔はボコボコだった。頬も瞼も額も内出血で青くなっている。唇も切っていたのか、腫れていた。これで骨が折れていないのだから、自分の体はかなり頑丈なのだろう。山羊や牛のミルクを毎日飲んでいるからだろうか。その辺は、よくわからない。しかし、酷い見た目だ。しばらく、包帯が手放せないだろう。ため息を一つ零し、鏡を伏せる。自分で自分のことが気の毒になってきたので、もう鏡は見ないようにしよう。

ボコボコになった顔についてはさて措《お》いて、昨日書いた手紙を、封をする前に確認する。

一通り読んだが、まあ、問題ないだろう。この辺りには学校はない。文字の読み書きや計算は父に習った。父は大学を卒業している、学のある人だったのだ。卒業後は教師になる予定だったが、旅行先で出会った母に一目ぼれし、そのままイェゼロ家に婿入りする形となった。

教師の仕事を蹴って、愛を取ったというわけである。それほどに、情熱的なものだったらしい。酔っ払った父がよく話していた。ずっと、後悔しているとも。

なんでも、父は教師をしながら母を養う予定だった。だが、母はイェゼロ家のひとり娘で、養蜂園の跡取り娘でもあったのだ。母が両親や養蜂園を見捨てて結婚なんてできないと別れを切り出すものだから、父は思いきった行動に出てしまったようだ。

晩年の父は、町の子どもたちに文字や計算を教えるのが夢だと語っていた。けれど町の者は、幼い子どもでも働き手として数えている。学校に通う時間なんてないと、一蹴されていた。自らの学力を養蜂に活かす手段がわからず、父はずっと苦悩していたのかもしれない。酒に溺れ、最後は母と口論となり、家を出た。そしてそのまま、帰らぬ人となってしまう。

時間があったら、父の墓前にも挨拶に行こう。

父が文字の読み書きを教えてくれたおかげで、俺は養蜂の父に出会えた。感謝しても、し尽くせない。

朝食は母が持ってきてくれた。蕎麦粉《そばこ》入りのパンにバターを載せ、上から蜂蜜を垂らしたものと、大きなソーセージがぷかぷか浮かんだ〝ヨータ〟と呼ばれるスープ。それから、山盛りの野イチゴがあった。母なりの、愛を込めた最後の食事なのかもしれない。盆の上に置かれていたのは、朝食だけではなかった。革袋に入った何かが、置かれている。手に取ると、ずっしり重い。カチャカチャという、金属音も聞こえた。

「母さん、これ何？」

「あなたに渡していなかった報酬よ」

母は突然、頭を下げた。何事かと思い、ギョッとする。

「え、何？」

「ごめんなさい。あなたに報酬を渡していなかったなんて、知らなかったの」

イェゼロ家の金銭の管理は、一番上の兄アランの妻ダナがしていたらしい。アランから俺の給料を酒代に回せと命じられ、渡していなかったようだ。

「イヴァン、どうして、何も言わなかったのよ」

「いや、だって他の人が賃金をもらっていたとか、知らなかったし」

皆、各々の花畑で採れた蜂蜜を売って、稼いでいると思い込んでいたのだ。まさか月給制だったなんて、知る機会なんてなかったし。母は深い深いため息をつき、もう一度謝ってくる。

「時間はかかるかもしれないけれど、お金は返すから」

「だったら、そのお金を子どもたちの学費にしてあげて。文字の読み書きや計算は、取り引きをする上でも役立つから」

「学なんて、養蜂家には役に立たないわよ」

「立つよ。俺は養蜂の本を読んで、病気対策もしてきたし」

養蜂の父たる男の本を読んで、新たに得た養蜂の知識は山のようにある。日々続けることで得る感覚も大事だが、勉強して得るものも大事なのだ。

「兄さんたちも文字の読み書きや、計算ができるはずだから、先生になってもらって。教えた分だけ報酬を払ってほしい。身内とはいえ、労働をしたら対価を与えてほしいんだ。兄さんたちだけじゃない。子どもたちにも」

「え、ええ。そうね。わかったわ」

理解してもらえて、ホッと胸をなで下ろす。これで、ツィリルや他の甥や姪たちがタダ働きを強いられることはないだろう。

母が出て行ったあと、食事を摂る。こんな風にのんびり過ごす朝は、初めてだった。

出発の朝を迎える。見送りは母とツィリル、それからミハルだけ。ひとまず、ミハルに手紙を託す。

「これ、みんなにお願い」

「ああ、任せておけ」

まだ、ミハルは元気を取り戻していない。昨日の今日なので無理もないか。ツィリルのほうが、いつも通りだ。母は目を真っ赤にさせていた。

マクシミリニャンがやってくる。町で何か買い付けをしたのか、大きな荷物を抱えていた。

「さあ、イヴァン殿、行こうか」

「うん」

あまり話し込むと寂しくなってしまう。だから、別れは手短に。

「ミハル、落ち着いたら、手紙を書くよ」

「ああ」

背中をポンと叩いたら、「力が強い！」と抗議されてしまった。その様子は、いつものミハルなのでホッとする。

ツィリルは突然、胸に飛び込んでくる。小さなその体を、ぎゅっと抱きしめた。

離れると、ツィリルは手に握っていた革袋を差し出してきた。

「これ、イヴァン兄にあげてって、父ちゃんが」

「兄さんが？」

革袋の中身は、蕎麦の種だった。去年採った種を、そのままくれたようだ。

「父ちゃんがね、古い言葉に〝新しい場所で蕎麦の種を蒔《ま》いて、三日以内に芽がでてきたら、そこはあなたの居場所です〟っていうのがあるって、言っていたんだ。だから、居場所に迷ったら、この蕎麦の種を蒔いてね」

「ありがとう」

蕎麦の種を受け取り、鞄の中に入れる。ツィリルの父親ミロシュは、他の兄と比べて比較的俺に優しかったが、特別扱いすると他の兄弟から反感を買うので、表だっては何もできなかったのかもしれない。ツィリルの頭を撫でながら、俺からの感謝の気持ちをこっそり伝えるように頼んでおく。

「ツィリル、元気で」

「イヴァン兄も！」

母はかごに入った弁当を渡してくれた。

「お腹が空いたら、マクシミリニャンさんと一緒にお食べなさい」

「ありがとう」

ただ、それだけの言葉を交わしただけなのに、母はポロポロと涙を零した。

「何があっても、あなたの家は、ここだから」

これは決別ではなく、旅立ちだ。だから、いつでもこの家に帰ってこられるのだ。

「行ってきます」

オクルス湖を背に、新しい一歩を踏み出した。前を歩くのは、筋骨隆々の強面のおじさん。彼の娘はどんな見た目で、どんな性格をしているのか。まったく想像がつかない。愛らしい娘だとマクシミリニャンは主張しているが、親の欲目の可能性が大であった。

果たして、マクシミリニャンの娘アニャは、顔面ボコボコの包帯男との結婚を受け入れるのか。

なんだか楽しみになってきた。

第二章　養蜂家の青年は、ヴェーテル湖の近くの村にたどり着く

マクシミリニャン親子が生活するヴェーテル湖の近くには、〝マーウリッツア〟という名の小さな村がある。そこまで、乗り合いの馬車が行き来しているのだ。一度も止まらずに馬車を飛ばしたら一時間。乗客を降ろしつつゆっくりだと二時間程度の道のりである。

秘境と言われているが、オクルス湖からさほど離れていない。しかし家から遠出したことのない俺にとっては、大冒険である。

馬車に乗り、生まれ故郷をあとにした。窓の外に雄大なオクルス湖が見えた。馬車が走り出すと、だんだん遠ざかっていく。

俺の人生は、物心ついた頃からオクルス湖と共に在った。春は湖畔を走り回り、夏は泳ぎ、冬はボートを漕いで遊んだ。それだけではない。養蜂園の花々は、湖からくんだ水で育てられている。日々口にしていた蜂蜜は、オクルス湖の豊富な水が作り出したと言っても過言ではないだろう。気分が沈んだ日は、決まってオクルス湖を眺めにいっていた。美しい島の教会や、水面を跳ねる魚、のんびり泳ぐ白鳥を眺めていると、不思議と気分が穏やかになるのだ。

時に遊び場となり、時に生活を助け、時に励ましてくれる。これまで、オクルス湖との関わりは切っても切れないものであった。そのオクルス湖が、遠ざかっていく。

いいや、オクルス湖のほうが遠ざかっているのではなく、俺が離れていっているのだ。なんだか寂しいような、悲しいような。切ない気分になり、目頭が熱くなる。すると、一昨日サシャから受

けた目元の傷がズキズキと痛んだ。

どうやら、今の俺は感傷的になることすら許されていないらしい。

強く生きろというわけか。

太陽の光を浴びたオクルス湖の水面は、キラキラと輝いていた。まるで、人生に幸あれと、祝福してくれているようにも見える。

ガタン！　と馬車が揺れたのと同時に、オクルス湖は見えなくなった。

これからは、強く生きなければならない。守ってくれる家族はいない。俺が、守る側に立たなければならないのだ。財もない甲斐性なし野郎が結婚なんてできるのか。俺を選んだマクシミリニャンの目が、節穴でないことを祈るばかりである。

馬車は三人掛けであるが、大柄のマクシミリニャンがどっかり腰掛けると、大人はあとひとりしか座れなくなる。マクシミリニャンの腕は、太腿かと思うほどがっしりしていた。山での暮らしが、彼の体を筋肉質にしているのか。自分の腕と比べてみる。毎日朝から晩まで働いても、マクシミリニャンのようにムキムキにはならない。しばらく山で暮らしたら、筋肉質な体になるのだろうか。

気になるところだ。もしかしたら、同じ山暮らしのアニャも、筋骨隆々なのかもしれない。マクシミリニャンの娘である。間違いないだろう。俺とは生まれも育ちも異なる娘である。しかし、マクシミリニャンのように気がいい人物であれば、うまくやっていけるだろう。

初めての馬車の旅である。早速、馬車の振動で尻がこっそり悲鳴をあげていた。マクシミリニャンを横目で見てみたが、腕を組んで微動だにしていない。彼はきっと、尻にも厚い筋肉がついているのだろう。羨ましい限りだ。

乗り合いの馬車は定員六名で、商人らしき中年男性や旅装束の若者がいる。彼らもヴェーテル湖の近くにあるマーウリッツアまで行くものだと思っていたのに、途中で降りてしまった。マーウリッツアまで行くのは、俺とマクシミリニャンだけのようだ。

「母君から預かった弁当は、この辺りで食べたほうがよいな」

口数が少ないマクシミリニャンは、それだけしか言わない。よくわからなかったが、ひとまず弁当を食べる。

三十分後、早く食べたほうがいい理由に気づく。村に近づくにつれて、道がガタガタになる。このように揺れては、食事もままならなかった。早めに食べておいてよかったと、心から思った。

そんな状況でも、マクシミリニャンは表情や姿勢を崩さなかった。さすが、山暮らしの男である。馬車が大いに揺れるので、気分が悪くなってしまった。あとは、食べたものが外に出ないよう、耐えるばかりである。

「イヴァン殿、あと少しの辛抱だ」

「……了解」

ぼんやりと窓の外を眺める。森の中をひたすら進んでいた。鬱蒼《うっそう》とした森で、気分まで滅入りそうになる。しかし、森を抜けると、景色がガラリと変わった。雄大な山々に囲まれる湖が見える。

「あれが、ヴェーテル湖？」

「しかり」

湖の水は驚くほど澄んでいる。湖面はエメラルドグリーンに見えるところもあれば、スカイブルーに見えるところもある。見る角度によって、さまざまな色を見せてくれるようだ。

ただただ、ヴェーテル湖の美しさに見とれてしまった。人間がほとんど手をつけていない、そのままの大自然がここにはある。いい大人なのに、心が震えて少し涙ぐんでしまったのは内緒だ。

オクルス湖から馬車でゆっくり走ること二時間。ヴェーテル湖の近くにある村、マーウリッツアにたどり着いた。

「山羊の飼料を買って帰ろうぞ」

いまだに信じられないが、マクシミリニャンとアニャは、大きな山羊に跨がって崖を上り下りしているらしい。背中に鞍を載せ、弓のように反った大きな角に掴まって移動しているようだ。山羊といったら、大型犬ほどの大きさという認識であったが、それよりも大きいようだ。どんな姿形をしているのか、まったく想像できないでいた。

マーウリッツアは石造りの家が並ぶ、田舎の農村といった感じだ。雄大な山々に囲まれた地の、唯一の村である。ヴェーテル湖で採れる黄金マスが名物で、それを目当てに各地から訪れる者もいるという。

「この辺りのマス料理店は、かつてここに保養に来ていた貴族に向けて出店されたものである。それゆえに、ぼったくり価格なのだ」

「今でも？」

「今でも、だな」

現在は各国で苛烈な革命運動が起こり、昔からの貴族は減少している。けれど、富裕層がふらりとやってきて、しっかり散財してくれるようだ。

「山の蜂蜜も、そういう者たちが好んで買っていくのだ」

「なるほど」

貴族に成り代わる存在が、経済を支えてくれている。さぞかしありがたいことだろう。

「オクルス湖も、昔は貴族が多く行き来していただろう？」

「俺が生まれた頃には、ほとんどいなかったな」

「そうであったか」

町には貴族に向けた店が多く並んでいた。オクルス湖の町の経済を、貴族が支えていた時代の話である。今でも思い出すのは、貴族御用達の人形店。ずっと売れ残っていた金髪碧眼《へきがん》の少女人形。長いこと店のショーウィンドウに飾られていたが、俺が八歳か九歳になる頃には、忽然《こつぜん》と姿を消した。ミハルに話を聞いたら、少女の瞳がサファイアだったので、店主が解体し、宝石商へ売り払ったのだという。瞳をくり抜かれた人形は処分されたのだろう。それを考えると、気の毒な話である。

金髪碧眼の少女人形が店頭からなくなってすぐに、人形店は閉店となった。その昔は、瞳に宝石を使った人形が、飛ぶように売れていたらしい。それほど、貴族は多くの財を有していたのだろう。ただ、貴族が優遇される時代は終わった。時代の移り変わりについてゆけず、廃業となった店は多いという。先日、マクシミリニャン親子が皇家御用達の養蜂家と聞いて、心配していた。だが、マクシミリニャンの営む養蜂はその煽《あお》りを受けておらず、堅実な生活をしているようだ。その一点だけは、よかったと思う。

マーウリッツアはオクルス湖のような観光地ではないので、若干寂れているような場所もある。

周囲には放牧した家畜と、のどかな田畑が広がっていた。収穫期には、小麦粉や蕎麦粉が安値で買えるという。

すれ違う人々は、顔面包帯男である俺を見てギョッとしていた。最大限に警戒されていたが、マクシミリニャンが一緒なのに気づくと、途端に警戒が解かれる。

「マクシミリニャンさん、そちらの方は？」

「アニャの――」

「ああ、なるほど」

仲がいいのか、マクシミリニャンの言葉足らずな説明でも理解したようだ。

「アニャさんがきたときには、また頼みますね」

「伝えておこう」

村人は会釈し、去っていった。

マクシミリニャンは、村人とも良好な関係を築いているのだろう。

「ああ、そうであった。納品先である、商店を紹介しよう」

村のなんでも屋さんで、野菜から鍋までありとあらゆる品物が揃っているらしい。蜂蜜のシーズンになると、山を下りて買い取りしてもらっているようだ。

「ここなのだが――むっ⁉」

平屋建ての大きな店で、ブロンズ製の皇家御用達の看板がぶら下がっている。入ろうとしたところ、店休日という札がドアノブにかけられているのに気づいた。

マクシミリニャンはわかりやすく、しょんぼりと肩を落とす。

「イヴァン殿、どうやら店は休みだったようだ」

今日のところは店主に会わなくてもよかったのかもしれない。顔面包帯男を紹介されても、先ほどの村人のようにギョッとするだけだろう。なんでも屋さんは猫騎士亭という名で、初老の男性がひとりで切り盛りしているらしい。また次回に、という話になった。

「あとは、アニャに帰宅を知らせておくか。急に帰ったら、驚くからな」

いったいどういうことなのか。まさか麓から「これから帰るぞ！」と叫ぶのか。それとも、早馬のように山の上まで至急手紙を届けることができるのか。予想は、どちらも外れだった。

「鳩を使って、知らせるのだ」

かつて、貴族の間で鳩レースが流行《はや》っていたらしい。しかし、時代の移り変わりで貴族は鳩レース場を訪れなくなった。困った興行主は、鳩に別の活用法を見いだす。それが、伝書鳩だったという。鳩は賢く、最長でオクルス湖の町にまで手紙を届けてくれるそうだ。

赤い屋根の事務局の隣に、鳩小屋がある。覗き込むと、美しい白鳩だった。マクシミリニャンは伝書鳩専用の小さな便せんに、実に簡潔な『アニャへ　今晩戻る』という文を書いていた。それを、鳩に託す。

「これでよし、と」

すぐに手紙を持たされた鳩は、大空へと放たれた。

「さて、山羊の飼料を買うか」

飼料店は営業していたので、ホッと胸をなで下ろした。ここでも、包帯だらけの顔を見てギョッとされる。しかし商人だからか、すぐに笑顔で接客をしてくれた。

乾燥させた牧草でも買うものだと思いきや、最初に購入したのは青々とした細麦の束だった。他に小麦の外皮や、乾燥させた藁《わら》も購入した。

「ありがとうございました」

「また、来るぞ」

「お待ちしております」

家から持ってきた鞄と店で買った飼料を、背負子《しょいこ》に積んでしっかり背負う。

「そのようにたくさん持って、大丈夫なのか?」

「平気。力と体力だけはあるから」

「頼もしい限りだ」

買い物は以上らしい。基本的には、自給自足で頑張っているようだ。よほどのことがない限り、食材は買い込まないという。

「何か、必要な品はあるか?」

「いや、特にないけれど」

「そうか。ならば、我が家へ行くぞ」

マクシミリニャンと共に村を出て、山の中腹にあるという家を目指す。

「麓から家まで、どのくらいかかるの?」

軽い気持ちで問いかけた質問に、マクシミリニャンは思いがけない答えを返した。

「早ければ八時間くらいか。暗くならないうちに、帰れたらいいな」

「は、八時間以上⁉」

秘境を甘く見ていた。長くても、登山は二時間くらいだと思っていたのだ。

背負子の飼料が、急に重くなったように感じる。果たして、無事山の家にたどり着けるものなのか。もはや、不安しかなかった。

山を登るのに杖を渡されたが、これはただの杖ではなかった。荷棒《にんぼう》と呼ばれ、ひと休みをするときに背負子の下に入れて荷物を支えるのだという。つまり、座らずに立ったまま休憩するようだ。

「背負子を下ろしたら、再び持ち上げるのが困難なときがある。よって、短い休憩時間のときは、なるべく下ろさないようにするのだ」

背負子の荷物はズッシリと重たく、疲れた状態だと背負って立ち上がる行為が困難な状況になるのかもしれない。山で暮らす者たちの知恵なのだろう。

若葉萌《も》ゆる木々の間を、縫うように進んでいく。一時間ほどなだらかな坂道だったが、だんだんと険しくなっていく。全身汗をかくと、途端に傷が痒くなる。汗が染みこんで気持ち悪いので、包帯を取った。

「イヴァン殿、大丈夫か？」

正直に言うと、大丈夫ではない。言葉に出さなかったが、伝わってしまったのだろう。マクシミリニャンはこちらへズンズンやってきて、俺の背負子を下ろしてくれた。

「しばし休もう」

木々が生い茂り、獣しか通らないような道である。休憩するような場所ではない。しかしながら、膝の力が抜けてその場に頽《くずお》れる。すぐにマクシミリニャンが体を支え、何か口に押し込んできた。

甘い――すぐに、蜂蜜のキャラメルであることに気づく。

「それを、舌の上でゆっくり溶かすのだ」

疲れた体に、染み入るような甘さである。続けて、マクシミリニャンは鞄からカップと水、それから蜂蜜の瓶を取り出し、水に溶いたものを飲むようにと差し出してきた。

不思議と、辛い気分が薄くなったような気がした。

「山で疲労を感じたときはこれが一番だと、アニャが言っていた。どうだ?」

「うん、だいぶいい」

怪我が完全に治っていないのに、無理矢理家を出たからだろう。あまりの計画性のなさに、我ながらがっくりとうな垂れてしまう。

「怪我の治療は、アニャに任せよう」

「先生からもらった薬があるんだけれど」

「皮膚が酷くただれておる。これは、痛かっただろう。おそらく、薬が合っていないのではないか?」

そういえば、ミハルが「町の医者は腕が鈍っている」なんて言っていたのを思い出す。生まれてこの方、ド健康だったので医者にかかることはなかったのだ。

「なんで、ただれたんだろう。今まで、薬を飲むような病気に罹《かか》ったことがなかったから、相性が悪かったのかな」

傷口をかかないほうがいいというが、ついついバリバリと爪で引っ掻いてしまう。その瞬間、痛みに襲われる。

なんだろうか、この、痒みを訴える傷をかくと痛いという現象は。人体の謎である。

「暇を見つけて、マーウリッツアの医者にかかったほうがいいのかな?」

「マーウリッツアには、医者はおらぬ」

「え、そうなの⁉ このまま治りが遅かったら、どうしよう」

「安心せい。アニャは、〝蜜薬師《みつくすし》〟である」

「蜜薬師？」

初めて聞く言葉だったので、思わず聞き返してしまう。

蜜薬師――それは、豊富な蜂蜜の知識を持ち、蜂蜜を薬のように処方する存在だという。

「症状ごとに蜂蜜を選び、体調をよい方向へと導いてくれるのだ」

ただ、万能というわけではない。蜂蜜に拒絶反応を示す者もいるという。

「もっとも警戒が必要なのは、赤子だ」

なんでも乳児は腸内環境が整っていないため、蜂蜜が猛毒となるのだという。死亡例もあるほど、危険なものなのだとか。

「そうだったんだ。知らなかった」

「まあ、たいていの大人は心配いらない。安心せよ」

大人にとっての蜂蜜は、薬となる可能性を秘めるものだとマクシミリニャンは言う。

樅の木の蜂蜜は、イライラと不眠症緩和に。タイムの蜂蜜は、咳止めに。リンゴの蜂蜜は、便秘の解消に。一口に蜂蜜といっても、種類ごとにさまざまな効果があるようだ。

「イヴァン殿は、毎日蜂蜜を食べていたから、今まで健康だったのだろう」

「そう、なのかな？」

「自信を持て」

言われてみれば、同じように蜂蜜を食べている家族も、滅多に、風邪を引いたり腹を壊したりしない。蜂蜜の効果だったのだろうか。

「マーウリッツアの村人も具合が悪くなれば、アニャを訪ねてくる」

「八時間かけて？」

マクシミリニャンはコクリと頷いた。患者本人でなくても、家族が相談にやってくる場合もあるらしい。

「オクルス湖まで馬車で飛ばしたら一時間なのに、わざわざ八時間かけてやってくるんだ」

「ここの者たちは、それだけ蜜薬師を信頼しているのだ」

「なるほど」

腕が鈍った医者にかかるよりは、蜜薬師を頼ったほうがいいというわけか。

「どれ、水で、顔を洗おうか」

「え、いいよ」

「しかし、肌に合わない薬を塗った状態では、余計に傷が悪くなるだろう」

まずは、薬を水で流したほうがいいと言われた。

マクシミリニャンは容赦なく、頭の上から水筒の水をかけてくれた。おかげで、上半身までびしょびしょだ。しかし、汗をかいていたので、ついでだと思って着替える。

さっぱりしたところで、登山を再開した。

サラサラと、水のせせらぎが聞こえる。マクシミリニャンの家の近くにも川があり、生活水として使っているそうだ。それにしても美しい川だが、感動なんてしている場合ではなかった。川に沿うように上がっていくと、だんだん岩場になっていく。そこを、登っていくのだ。着替えたのに、すぐに汗だくになる。かと思えば、滝のある場所はキンとした冷気が漂っていた。汗が一気に引いて、ガクガクと震えてしまう。

町で買った外套では、この寒さなんて耐えきれない。

「これを、着られよ」

マクシミリニャンが肩にかけてくれたのは、光沢のある毛糸の外套だ。

「これは？」

「我が家で飼育している山羊から作った、カシミアの外套である」

「カシミアって、確か高級品だと言われていたような」

「そうだな。その外套は売れ残りだから、気にせずに着ておくとよい」

お言葉に甘えて、少しの間借りる。先ほどまで全身鳥肌が立っていたが、カシミアの外套は冷たい風を通さず、動く度に体が温まるような気がする。やはり、動物の毛はあたたかいのだ。

それから、針葉樹林の木々の間を通り抜け、崖のような角度の斜面を登り、ゴツゴツした岩場を這うように登っていく。

太陽が傾きかける時間帯に、ようやくマクシミリニャンの家に到着した。

「ここが、家？」

「ああ、そうだ」

山を切り開き、人が住めるようにしていた。大きな平屋建ての母屋と、下家、それから離れが二つほどある。その背後にあるのは、山羊小屋か。他に、炭焼き小屋や薪小屋、納屋、石窯に畑や、花壇、果樹園などもあるようだ。驚くべきことに、ガラス張りの温室まであった。その向こう側にあるのは、湧き水だろうか。澄んだ透明の水が、サラサラと流れている。

家の背後にある斜面は、土砂崩れが起こらないよう石垣で固めている。思っていた以上に、しっかりした造りの家である。

「我は普段、離れで暮らしておる。イヴァン殿は、アニャと母屋で暮らすとよい」

「いやいや。普通、逆でしょう」

家長であるマクシミリニャンを差し置いて母屋に住むなんて。俺が離れに住んで、母屋に親子が住めばいいのではないか。そう思ったが、事情があるらしい。

「娘に世話をかけるわけにはいかないからな。十五の春には一人前だったゆえ、話し合って、我は離れに、アニャは母屋に住むことになったのだ。食事は当番制にして、日替わりで作っておった」

ここでは、親の世話は子がするもの、という概念はないようだ。

「ところで、アニャは？」

「ふむ。いつもならば、帰ってきたのと同時に出迎えるのだがな。アニャ、アニャー！」

「はーい」

石垣のあるほうから、元気な返事が聞こえた。夕日を背に、大きな何かが接近してくる。

逆光になり、姿がよく見えない。

まさか、アニャはマクシミリニャンより大きい？

なんて思ったが、よくよく見たら彼女は何かに乗っている。

「クリーロ、止まって！」

「うわっ!!」

急停止による砂埃を浴びながら、はっきりとその姿を確認する。まず、目に飛び込んできたのは、大きな山羊である。これが、マクシミリニャンが言っていた騎乗用の山羊なのか。

ロバよりも大きく、美しい純白の毛並みに、見事な二本の角が生えていた。


そして、その大山羊に跨がるのは――金髪碧眼の美少女だった。

アニャと呼ばれて飛び出してきた少女は、驚くほど美しかった。

夕日を浴びた金の髪は、蜂蜜みたいにキラキラ輝いている。山の冷気を含んだ風に、サラサラとなびいていた。三つ編みをクラウンのように巻いている髪型は、どこか貴族令嬢のような華と気品がある。青い瞳は、子どものときに見た少女人形のサファイアと同じくらい輝いていた。

陶器のように白くなめらかな肌はうっとりするほど綺麗で、アーモンド形の目は好奇心旺盛な子猫を思わせた。

袖なしのワンピースの下にシャツを着て、腰回りに華やかな花帯を締めている。シャツの衿や袖、スカートの裾には、精緻な刺繍がされていた。靴は獣の革で作ったもので、滑らないよう靴底に金具が打ってある。

アニャは大山羊に跨がり、手綱を片手で握って、もう片方の腕には山羊の赤ちゃんを抱いていた。

その姿はさながら、物語の中から飛び出してきた妖精のごとし。マクシミリニャンの娘とは思えない、美しさである。だが、気になることがあった。

「あの、彼女が、〝アニャ〟?」

「そうである」

「十九歳?」

「そうである」

嘘だ――！　と叫びたかったが、ごくんと呑み込む。アニャは十九歳と言うが、見た目は十三歳から十四歳くらいにしか見えなかった。すさまじく童顔である。年齢詐称しているのでは？　と疑いたくなるほどだった。

「やだ、患者さん⁉」

アニャは大山羊から飛び降り、抱いていた山羊の赤ちゃんをマクシミリニャンに託す。目の前で見ると、さらに幼く見えた。身長なんて、俺の肩よりも低いし。そんなアニャは、思いがけない行動に出る。

「あなた、荷物を下ろしてこっちへ来て。すぐに、治療してあげるわ」

言われた通り背負子を下ろした途端、アニャは俺の手を握って母屋のほうへと誘う。

「ちょっ、俺、患者じゃ――――！」

「ほら、早く！」

妖精のような儚い見た目に反し、アニャは力が強かった。ぐいぐい引っ張られ、あっという間に母屋へとたどり着く。患者ではないという訴えは、綺麗さっぱり無視された。この見た目では、患者ではないと言っても説得力がないのだろう。

母屋は木のぬくもりと匂いで心地よさを感じる空間だった。大きな出窓からは、豊かな自然が覗いていた。いくつかの小窓がある天井は高く、開放感がある。屋根などを支える梁には、束ねた薬草《ハーブ》が、ぶら下がっていた。

入ってすぐに居間となっており、奥に扉がある。おそらく、寝室なのだろう。台所や風呂などの水回りは、下家にあるのかもしれない。下家があるほうにも、扉がある。外に出ずとも、家の中から行き来できるような構造にしてあるのだろう。煙突が繋がった暖炉や、木目を活かした机や椅子などの家具、ランタンなども置かれていた。

なんといっても壮観なのは、棚にびっしりと並べられた蜂蜜の瓶だろう。いったい、何種類あるのか。

アニャは椅子を引き、そこに座るよう勧めてくれた。椅子には、見事な刺繍のクッションが置かれている。これに座るのは、申し訳ないと思うくらい精緻で美しい花模様が描かれていた。

「どうしたの？　早く座って」

「いや、俺、山を登ってきて汗だくだし、服も靴も汚れているから、家に入ることすら悪いなと」

「気にしないで。あなたは、患者さんでしょう？」

「あ、いや――」

否定しようとしたものの、アニャは奥の部屋に走って行く。マクシミリニャンが母屋に入って来る気配はない。玄関から外を覗いたが、山羊の一匹すらいなかった。

「ちょっと！　そこに座ってと言ったでしょう！」

戻ってきたアニャは怒りの形相でズンズン接近し、腕を掴んで椅子へ座るよう促す。やはり、力は強かった。

「傷に菌が入って、ただれているようね。まずは、顔を綺麗に洗ってちょうだい」

テーブルに置かれた桶の水で、顔を洗えという。汗をかいているので、しっかり洗った。

顔を上げると、アニャがガーゼ生地で優しく拭いてくれる。

「こんなものかしら。あなた、蜂蜜は平気？」

「好きだけれど、どうして？」

「治療に使うからよ。たまに、肌が赤く腫れたり、咳が止まらなくなったり、具合が悪くなったりする人がいるの。そういう人は、蜂蜜を治療に使うどころか、食べないほうがいいのよ」

そういえば、マクシミリニャンも話していた。蜂蜜は健康にいいが、万能薬ではない。場合によっては、毒にもなりうる、と。ただ、それは蜂蜜だけでなく、すべての食材に当てはまるものらしい。

治療をする前に、アニャは検査をするという。手の甲に蜂蜜を垂らし、ガーゼを当てて包帯を巻く。しばらく放置し、肌が赤くなっていたり、痒みを感じたりすれば、蜂蜜は治療に使わないほうがいいようだ。

「お茶を淹れてくるわ。ゆっくりしていて」

「あ、ありがとう」

いつまで経ってもマクシミリニャンはやってこない。荷物の整理でもしているのか。身内以外の同じ年頃の女性と話す機会はほぼないので、緊張してしまう。

会話が続くか心配していたものの、幸いにもアニャはとてもお喋りだった。こちらが何か言おうとする前に、矢継ぎ早に話しかけてくる。相槌を打つだけでも大変だ。

「それにしても、酷い怪我ね。いったい、どうしたの？」

「ただの兄弟喧嘩だよ」

「まあ！　ここまでしなくてもいいのに」

これればかりは、完全同意である。

「でもあなたは、やり返さなかったのね」

「どうしてわかったの？」

「同じように殴り返したら、手にも痣ができているはずだもの」

「ああ、そっか」

俺をボコボコに殴ったサシャの手は、おそらく痣だらけだろう。同じように、痛がっているに違いない。

「こんなの、兄弟喧嘩じゃないわ。ただの暴力よ」

「そうかも」

「そうかもって暢気《のんき》ね。あなた、もしかして悪くないのに、暴力をふるわれたんじゃないの？」

「さあ、どうだったか」

「なんで、顔中痣だらけにされたのに、のほほんとしているのよ！」

「性分だから」

アニャは盛大なため息をついている。怒ったり、微笑んだり、呆れたり。感情表現が豊かな娘だ。

「あなた、名前は？」

「イヴァン」

「いい名前ね。私は――」

「アニャ？」

「そうよ」

小首を傾げると、アニャの蜂蜜色の髪がサラリと流れる。恐ろしく手触りがいい髪だということが、触れなくてもわかるほどだ。なんとなく、不躾に見つめるのは失礼な気がして、窓の向こう側に視線を移した。

太陽はあっという間に沈んでいく。外は真っ暗だ。この状況では、登山など困難だっただろう。満身創痍であったが、なんとかたどり着けてよかった。

「ねえ、イヴァン。あなた、いくつなの？」

「二十歳」

「ふうん。ねぇ、私はいくつに見える？」

「十九」

「本当⁉　私、十九に見える⁉」

幼い顔立ちや、小柄な体型はとても十九の娘には見えない。けれど、女性的な部分はしっかり十九の娘そのものである。アニャは満面の笑みを浮かべ、俺に聞き返してくる。

「十九歳に見えるって、嘘じゃないわよね？」

「見えるよ」

「やったー！」

十九の娘は「やったー！」などと言って喜ばないだろうが、その辺は黙っておく。

「マーウリッツアにいる男が、私はいつまで経ってもお子様だって言うのよ。酷いと思わない？」

「見た目を、ああだこうだと言ってからかうのは、よくないかも」

「でしょう？　今度会ったら、その言葉を浴びせてみせるわ」

「まあ、もめごとにならない程度にね」

あっという間に三十分ほど経ち、蜂蜜に拒絶反応がないか確認する時間となった。包帯とガーゼを取ったが、肌の状態は変わらない。痒みや腫れなどもなかった。

「大丈夫みたいね。じゃ、これから蜂蜜を塗るから。これは、アカシアの蜂蜜よ。いろんな蜂蜜で試してみたんだけれど、アカシアが一番、傷の治りが早かったわ」

問答無用で、顔面の腫れとただれにアカシアの蜂蜜が塗られた。目の前に、美少女の顔が迫る。彼女は一生懸命、指先で俺の顔に蜂蜜を塗ってくれた。

このまま外に出たら熊に襲われるのではと思うくらい、たっぷり塗られる。戸惑いを感じ取られたのか、アニャは優しく微笑みながら言った。

「信じられないかもしれないけれど、蜂蜜には傷を治す力があるのよ。ナイフでうっかり切ったときも、蜂蜜を塗ったらすぐに治るの」

そんな話など聞いたこともないが、彼女は〝蜜薬師〟としてマーウリッツアの村人からも信頼されているとマクシミリニャンが話していた。

今は、アニャの治療を信じるしかないのだろう。

話しながらも、アニャは俺の顔に蜂蜜を塗りたくっている。顔中ベタベタだ。

「唇も、乾燥しているわね」

そう呟くと、アニャは俺の唇に蜂蜜が付いた指先を這わせる。

「むっ⁉」

「喋らないで、大人しくしていなさい」

普段誰も触れないような場所なので、盛大に照れてしまう。綺麗に顔を洗ったばかりなのに、冷

や汗をかいているような気がした。

汗臭いのであまり近づかないほうがいいと言ったものの、治療中に話しかけるなと怒られてしまった。

「これでよしっと！　あとは、安静にしていなさいね」

「……」

「返事は？」

「はい」

「よろしい！」

治療が済んだのと同時に、マクシミリニャンがやってきて言った。

「風呂の準備ができた。イヴァン殿、先に入られよ」

「え、俺は別に最後でも」

「さっさと入りなさいな。その間に、食事を温めておくから」

なんとなく、アニャには逆らわないほうがいいと思い、大人しく風呂に入ることにした。

着替えを鞄の中から取り出して立ち上がると、再びアニャに腕を引かれる。

「イヴァン、案内するわ。こっちよ」

下家に続く扉を開くと、そこは台所だった。窯と暖炉が一体化した物がどんと鎮座している。調理台や食器棚はあるが、食卓はない。ここで料理を作り、母屋に運んで食べるのだろう。さらに奥にある扉の向こう側に、風呂があった。窯の熱を利用して、温めるものらしい。先ほどまでパンでも焼いていたのか、香ばしい匂いが漂っていた。

木製の浴槽は、ホカホカ湯気が漂う湯で満たされている。

「蜂蜜湯にしてあげるわ。ゆっくり眠れるから」

「蜂蜜湯？」

アニャはテキパキと動き、蜂蜜の瓶と何かの小瓶を持ってきた。

「それは？」

「ラベンダーの蜂蜜と精油よ」

皿にラベンダーの蜂蜜と精油を混ぜ、それを湯に溶かす。ふんわりと甘い蜂蜜とラベンダーの香りが漂ってきた。

「じゃあ、ごゆっくり」

「ありがとう」

服を脱ぎ、天井からぶら下がっているかごに放り込む。

蜂蜜湯を被り、石鹸で体を洗った。ブクブクと泡立つ石鹸から、蜂蜜の匂いを感じる。よくよく見たら、石鹸はほのかに蜂蜜色だ。まさか、石鹸にまで蜂蜜を使っているとは。

体を洗い流すと、浴室の扉が開かれた。

「イヴァン、髪を洗ってあげるわ！」

「どわぁ!!」

まさかのアニャの登場に、目を剥く。

「な、ななな、なんで!?」

「せっかく蜂蜜を顔に塗ったのに、お湯を被ったら落ちてしまうでしょう？　私が、顔にかからないように、洗ってあげるわ」

「いいよ！」

「遠慮しなくてもいいから」

決して遠慮ではない。それなのに、アニャは腕まくりをしながらズンズン浴室に入り、おけを手に取る。

「すぐに終わるから、大人しくしていなさい」

多分、拒絶しても聞いてくれないだろう。仕方がないので、近くにあった手巾で股間を隠した。たぶん、もう見られているだろうけれど……。

その後、アニャはわしわしと頭を洗ってくれた。ほどよい力加減で、思っていた以上に気持ちよかった。ついでに、背中も流してくれる。

「痛くない？」

「痛くない。ちょうどいい」

「よかったわ」

誰かに体を洗ってもらうことが、こんなに気持ちいいなんて知らなかった。

いつも以上に、さっぱりとした気分になる。

「アニャ、ありがとう」

「どういたしまして。あとはゆっくり、お湯に浸かりなさいね」

湯の中では、百を数えるまで上がったらダメだと言われた。

完全に、小さな子どもと同じ扱いであった。

風呂から上がり、用意されていた綿の布で体を拭く。服を着て浴室から出ると、アニャが立ちはだかるようにいた。

「大人しく、しゃがみなさい」

「え、何？」

「髪、濡れているでしょうが」

アニャの手には、布が握られていた。髪の水分をきちんと拭ってから、母屋に戻るように言いたいのだろう。しゃがみ込み、布を受け取ろうとしたが、アニャは思いがけない行動に出る。なんと、俺の髪をわしわしと拭い始めたのだ。まるで、洗った犬を拭いてやる飼い主の如く、容赦なく、拭いてくれた。

「自分でできるんだけれど……」

「自分でできる人が、髪から水滴をポタポタ垂らしてやってくるわけないでしょうが」

「おっしゃる通りで」

「でしょう？　よく水分を拭っておかないと、風邪を引くのよ」

台所にはいい匂いが漂っていた。鍋がぐつぐつ煮立つ音も聞こえる。途端に、腹がぐーっと鳴ってしまった。

「あなた、お腹が空いているの？」

「まあ、それなりに」

「すぐ準備するから、母屋で待ってて」

手伝うことはないかと尋ねたが、患者がする仕事はないと言い切られてしまう。完全に、患者扱いである。どうやら、マクシミリニャンはアニャに結婚についての話をしていないようだった。いまだ、アニャは俺を患者だと思っている。

「あの――」

「まだいたの？　いいから、いい子で待っていなさい」

「いい子って……、そういう年じゃないんだけれど」

「言い訳はしない」

背中をぐいぐい押され、台所から追い出されてしまった。やはり、彼女は力が強い。

そんなことはさて措いて。母屋にマクシミリニャンがいると思っていたが、誰もいない。窓を開いて外を覗くと、離れに灯りが点いていた。もしかして、「あとは若いふたりで」などと思っているのだろうか。結婚について、しっかり説明しておいて欲しかったのだけれど。

「ん？」

窓の外枠に、鐘が取り付けられていた。用途はなんだろうか？　訪問者がやってきたときに、鳴らすとか？　よくわからない。ジッと観察していたが、強い風がピュウと吹く。耐えきれなくて、窓を閉めた。春とはいえ、夜は酷く冷え込む。

暖炉のほうを見てみたら、火が小さくなっていた。薪《まき》をいくつか追加しておく。

「あら、ありがとう」

アニャは両手に料理を持ってやってくる。どちらか持とうかと手を差し伸べたら「両方のお皿でバランスを取っているから、止めて」と怒られてしまった。

「あなた、なんなの？　お手伝いしたがりさんなの？」

「いや、そういうわけじゃないんだけれど」

「だったら、安静にしていなさい。でないと、治るものも治らないわよ」

アニャはテキパキと、夕食の準備をする。もしも、実家でその様子を眺めているだけだったら、義姉や母に「手伝え！」と怒られていただろう。下僕精神みたいなのが、骨の髄まで染みこんでいるのかもしれない。彼女が忙しそうにしているのを見ていると、酷く落ち着かないような気分になる。俺はアニャの言葉を借りたら〝お手伝いしたがりさん〟なのかもしれない。何度も行き来している様子に耐えきれなくなって、ついにはアニャに声をかける。

「ごめん、俺、お手伝いしたがりさんなんだ。何か、手伝わせて」

「は？」

アニャはポカンとした表情で、俺を見る。

「誰かが働いているのを、何もせずに見ていることができない性分なんだ」

そう答えるとアニャは意味を理解したのか、突然笑い始めた。

「やだ、あなたって、変な人！」

「変な人で結構。あの鍋を、運べばいいの？」

「任せて、いいの？」

「いいの」

「じゃあ、お願いするわ。ものすごく重たいから、気を付けてね」

鋳鉄製のどっしりとした鍋を、母屋に持って行く。鍋敷きの上に置き、カトラリーを並べたら夕食の支度は調ったらしい。かごに山盛りにされた蕎麦のパンに、牛肉と野菜をやわらかくなるまで煮込んだシチュー〝グラース〟、ジャガイモとチーズを重ねて焼いた〝ギバニッツア〟、ソーセージ〝クランスカ・クロバサ〟。豪勢な夕食だ。

木のカップに注がれているのは、黄金の蜂蜜酒だろう。

「これでよしっと。お父様を呼ばなきゃ」

「呼んで来ようか？」

「大丈夫よ。ここから呼べるから」

離れに向かって叫ぶというのか。そこそこ離れているので、喉が嗄《か》れそうだ。などと思ったのは一瞬で、アニャは窓を開いて外枠に取り付けられていた鐘をカランカランカランと、三回鳴らした。

すると、マクシミリニャンがやってくる。どうやらあの鐘は、離れにいるマクシミリニャンを呼ぶためのものだったようだ。

「おお、いい匂いがする」

「今日はイヴァンがいるから、ソーセージを焼いたわ」

「そうであったか。いただこうぞ」

食卓を囲み、祈りを捧げる。この世の恵みに感謝し、犠牲になった生きとし生けるものに感謝を。

マクシミリニャンが食べ始めたのを確認してから、アニャも食べ始める。

「イヴァン、あなたも、たくさん食べてね」

「ありがとう」

誰かとこうして食卓を囲むなんて、いつ振りだろうか。いつも部屋の隅だったり、外だったり。

時間がなくて花畑に向かって歩きながら食べるときもあった。行儀が悪いのは百も承知だが、あの日は巣箱周辺にスズメバチの大群がやってきたとかで仕方がなかったのだ。

まずは、シチューをいただく。

「あ、おいしい」

「本当？　よかったわ」

アニャの料理は、どれもおいしかった。一つ一つ感想を言っていたら、アニャの手が止まっていることに気づく。

「ごめん。食事の邪魔をして」

「いいのよ。お父様はいつも黙って食べるから、おいしいかおいしくないか、わからなかったの」

「アニャの料理は、お店が出せそうなくらい、おいしいよ」

「あら、そう？」

アニャの白い頬が真っ赤に染まる。どうやら、口数の少ないマクシミリニャンは娘を褒めずに育てたらしい。こんなおいしい料理を食べておきながら、感想を言わないなんて。

「ねえ、イヴァン。あなた、しばらくここにいなさいよ。暴力をふるう兄弟のもとに帰るなんて、心配だわ」

アニャがそう言った瞬間、マクシミリニャンの動きが止まった。口の中にあったものをごくんと飲み込み、気まずそうな表情で俺を見つめる。なんだ、その顔は。雨の日に捨てられた、子犬のような表情をしている。もしかして、俺に結婚について説明しろと言いたいのか。アニャは、マクシミリニャンがオクルス湖の町に婿を探しに行ったことも知らないのかもしれない。

「ふたりとも、どうしたの？」

誰も何も答えないので、アニャは怪訝な表情となる。マクシミリニャンは、天井を仰いでいた。どうやら、説明するつもりはないらしい。しょうがないので、俺が言うしかない。

「アニャ、俺は君の婿として、ここに来たんだよ」

「は⁉ 婿、ですって？ ど、どういうことなの？ ねえ、お父様！」

アニャは人殺しでも見たような形相で、マクシミリニャンに問いかける。マクシミリニャンはいまだ、腕を組み天井を仰いでいた。通常、娘の結婚は父親が決める。だから堂々としていればいいのに、なぜこのような不可解としか言えない態度を見せるのか。

「私、結婚しないって言ったでしょう？ 約束したわよね、ここで、お父様とふたり、命が尽きるまで暮らしましょうって」

「うむ、しかし」

「しかしじゃないわよ！」

アニャの一喝でマクシミリニャンは萎縮し、ますます言葉を失ってしまったようだ。

どうしてこうなったのか。どうやらアニャは結婚する気なんてないのに、マクシミリニャンが勝手に判断して俺を連れてきてしまったようだ。アニャの厳しい追及は続く。

「もしかして、売りに出した山羊の様子を見に行ったついでに知り合いの家を訪ねるという話も、嘘だったの？」

アニャに責められる度に、マクシミリニャンは涙ぐんでいく。あと少しで、眦《まなじり》に浮かんだ涙が零れてしまいそうだった。アニャの怒りの矛先は、俺にも向けられた。

「イヴァン、あなたも、どうしてこんなところにまでついてきたのよ！」

「俺は、行く当てがなかったから」

「あ……そう、だったのね。ごめんなさい。でも、本気じゃないんでしょう？」

「本気じゃなかったら、こんなところまで来ないけれど。アニャがいいと言えば、結婚するつもりだった」

そう言った瞬間、アニャの顔は真っ赤になった。なんて初心《うぶ》な娘なのか。こんな、顔面ボコボコの男に結婚を求められて、赤面するなんて。きっと、同じ年頃の異性と関わることなく暮らしていたからだろう。

「で、でも、私は、私は――お父様から、聞いたでしょう？」

「あ……まあ……。うん、聞いた」

アニャは一瞬泣きそうな表情となったが、すぐに俯いて顔が見えなくなる。

「私は、子どもを生めないから、結婚、できないの……」

「結婚って、子どもを生まなきゃ、したらダメなの？」

「え？」

「誰が決めたの？」

「そ、それは……」

「結婚は、子どものためにするわけじゃないと俺は思う」

「だったら、なんのために、結婚するのよ」

「他人と、家族になるため」

マクシミリニャンよりも先に、アニャの眦から涙が零れる。真珠のように美しい涙だった。

この瞬間、マクシミリニャンは腹を括《くく》ったようだ。アニャに深々と頭を下げる。

「アニャ、すまなかった。約束しておったが、どうしても、ひとり残ったアニャのことを考えると、いてもたってもいられなくなって……」

「お父様は勝手だわ。私はひとりで生きる決意をしていたのに」

「すまない」

アニャは手で顔を覆い、泣きじゃくっているようだった。だが、ピタリと動きを止め、涙を拭う。顔を上げたときには、先ほどのような弱々しい涙は見せなかった。それどころか、淡く微笑みながらこちらを見つめる。

「イヴァン、ありがとう。あなたは、とってもいい人だわ」

「それはどうも」

「だから、私みたいな女と結婚したらダメ」

予想外の反応である。マクシミリニャンはオロオロしながら、俺とアニャの顔を交互に見ていた。

「マーウリッツアにも、婿を探している娘たちがいるだろうから、紹介してあげるわ」

「でも、俺はアニャと結婚するために、ここに来たのに」

「ダメ。絶対にダメよ」

「いや、なんていうか、俺みたいな顔面ボコボコ男と結婚したくないっていうのならば、潔く山を下りるけれど」

「そうじゃないわ。別に、顔面ボコボコだから、遠回しに結婚を断っているわけではないのよ」

「だったら、なんで？」

アニャは目を泳がせながら、結婚できない理由を語り始める。

「あなたみたいないい人は、私の夫になるにはもったいないわ。別の娘と結婚して、優しいお父さんになるべきなのよ。そのほうが、きっと幸せになるから」

俺と結婚したくないから、言っているわけではないようだ。嘘を言う娘には思えない。顔面や性格が気に食わなかったら、はっきり伝えているだろう。だったらと、立ち上がって鞄の中から革の小袋を取り出す。

「これ、蕎麦の種なんだけれど、言い伝えを知っている？」

「新しい土地で蕎麦の種を蒔き、三日以内に芽がでたら、そこは種を蒔いた者にとって、相応《ふさわ》しい土地になるってやつ？」

「そう。俺はこの山に、蕎麦の種を蒔く。もしも、三日以内に芽が出たら、死ぬまでずっとここにいる。生えなかったら、出ていく」

「そんな……蕎麦の種に、人生を託すなんて」

「そうでもしないと、アニャは俺をここに置いてくれないだろう？」

「だって、ここにいても、ただ老いて、朽ちるだけだわ」

「そうは思わない。けれど、アニャの気持ちも尊重したい。だから、俺は蕎麦の種を蒔く」

はっきり主張したら、アニャはそれ以上何も言わなかった。

この先、どうなるかはよくわからない。アニャがはっきり拒絶している以上、いないほうがいいのかもしれないとも思う。

「蕎麦の種を、こっそり掘り返したらダメだからね」

「そんなこと、しないわよ」

強気なアニャが戻ってきたので、ホッとした。


この日は、客人用の離れを借りて休ませてもらう。離れは、暖炉に寝台、サイドテーブルがあるだけの、シンプルな部屋である。灯りを点していないのに窓から月明かりが差し込むので、ランタンを点けずとも十分過ごせる。

寝台に腰掛け、キョロキョロ見回ていたら、アニャがやってきた。

「これ、蜂蜜水とちょっとしたおやつ。それから、ランタンも。必要だったら、点けてちょうだい」

「ありがとう」

アニャはそのまま立ち去らずに、こちらを見ている。

「どうかした?」

「あ――えっと、少しだけ、話してもいい?」

「いいよ」

アニャは腰に手を当て、俺を見下ろしながら話し始めようとした。

「ちょっと待って。座って」

隣をポンポン叩きながら言うと、アニャは素直に腰掛ける。気恥ずかしいのか。もじもじしながら、頬を真っ赤に染めていた。

「ごめんなさい。あまり、患者さん以外の男性と、話したことがなくって」

俺が患者でなく婿候補だと聞いて、急に照れてしまったのだろう。

「マーウリッツアにいる男は？」

「あの人は、私を一方的にからかってくるだけ。童顔とか、嫁ぎ遅れとか、山女とか。まともな会話はしていないわ」

「酷いね」

「でしょう？　自分だって、二十歳を過ぎても結婚していないくせに、何を言っているのかしら」

「あー……」

おそらくだが、その男はアニャのことが好きなのだろう。仲良くなりたくて声をかけているのだろうが、内容が最悪過ぎる。

「それで、話したいことは？」

「ああ、そう。あなた、本当にいいの？」

「何が？」

「しらばっくれないで。私との結婚よ」

「いや、まだアニャと結婚するか、決まっていないし」

運命は蕎麦の芽にかかっている。明日、アニャと一緒に種を蒔く予定だ。

「仮に決まったときのことを話しているのよ」

「そういう意味ね。さっきも話したけれど、俺は行く当てもない男だから」

「でも、私じゃなくても……。イヴァン、あなた、子どもが欲しくないの？」

「俺は子どもの面倒を見られるほど、甲斐性があるとは思えないし」

素直に告げると、アニャは目を眇《すが》めて俺を見る。小さな声で「どうなのかしら？」と呟いていた。

あまりにも素直な反応に、笑ってしまう。

「あっ、笑ったら顔が痛い」

「安静にしているように、言ったでしょう？」

「だって、アニャが笑わせるから」

「私がいつ、笑わせたのよ」

「うん、そうだね」

アニャはよほど、子どもが生めない体であることを気にしているのだろう。気の毒な話である。

「もしも蕎麦が発芽して、結婚できるのだとしたら、俺はアニャを幸せにすることを人生の目標にしようと思っている」

「イヴァン……ありがとう」

アニャはウルウルとした瞳で、俺を見つめてきた。庇護欲をかき立てられたものの、肩に触れようとした瞬間、脳内にマクシミリニャンの顔が浮かんだ。

伸ばした手はそっと下ろし、ぎゅっと握りしめて拳を作る。

「アニャは、どうなの？　父親が選んだ相手と結婚するなんて、嫌じゃないの？」

聞いた途端、アニャは耳まで真っ赤になる。心配になるほど羞恥心が顔に出ていた。

「あなたは優しいし、たぶん、働き者だろうし、嘘はつかない人だと思うから、これ以上ない結婚相手だわ」

「そう。よかった。でも、俺がいい人ぶっていたら、どうするの？」

「あなたが、いい人ぶっているですって？　そんな器用なことを、できる人には見えないわ。イヴァン、あなたはきっと、死ぬほど不器用な人なのよ」
「そう、かもしれない」

「でしょう？」

ほんの数時間しか話していないのに、人となりをアニャに見抜かれていたようだ。

「もっと、お話したいって思った男の人は、イヴァンが初めてよ。もしかしたら、あと三日間しかいないかもしれないけれど、とても嬉しいわ」

「アニャ……」

月明かりが、彼女の横顔を照らす。なんて、美しいのか。思わず見とれてしまった。

「アニャ、俺も――」

言いかけた瞬間、窓の外に丸太を片手で担いだマクシミリニャンが通りかかった。通り過ぎる際、高速でこちらをチラ見していった。我慢できずに、噴き出してしまう。こんな時間に、丸太を持って庭で作業するわけがない。きっと、俺たちの様子を確認しにきたのだろう。

「イヴァン、どうしたの？」

「いや、アニャの親父さんが通りかかったから」

「まあ！　お父様ったら、覗きに来たの？」

「たぶん、アニャがなかなか母屋に戻らないから、心配しているんだと思う」

「私は、子どもじゃないのに！　それに、イヴァンはお父様が婿として連れてきたのに、どうして監視するようなことをするのよ！」

「まだ正式に結婚すると決まったわけではないから」

顔も口の中も痛いのに、笑ってしまう。一日でこんなに笑ったのは、初めてだろう。

「俺、ここに来て、よかった」

そう呟くと、アニャは淡く微笑んでいた。こんなに楽しいところならば、ずっといたい。すべては、蕎麦の芽次第なんだけれど。

「じゃあ、そろそろ解散する？」

「そうね」

アニャを母屋まで送る。離れと母屋はそこまで離れていないが、山なのでどこに熊が出てもおかしくない。心配なので、きちんと部屋に入るのを確認しなければ。

「アニャ、また明日」

「ええ、おやすみなさい」

「おやすみ」

アニャは部屋に戻らず、こちらを見つめている。

「ん、どうしたの？」

「あ――ごめんなさい。幼い頃、おやすみの挨拶をするときに、お父様が頬にキスをしてくれたから。やだわ。もう何年も、していなかったのに」

つまり、アニャはおやすみのキス待ちをしていたわけだ。

さすがに、結婚もしていない相手にキスなんてできない。

「ゆっくり休んで」

「イヴァン、あなたも」

アニャと別れ、離れに戻る。

扉を開き中へ入ると、腕を組んで寝台に座るマクシミリニャンの姿が目に飛び込んだ。

悲鳴を上げそうになったのは、言うまでもない。

マクシミリニャンは俺の顔を見るなり、「待っておったぞ」と声をかける。どうやら、アニャだけでなく、マクシミリニャンも話があるようだ。隣に腰かけたが、黙ったままだ。

「何しに来たの？」

「謝罪を、しようと思い……。その、アニャはあの通り、結婚する気はなく……」

「ああ、そのこと」

マクシミリニャンが、この先アニャを独り残していくことに関し、危惧を感じていた話は事前に聞いていた。黙って連れてきていた件に関しては問題だが、そうでもしないとアニャは婿候補と会うことすら受け入れなかったのだろう。

「アニャは絶対に、そなたを気に入ると確信していた。だが、イヴァン殿には事前に説明しておくべきだった」

「アニャにもね」

「う、うむ……」

マクシミリニャンは反省しているようだったので、これ以上責める気にはならない。

「イヴァン殿、蕎麦の芽が生えなかったら、本当に、ここを出て行くつもりか？」

「そういう約束だからね」

そう答えると、マクシミリニャンは途端に悲しげな表情になる。

「蕎麦の芽が生えなかったら、マーウリッツアで仕事でも探すよ。それでたまに、アニャの顔を見に来るから」

「イヴァン殿、感謝する!!」

マクシミリニャンは俺を力強く抱擁した。体がミシッと悲鳴を上げたので、力いっぱい押し返して離れる。

「それで、アニャはどうだ？」

「どう、というと？」

「愛らしいとか、かわいらしいとか、けなげとか、何か、感想があるだろう？」

それ、全部同じような意味じゃん。なんていう指摘はさて措いて。

「明るくて元気な、いい娘《こ》だと思う」

ただ、見た目は完全に十三歳から十四歳くらいの少女だけれど。その点は、目を瞑《つぶ》る。

「結婚相手として、申し分ない相手だよ」

「それはよかった。この先、我は安心して逝ける」

安堵したように呟くマクシミリニャンの背中を、励ますように叩いてあげた。

朝――目覚める。まだ外は真っ暗だが、そのうち太陽が昇るだろう。
服を着替え、ナイフと石鹸、歯ブラシ、ランタンを持って離れを出る。外は風がごうごうと激しく吹いていた。真冬だと思うほど寒い。たらいに湧き水を掬って入れる。山の水は、キンとするほど冷たかった。駆け足で下家の勝手口から浴室に入る。洗面台にたらいに入った水を置き、鏡の横にランタンを設置した。

鏡を覗き込むと、顔のただれがなくなり、赤みも引いているのに気づく。顔がボコボコなのは相変わらずだが、痛みはずいぶんと薄くなっていた。本当に、蜂蜜は傷の治癒に効果があるようだ。驚いた。医者の薬より効くなんて。

台所のほうから物音が聞こえる。アニャが朝食の準備をしているのだろうか。顔を洗って髭を剃り、歯を磨いたあと、台所の扉を開いた。

「おはよう、イヴァン殿」

「うわっ！」

にっこり微笑みながら挨拶をしたのは、フリフリのエプロンをかけたマクシミリニャンだった。

なぜここに？　と思ったが、昨晩、アニャが「食事の支度はお父様と代わる代わるしているの」と話していた。今日は、マクシミリニャンが朝食を準備する番なのだろう。

それよりも、気になる点を尋ねてみた。

「そのエプロン、何？」

「ああ、これか？　以前、マーウリッツァの婦人会でアニャがもらってきたものなのだが、使わないというので、我が使用している」

アニャが身に着けたら、さぞかしかわいかっただろう。マクシミリニャンの筋骨隆々の体にフリルたっぷりのエプロンをかけた姿は、違和感でしかない。

「何か、手伝うことはある？」

「もうすぐアニャが起きてくるから、一緒に家畜に餌を与えてくれ」

「了解」

母屋のほうに行くと、アニャが寝室から出てきた。

「イヴァン、おはよう」

「おはよう、アニャ」

アニャはずんずんと接近し、俺の顔を覗き込んだ。

「うん。昨日よりはいいわね」

「おかげさまで」

「どういたしまして。今日は、軟膏を塗ってあげるわ」

「ありがとう」

「それにしても、早いわね。どうしたの？」

「家畜の餌をやるっていうから、手伝おうと思って。俺、お手伝いしたがりさんだから」

アニャが「安静に！」と言う前に、先制攻撃をしておく。すると、アニャは眉尻を下げながらも、噴きだしてしまう。

「わかったわ。こっちに来て」

まずは飼料を取りに行く。アニャはランタンを持たずとも、薄暗い中をずんずん進んでいた。

「春は、小麦の外皮を中心に、細麦を与えるのよ。毎日放牧もしているのだけれど、餌を与えていないと、山の木々が丸裸になってしまうから」

「なるほどね」

まずは乳用の山羊から。小屋の中には子山羊がいて、高い声で「めえめえ」と鳴いていた。

ここにいる山羊は、よく知る白い毛並みの山羊である。

「子山羊はもうすぐ草や葉を食べられるようになるから、その辺りからお乳を搾るの」

アニャは説明しながらも、山羊にテキパキと餌を与えていた。知り合いのところの山羊は、我先にと暴れるようにして餌を食べていたが、ここの山羊たちはのんびりしている。怖いという印象は、薄くなっていった。

「餌を食べている間に、掃除をするわよ。イヴァンは、水を汲んできて」

「はいはい」

山羊は、地面に落ちた餌は食べないくらい、きれい好きらしい。山羊の飼育でもっとも重要なのは、過ごしやすいよう清潔な環境を作ってやることなんだとか。小屋に敷いてある藁ごと、糞などを回収する。これらは、肥料にするようだ。

「山羊の糞はコロコロしていて、他の家畜に比べて手入れがしやすいのよ」

「確かに」

牛や豚の糞は水分を含んでいて、臭いも酷い。山羊の糞も臭いけれど、牛や豚に比べたらマシだ。

小屋に水を流し、しばし乾燥させる。

餌を食べさせたあと、山羊をは山に放つらしい。日が暮れる前に、自主的に戻ってくるようだ。

続いて、肉用の山羊の小屋を掃除する。

「あ、こっちの山羊は、耳が垂れているんだ」

毛並みは茶色やブチ、褐色など、さまざまな色合いがある。繁殖させて、マーウリッツアに売りに行っているらしい。隣の小屋にいるのは、カシミア山羊とアンゴラ山羊である。共に、毛の採取を目的とした山羊だ。カシミアの毛は真っ直ぐで、どこかおっとりした顔つきをしている。アンゴラの毛はちぢれていて、目元も毛で覆われていた。この辺りでは見かけない品種である。

最後は、昨日見かけて驚いた、騎乗用の山羊である。近くで見ると、よりいっそう迫力があった。

一頭は白く、もう一頭は黒い。

「これ、本当に大きいね」

「大角山羊っていう山羊なの。この辺りに生息しているわ。崖を駆け上るのが得意で、どこまでも登ってくれるのよ」

「そうなんだ」

通常は騎乗できるような種類ではないものの、マクシミリニャンが代々伝わる調教で、騎乗できるように躾けたものらしい。

「白い子がクリーロ、黒い子がセンツァ。奥にいる灰色の赤ちゃんがメーチェよ」

「翼《クリーロ》に、影《センツァ》に、剣《メーチェ》、ね」

メーチェはこの春、生まれたばかりらしい。赤ちゃんだというが、乳用山羊の成獣と同じくらいの大きさである。ここからさらに、大きくなるのだろう。

山羊の世話が終わった頃には、太陽が地平線から顔を覗かせていた。

一日が、始まろうとしている。

飼育しているのは、山羊だけではなかった。鶏と犬もいた。鶏は黒い羽を持つ品種だった。十年から十五年も生きるらしい。卵と肉を目的に飼っているようだ。犬は母屋にいた。寝室で飼っているという。眠るのが大好きで、ほとんど人前に姿を現さないらしい。

小型犬かと思いきや、熊みたいにでかい犬が出てきたので驚いた。毛量の多い犬で、茶色と黒の混じった毛色をしている。ツヤツヤと輝く毛は、アニャが丁寧に手入れをしているのだろう。

「この子はヴィーテス。護畜犬なんだけれど、おっとりしていて、向いていなかったみたい。異国人が犬鍋にして食べたいって言っているところを、私が飼うって引き取ってきたのよ」

「そうだったんだ」

初対面の俺に対して吠えもせず、それどころか頭を撫でただけでお腹を見せていた。護畜犬とは思えないほど人懐っこい。普段は家で眠ったり、庭をのその散歩したりしているのだという。驚くほど、普通の愛玩犬であった。夜は、アニャを温めてくれるらしい。布団に入れて、一緒に寝ているのだとか。それにしても、異国では犬を鍋にして食べる文化があるとは……。

「お前、犬鍋にならなくて、よかったな」

「わっふ！」

そんなことを話しかけながら、朝食である牛の骨付き肉を与えた。


マクシミリニャンお手製の朝食を囲む。

「たんと食べるがよい！」

食卓には、昨日アニャが焼いた蕎麦パンに昨晩の残りのシチュー、蜂蜜、スライスしたハムにオムレツが並べられている。オムレツはきれいな形に焼き上がっている。剛腕のマクシミリニャンが作ったとはとても思えない。祈りを捧げたのちに、いただく。

「イヴァン、これ、オレンジの花の蜂蜜なの。食べてみて」

山には百年ほど前にオレンジの木が植えられ、蜂蜜を採っているという。

蕎麦パンに塗り、頬張る。

「――わっ、おいしい」

ほのかな酸味があり、あっさりしている。パンとの相性も抜群だ。

「ヨーグルトに垂らしても、おいしいのよ。もう少ししたら山羊のお乳が採れるから、作ってあげるわ」

「楽しみにしている」

ヨーグルトが作れるまで、ここにいるかは謎であるが。深く突っ込まないで返事だけしておいた。

マクシミリニャン特製のオムレツも絶品だった。卵はとろとろ半熟で、トマトソースを絡めて食べる。パンの上に載せて食べても、おいしかった。ハムは塩けが強かったが、これから汗をかいて働くのでちょうどいいだろう。しかし、アニャは口にした途端、マクシミリニャンに抗議する。

「お父様、これ、スープ用のハムよ」

「む、そうであったか?」

「塩辛いでしょう?」

「言われてみれば、そうだな」

どうやら塩けの利いたハムではなく、スープ用に塩っ辛く仕上げたものだったようだ。

「イヴァン、あなた、塩辛くなかったの?」

「ちょっと塩けが強いなとは思ったけれど、こういうものだと」

アニャはこめかみを押さえ、深いため息で返す。

「お父様は、たまにこういうことをやらかすの。もしも何か気づいたら、指摘してあげて」

ここは従順に、頷いておいた。

「今日は、畑に蕎麦の種を植えに行って――それから蜜蜂の巣箱を見に行くわ」

「ならばアニャ、イヴァン殿に、大角山羊の乗り方を教えてやってくれ」

「いいけれど、大丈夫？」

「あまり、大丈夫ではないかも」

馬の乗り方でさえ知らないのに、山羊に乗れというのは無謀ではないか。

「山羊も、嫌がらない？」

「あの子たちは、優しい子だから」

不安でしかないが、山羊が背中に乗せてくれることを祈るしかない。

「じゃあ、蜜蜂との付き合い方も、教えなければいけないわね」

「アニャ、イヴァン殿は養蜂家だ」

「え、イヴァンは養蜂家なの⁉」

アニャは目を見開き、俺を見る。

「あれ、言ってなかったっけ？」

「言ってないわ！」

マクシミリニャンは俺が話していると思い込み、俺はマクシミリニャンが話していると思っていたようだ。一番ダメなパターンである。共に、アニャに謝罪した。

「俺がしていたのは花から蜜を採る養蜂なんだ。野山の木々から蜜を採る養蜂は初めてで、いろいろ教えてもらうことになるけれど」

「大丈夫よ。蜜蜂との付き合い方を知っていたら、私が教えることは何もないわ。ほとんど、町のほうで行われている養蜂と、同じはずだから」

「だったら、よかった」

野草茶を飲みながら食休みをしたあと、アニャと共に畑に移動した。マクシミリニャンは、山のいたる所に仕かけている罠を見て回るらしい。罠猟で、獣肉を得ているようだ。

「お父様、行ってらっしゃい」

「ああ、行ってくる」

「気を付けてね」

アニャの言葉に、マクシミリニャンは背中を向けつつ手を振る。

「さて、私たちも、仕事をしましょう」

「そうだね」

農具を持ち、移動する。敷地内の石垣を登った先に、畑を作っていた。

「ここよ」

想像よりもかなり広い畑があった。春はここで、蕎麦とトマト、カボチャにズッキーニ、パプリカ、ラディッシュにカブなどの夏に収穫する野菜を育てるらしい。

「蕎麦は来週蒔くつもりだったけれど、ついでにやっちゃうわ。イヴァンの蕎麦は、一番端のほうに蒔いてくれる?」

「わかった」

蕎麦は春蒔きと夏蒔きの、年二回育てることができる。

我が国の蕎麦の歴史は長い。五百年以上も前に伝播《でんぱ》したと言われている。小麦と大麦の間に育てられることから、農民の間で瞬く間に広がっていったらしい。蕎麦はパン作りに使われたり、パン粉代わりに肉や魚にまぶされたり、練って湯がいたものを食べたりと、料理の幅も広い。国民食と言っても過言ではないだろう。

革袋の種を蒔き終えると、アニャの種蒔きも手伝う。たっぷり水を与えたら、あとは発芽するのを待つばかり。

「イヴァン、あなた、手持ちの種を全部植えてよかったの？」

「持っていても、仕方がないし」

「そう」

しばし、種を植えた畑を眺める。蕎麦は種蒔きから発芽まで、早くてだいたい一週間くらいか。三日でというと、奇跡に近いのかもしれない。

「アニャ、蕎麦の芽は、三日以内に出てくると思う？」

「さあ？」

神のみぞ知る、なのだろう。

ここが俺にとって永遠の土地となるかは、蕎麦の芽次第。あとは、三日間待つしかない。

種蒔きが終わったら、大角山羊の騎乗方法を教えてもらう。

「基本的には、馬の背中に跨がるのと同じよ。鞍を装着して、頭絡《とうらく》を付けて、手綱で操るの」

アニャは手慣れた様子で、白い大角山羊クリーロに装着していく。そして、鐙《あぶみ》を踏んで騎乗した。

「ね、簡単でしょう?」

その言葉に、「見ているだけだったら」と返した。

見たこともないくらいどでかい山羊を前に、たじろぐ。黒い大角山羊、センツァは欠片も俺を気にしていなかった。

それにしても、見事な角だ。これでなぎ払われた日には、体はぶっ飛んで即死だろう。

「まずは、センツァに挨拶するの。山羊は額で挨拶をするのよ」

以前、山羊の世話に行ったとき、山羊に何度も頭突きをされた記憶がある。あれは、挨拶だったのか。山羊は力が強い。しゃがみ込んでいるときに頭突きをされて、盛大に転んだ覚えもある。この大角山羊に頭突きなんかされた日には、俺の額が割れて出血するのでは? 恐ろし過ぎる。

「まずは声をかけて、鼻先から額にかけて優しく撫でるの」

「了解」

できれば近づきたくないけれど、こちらが怖がったら山羊も不安になる。こうなったら、開き直るしかない。

山羊は友達! 山羊は友達! と、心の中で何度も言い聞かせ、一歩、また一歩と接近する。

センツァはやっと俺を見た。細い長方形の瞳孔が、ただ一点に向けられている。

「やあセンツァ。いい天気だね」

自分でも驚くほど、棒読みになってしまった。少し離れた場所で見守っていたアニャが、口元を押さえて笑っている様子を視界の端で捉える。集中力が途切れるので、角度を変えて彼女が入らないようにした。

まず拳を差し出して匂いを嗅がせる。犬はたいていこれをすれば受け入れてくれる。山羊に通用するのかはわからないけれど。センツァは興味があるのか、くんくん嗅いでくる。そして、ペロリと舐めた。声が出そうになったが、ぐっと我慢した。

「イヴァン、ペロペロ舐めるのも、山羊の挨拶なの」

「そうなんだ」

ひとまず、挨拶を返してくれたので、鼻先から額にかけて撫でてあげた。アニャがもっと強くしてもいいというので、爪を立ててガシガシ掻くように撫でてやる。すると気持ちがいいのか、目を細めていた。

「慣れてきたら、顎の下や頬を撫でてあげて」

「はい」

額を右手でガシガシ撫で、左手で顎の下を優しく撫でてやる。お気に召したのか、もっとやれと接近してきた。

「もうそれくらいでいいわ。センツァはきっと、あなたを背中に乗せてくれるはず」

「そう、よかった」

ホッと胸をなで下ろしていたら、センツァは額を寄せてきた。

巨大な角が迫り、悲鳴を上げたい気持ちをぐっと抑える。するとセンツァは額と額を軽く合わせて、優しくスリスリとすり寄ってきた。人間が非力で弱い生き物だとわかっているのだろう。山羊について、ずっと思い違いをしていた。個人的に誤解していただけで、心優しい存在であった。

「じゃあ、頭絡の付け方を教えるわね」

まずは手綱を首にかけ、はみを口に銜《くわ》えさせ噛ませる。頭部にベルトを合わせ、項《うなじ》部分のベルトを締める。次に、鼻部分のベルトを締め、最後に喉部分のベルトを締めるようだ。

「喉元はきっちり締めなくてもいいわ。指が一本か二本通るくらい、ベルトに余裕を持って」

「わかった」

山羊に頭絡を付けるなんて、かなり珍しい。嫌がるだろうと思っていたが、案外すんなり受け入れている。いったいどうやって躾けたのか、謎が深まる。

頭絡を付け終わったら、鞍を装着する。これもセンツァは嫌がらずに受け入れた。

準備が整い、ついに騎乗する段階までたどり着いてしまう。

「片足で鐙を踏んで、一気に乗るの。躊躇《ためら》っていたら山羊の負担になるから、一気にサッと上がるのよ」

アニャはそう言って、クリーロに軽々と跨がった。

「さあ、イヴァンも乗ってみて」

準備が終わって尚、乗れる気がしないがやるしかない。センツァの額をガシガシ撫で、頼んだぞと声をかけてから乗ってみる。手綱を手にした状態で鐙に足をかけ、一気に上がった。鞍に跨がり、腰を下ろす。

「うわ、乗れた」

「いいじゃない」

操縦は馬と一緒らしい。しかし、乗馬なんてしたことがない。そう答えると、アニャは操縦方法を教えてくれた。

「歩かせるときは、左右の踵でお腹をポン！　って蹴るの。軽く走らせたいときは、お腹をポンポン！　って蹴る。曲がる時は、曲がりたい方向の手綱を引くのよ。止まるときは、少し立ち上がって手綱を引く。わかった？」

「やってみる」

アニャが教えてくれたとおり、センツァの腹を踵で軽く蹴った。すると、ゆっくり歩き始める。庭をぐるぐる周り、時折軽く走ってみせた。センツァは従順で、きちんと指示に従ってくれる。

「イヴァン、上手じゃない」

ただ、ここで喜んではいけない。もう一段階、試練があるのだ。

それは、崖を登ること。考えただけでも、身が竦《すく》んでしまう。

崖を登るときは、木で作った笛で合図を出すらしい。紐が付いた、平たい笛である。

「これ、使っていないものだから、どうぞ」

「ありがとう」

受け取ったあと、アニャは信じられないことを言った。

「じゃあ、今から崖を登りましょうか」

まだ崖を登ってもいないのに、胃の辺りがスーッと冷えるような感覚に襲われた。

大角山羊に跨がり、アニャのあとに続いて山道を走る。道は当然真っ直ぐでもなければ、石畳で整えられたものでもない。ぐねぐねに曲がる獣道で、眼前に木が迫る恐怖と闘いながら進んでいく。

突き出た木の枝が、頬を叩く。

「痛った！」

子どもの頃いたずらをして、母に叱られながら尻を叩かれたときより痛かった。枝を避ける技術を習得しないと、顔を切ってしまうだろう。気を付けなければ。景色がものすごい速さでくるくる変わっていく。とんでもない角度の坂道を、センツァは一瞬で駆け上がった。

さすがの脚力である。大角山羊に乗って移動する意味を、身をもって理解した。十分ほど走ると、ごつごつとした岩場にたどり着いた。崖というほど断崖絶壁ではないものの、上へ上へと重なり合った岩は人が自力で登れるような場所ではない。

「イヴァン、見本を見せるわね」

アニャは笛を銜え、短く吹いた。すると、クリーロは膝を曲げ、岩に向かって跳んだ。

「うわっ!!」

俺が登ったわけではないのに、声をあげてしまう。美しい弧を描くように、跳んでいったのだ。クリーロの体はブレることなく、岩場に着地する。あんなに大きな体なのに、驚くほど安定していた。軽やかな足取りで、どんどん登っている。信じがたい光景を、目にしていた。

「嘘でしょう?」

これを、今から自分もしないといけないのだ。岩場を登るアニャの体は、斜面に対してほぼ垂直になっていた。いったいどのようにして均衡を保っているのか。理解できない。大角山羊に出す指示しか聞いていなかった。騎乗している側の心得も、何かあっただろう。もう、アニャの姿は小さくなっている。今更聞けない。

改めて岩場を見上げる。ヒュンと、魂が縮んだ気がした。岩はごつごつしているうえに、ところどころナイフのように鋭く尖っていた。もしもセンツァの背中から落下したら、大怪我を負うどころか生きているかでさえ怪しい。

アニャは岩場の頂《いただき》にたどり着いたようで、ぶんぶんと手を振っている。かすかに、声が聞こえた。

「イヴァンも、早く登りなさいよ！」と。

なんて恐ろしいことを言っているのか。センツァは早く岩場を登りたいのだろう。前脚をジタバタと動かし始めた。覚悟を決めるしかない。

「よし、行くぞ」

覚悟を口にしたのちに、笛を銜える。歯が、カチカチ鳴っているのに気づいてしまった。まったく、情けないものである。

アニャは大した勇気の持ち主だ。あんな岩場を、平然と登っていくなんて。俺なんか、「登り切ったら金貨一枚あげる」と言われても、速攻で断る。

ふー――とため息をついただけのつもりが、笛の音が鳴ってしまった。センツァは「待っていました！」とばかりに、「メエ！」と高く鳴いた。

「どわっ!!」

センツァは岩場に向かって大跳躍を見せてくれる。空中滑走した瞬間、心臓は確実に半分ほどに縮んだような気がした。生きた心地がまったくしない。いつ、岩場へ着地したのかは、よくわからなかった。それくらい、衝撃が伝わってこなかったのだ。体は傾き、少しでも腿の力を緩めたらセンツァの背中から落ちてしまうだろう。一瞬たりとも、気を抜けない。

早く岩場の頂へたどり着きたい。その思いから、笛をもう一度吹く。

「うわぁ!!」

跳躍時に体が引っ張られる感覚は、なんと表現したらいいのか。木から落ちるときに似ているような気がした。体の中心がスーッと冷えていくような、不安感に襲われる。

二回目に着地した岩場は、一回目よりも足場が不安定だった。体がこれでもかと、傾いている。怖いので、三回目の笛を吹いた。上に、上にと登っていくにつれて、体が後ろへ引っ張られる。上体を前に保っていないと、転げ落ちる。もう、岩場で制止している時間は不要だ。一刻も早く登りきりたい。でないと、腿の筋肉が限界を迎えそうだ。

跳躍と着地をタン、タン、タンの間隔から、タンタンタンの間隔に変える。あまりにも速すぎて、自分がどういう状態にあるのかわからなかった。

恐怖は岩場のどこかに落としてしまったのか。もはや何も感じない。

「はあ、はあ、はあ、はあ!!」

やっとのことで、岩場を登り切った。岩場の頂には、豊かな木々が生い茂っている。そして、灰色熊のカーニオランが、目の前を通過していった。

新緑に咲く花に留まり、蜜を集めているようだった。美しい光景に、ただただ見とれる。

「イヴァン、やったじゃない！　初めてにしては、上出来よ！」

アニャの声を耳にした瞬間、やっと我に返る。そして、ドッと全身に汗をかいた。

「俺、岩場を、登ってきた？」

「ええ。勇敢だったわ」

勇敢、だっただろうか。ひたすら戦々恐々としていただけのような気もする。頑張ったのは俺ではなく、センツァだろう。センツァの背中から降り、鼻先から額にかけて撫でてやった。

「センツァ、よく、やった」

褒めると、目を細めて低い声で「メエ！」と鳴く。

センツァとクリーロは、しばしこの辺に放すらしい。笛を連続で五回鳴らしたら、戻ってくるという。それまで自由にさせるようだ。手綱を放すと、手が真っ赤だった。きっと、命綱のように思いながら力いっぱい握っていたのだろう。歩こうとしたが、足が動かない。

「イヴァン、どうしたの？　気分が悪いの？」

今の状態をなんと表せばいいものか。息苦しくて、気持ち悪くて、体が重い。体調に影響を及ぼすほど、崖登りが恐ろしかったのか。

「この辺は家がある辺りよりずっと空気が薄いの。体が、適応できていないのよ。その場に、座って。ものすごい汗だから、脱水症状なのかもしれないわ」

「そう、かも。なんだかものすごく、喉が渇いている」

「これを飲んで」

アニャが革袋に入れた飲み物を差し出してくれた。

「水にライムを搾って、蜂蜜と塩を加えた飲み物よ。これを飲んだら、たぶん体調不良もマシになると思うわ。全部飲んでいいから」

「ありがとう」

さっそくいただく。自分で意識していた以上に、喉が渇いていたようだ。爽やかな味わいで、ごくごくと飲み干してしまった。

「少し横になりなさい。楽になるから」

岩場を登った先は豊かな草むらと木々が広がっている。横になっても問題ないだろう。と思っていたら、アニャは想定外の行動に出る。足を伸ばして座り、ここで眠れと腿をぽんぽん叩いたのだ。

「いや、それはさすがに悪いような」

「頭を上げて眠ると、楽になるのよ。体の負担も、軽くなるから」

「そうなんだ」

蜜薬師と呼ばれるアニャの言うことなので、素直に聞いておいたほうがいいだろう。

ゆっくりと寝転がり、アニャの腿に頭を預ける。

「ついでに、顔の腫れに薬を塗るわね」

「よろしくお願いします」

汗を布で優しく拭ってから、蜂蜜色の薬を顔に塗ってくれる。

「それは、何？」

「蜂蜜軟膏よ。保湿と殺菌効果があるの」

蜜蝋《ミツロウ》と蜂蜜、精油にした薬草を使って作るらしい。アニャは鼻歌を歌いながら、蜂蜜軟膏を指先で伸ばしていた。くすぐったいし、なんだか気恥ずかしくもなる。

照れ隠しに、アニャに話しかけてしまった。

「アニャ、それ、なんの歌？」

「子守歌よ」

どうやら、アニャは俺を寝かしつけようとしているようだ。まさか、二十歳過ぎて「いい子でねんね」をされるとは。

「イヴァン、瞼にも塗るから、目を閉じて」

目を閉じると、アニャは他のところよりも優しく瞼に触れる。蜂蜜軟膏は、ほんのり甘い匂いがした。直に蜂蜜を塗るよりは、さっぱりとしている。アニャの鼻歌を聴いているうちに、先ほどの息苦しさや気持ち悪さは薄くなっているような気がした。

「アニャ、ありがとう」

そんなことを呟きながら、俺はアニャの腿を枕にまどろんでいた。

やわらかな風が、頬を優しく撫でる。鳥の美しいさえずりも、聞こえていた。そっと瞼を開くと、天使のように美しい美少女が俺を見下ろしている。ここは天国なのか。サシャに殴られて、マクシミリニャンに助けられた一連の流れは、夢の世界での出来事だったのかもしれない。だって、できすぎだろう。八歳の男の子が闇夜を駆け抜け、強面のおじさんに助けを求めるなんて。それに、実家の養蜂園が人生のすべてだった俺が、家を出るわけがない。そして、マクシミリニャンの娘が、天使のように愛らしいわけがないのだ。

ぼんやりと、美少女を眺めていたら、灰色の毛に覆われた蜜蜂が飛んでくる。俺の目の前をぶんぶん飛んで、鼻先に止まった。雄の蜜蜂である。

いっこうに動こうとしないので、美少女は笑い始めた。

「ふふふ、イヴァンから蜂蜜の匂いがするから、寄ってきたのね」

「ああ、そう――――」

ここで一気に意識が覚醒する。上体を起こすと、蜜蜂は飛んでいった。

「アニャ、俺、寝ていた？」

「ええ、ぐっすりと」

「ごめん。眠るつもりはなかったのに」

「仕方ないわよ。高山病になりかかっていたのだし」

「高山病？」

「ええ。山の高い場所に登ると発症するものなの。山羊を使って急に駆け上がったから、なってしまったのでしょうね。ごめんなさい、こんなところに連れてきてしまって。お父様がイヴァンは大丈夫だと言っていたものだから、平気かと思っていたの」

「気にしないで。もう、息苦しさや気持ち悪さはなくなったから」

「そう。よかったわ」

崖を駆け上がった恐怖から具合が悪くなったのかと思っていたが、そうではなかったようだ。

立ち上がろうとしたら、腕を引かれてしまう。

「イヴァン、まだ立ったらダメ。もうしばらく、休まなきゃ」

「うん、でも、大丈夫なの？」

「何が？」

「その、仕事とか」

「別に、急いでしなければならない仕事なんて、山の暮らしにはないわよ」

「そうなの？」

「そうなのよ。ここで一番大事なのは、健康な体なの。仕事は二の次よ。元気でいなければ、生活は成り立たないわ」

「そっか……。うん、そうだよね」

山暮らしだけではなく、どこでもそうなのだろう。生きていくうえで、健康より大事なものはない。働き過ぎて体調を崩す話は、町でもたまに聞く。そういう人は、自分の頑張りが体を酷使し、命を縮めている事実に気づいていないのだろう。

「私のお母様は、あまりお体が強くなかったのよ。それなのに私を生んで、命を散らしてしまったわ。自分のことは自分が一番把握しているはずなのに……。私を生まなかったら、もっと長く生きられたでしょう」

「アニャ……」

なんて声をかけたらいいのか、わからなくなる。うんざりするほど家族がいるのは、贅沢《ぜいたく》な話だったのだ。アニャは思い詰めた表情で、言葉を続けた。

「お父様は、きっと私を恨んでいるに違いないわ」

「それはどうだろう？　まだ出会って数日だけど、それでも親父さんは世界で一番、アニャを愛していると思ったよ」

でないと、山を下りてオクルス湖の町に来てまで、婿探しなんかしない。アニャが生きていただけでも、マクシミリニャンにとっては救いだっただろう。その言葉を付け加えると、アニャの眦から涙が溢れた。

「本当に、そう、思う？」

「思うよ」

「そう。だったら、よかったわ」

たぶん、アニャは長い間誰にも話せずに、気に病んでいたのかもしれない。マクシミリニャン本人には聞けなかっただろうし、かと言って仲のいい人にも気軽に話せる内容ではない。昨日ここに来たばかりの俺にだからこそ、ポツリと吐露できたのだろう。

しばし会話もないまま、ただただぼんやりして時間を過ごす。

美しい山々の景色を見ていたら、心が洗われるような、そんな気分にさせてくれた。

しっかり休んだので、仕事をしよう。まず、リンゴの木のエリアに案内してもらった。

「イヴァン、こっちよ」

腕を引かれ、リンゴの木が群生する場所へ誘われる。

「今は花盛りで、とっても美しいのよ。見て」

「うわ、本当だ」

リンゴの木には美しい薄紅色の花が満開だった。その周囲を、蜜蜂が忙しそうに飛び回っている。

「きれいだ」

「でしょう。巣箱はあっちよ」

小屋に巣箱を集めた実家の養蜂とは異なり、巣箱が地面に直に置かれていた。

「あ、そうだわ。イヴァン、あなたに、お父様の面布《めんぷ》を持ってきたのだけれど」

面布というのは、帽子の縁に目の細かな網がかけられた物である。蜜蜂の接近を防ぐ目的で被るのだ。必要ないと首を振ると、驚かれる。

「あなたも、面布は被らないの？」

「うん。もしかして、アニャも？」

「ええ、そうよ。だって、蜜蜂はお友達ですもの。必要ないわ」

マクシミリニャンは面布を常に被っているらしい。その昔、蜜蜂に顔を刺されたことがあったので、警戒しているのだとか。

「お父様ったらああ見えて心配性で、人一倍慎重なの」

「なんか、そんな感じがするかも」

その辺は、山奥で暮らすのに必要な感覚なのかもしれない。

「俺も、蜂蜜軟膏を塗っているから、今日は面布を被っておこうかな」

「そうね。それがいいわ」

アニャから面布を受け取り、被った。マクシミリニャンの頭に合わせて作った物なので、ぶかぶかだ。顎で紐を縛り、ずれないように固定しておく。

「これでよし、と」

巣箱にゆっくり接近し、中を確認させてもらう。ここには、五つの巣箱が設置されていた。鳥の羽根で作ったブラシで巣箱に集まる蜜蜂を払い、蓋を開く。

「ちょっと雄が多いかも」

「削りましょうか」

雄の蜜蜂が産み付けられた巣枠を取り出し、半分くらいヘラで削いでいく。巣枠がいっぱいになると、女王蜂は蜜蜂を連れて巣からいなくなってしまう。蜜蜂の数が減ると、満足に蜂蜜が集められなくなる。だから、巣箱は小まめに確認しなければならない。

「女王蜂の王座は、ないか」

王座というのは、女王蜂を育てる特別な巣穴だ。蜜蜂は王座の幼虫にローヤルゼリーという特別な餌を与えて、女王蜂を育てるという。

「心配いらないわ。まだ新しい女王なの」

女王蜂の寿命は三年ほど。一日に千個以上の卵を産むらしい。現在、巣箱には二万匹の蜜蜂がいる。最終的には、三倍くらいの群れに成長するのだ。ただ、気をつけなければならないのは、巣箱の状態ばかりではない。新しい女王蜂が巣内で育っていた場合も、女王蜂は蜜蜂を連れて出て行ってしまう。女王蜂が蜜蜂を連れて巣を出ていくことを、〝分蜂《ぶんぽう》〟と呼んでいた。

巣箱の中を入念に確認していたら、アニャが感心したように呟く。

「イヴァン、あなた、本当に養蜂家だったのね」

「信じていなかったの？」

「信じていなかったわけではないのだけれど……」

アニャにとっての養蜂家のイメージは、マクシミリニャンなのかもしれない。いくら力仕事をしても、体つきがガッシリとならないのは血筋なのか。他の兄弟も、どちらかといえば細身だ。

「あなたみたいな人が旦那様だったら、ものすごく頼りになるわね。昨日、素直に結婚を受けておけばよかったわ」

そうだったね、と言葉を返すと、アニャは微笑む。なんとなくだけれど、先ほどより心を許してくれているような気がした。

喋りながらも、手は止めない。どんどん蜂の子をかきだしていく。

「そういえば、アニャのところでは、幼虫はどうしているの？」

「粉末にして、薬にしているわ」

「へえ」

蜂の子は耳に関する不調に効果があるらしい。乾燥させたのちに、細かく挽くのだとか。

「イヴァンの家では、どうしていたの？」

「油で揚げて、親兄弟の酒のつまみになっていたよ」

「まあ！　もったいない！」

アニャは蜂の子を革袋に詰め、逃げないようにしっかり紐で縛っていた。

あとは害虫がいないか見て回り、巣箱に不具合がないかどうかも調べる。

「よし。こんなもんか」

そろそろお昼の時間だという。再び大角山羊に跨がり、恐怖と闘いながら岩場を下ったのは言うまでもない。

家に戻ってくると、フリルたっぷりのエプロンをかけたマクシミリニャンが待ち構えていた。

「昼食の準備が、できておるぞ」

母屋の前に敷物が広げられており、マクシミリニャンが作ったであろう料理が並べられている。

中心にどん！　と置かれているのは、鶏の丸焼きだ。昼から豪勢なものである。

マクシミリニャンは誇らしげな様子で、どうだと指し示していた。

「ごちそうだね」

「イヴァン殿の歓迎の気持ちを込めて、作ったのだ」

「わー……」

まだ婿になると決まったわけではないのに、気前がいい。大事な鶏だろうに、捌いてよかったのか。チラリと横目でアニャを見る。

「イヴァン、あなた痩せすぎているだから、たくさんお食べなさいな」

「あ、うん。ありがとう」

できたての料理を前にたくさん食べろとか言われたのは、生まれて初めてだ。

なんだか不思議な気分になる。

「どうかしたの？」

「ふたりとも、優しいなと思って」

「これくらいで優しいとか、どんな環境で育ってきたのよ」

「普通の環境だと思うけれど」

いや、父はいないし、家族は大勢いるし、殴る兄はいるし。ぜんぜん普通ではない。

「ごめん。あんまり、普通じゃなかったかも」

「でしょうね。この家ではお腹いっぱい食べることが普通だから、覚えておきなさい」

「わかった」

マクシミリニャンはナイフで鶏の丸焼きを解体している。アニャは薄く焼いた小麦粉の生地に、鶏を載せて巻いていていた。

「はい、どうぞ」

どうやら、アニャは俺が食べる分を作ってくれていたようだ。こうやって食事の世話をされるのも、初めてである。

「ありがとう」

受け取って、食べる。小麦粉でできた皮はもちもちとした食感で、香ばしく焼かれた鶏の皮はパリパリ。肉はやわらかく、噛むとじゅわっと肉汁が溢れた。塩、コショウ、香草で味付けされていて、それが鶏肉の味を引き立ててくれる。

「イヴァン殿、どうだ?」

「すごくおいしい」

そう答えると、マクシミリニャンとアニャは笑顔になった。ふたりとも、天使なのかもしれない。

「イヴァン、あなた、変なことを考えていない?」

「考えていたかも」

天使に見えたことを告げると、アニャに呆れられてしまった。マクシミリニャンは、若干涙ぐんでいる。

「本当に、いったいどんな環境で育ってきたのよ」

「イヴァン殿、たらふく食べてくれ」

「うん、ありがとう」

小麦粉でできた皮に包むのは、鶏肉だけではない。酢漬けのキャベツ《ザウアークラウト》や、練った蕎麦粉《ジガンツィー》、ベリージャムなども用意されていた。

「オススメは、ベリージャムにちょっとだけ塩を混ぜたものを、鶏肉と合わせるの」

アニャのオススメはおいしそうとは思えなかったが、騙されたと思って食べてみる。

「え、嘘！　おいしい！」

「でしょ？」

　ベリージャムは酸味が強く、塩を加えると肉料理のソースみたいになる。これが、鶏肉と信じられないくらい合う。

　勧められるがままにどんどん食べていったら、鶏の丸焼きはあっという間に骨だけになった。

「この骨は、夜のスープのダシに使うの」

「無駄な部位はないってこと」

「ええ、そうよ」

　それにしても、食べ過ぎたような気がする。お腹がいっぱいで動けそうにない。満腹状態がこんなに苦しいなんて。慣れない過食で、胃腸の辺りが悲鳴をあげているような気がした。

　それなのに、アニャが作ったリンゴの蜂蜜漬けをペロリと食べてしまった。

「リンゴは胃腸の調子を整えてくれるの。蜂蜜は言わずもがな、疲労回復や美肌効果もあるのよ。しっかり食べておけば、顔の腫れもよくなるから」

「なるほど」

　今、もっとも必要な食後の甘味だったらしい。しばらくしたら、元気になりそうだ。

「それまで、ゆっくりしましょう」

　みんなで、さんさんとふりそそぐ太陽の光を浴びながら、ぼんやりして時間を過ごす。

　なんて贅沢な時間の使い方なのか。

「いつも、昼食は外で食べているの？」

「ええ、今はだいたい外ね」

「どうして？」

「太陽の光を浴びると、長生きすると言われているからよ。ねえ、お父様？」

マクシミリニャンは深々と頷く。

「太陽の光の浴びすぎには注意が必要だけれど。昼食を食べてゆっくりするくらいならば、問題ないわ」

「へえ、そうなんだ」

「さすがに、真夏のジリジリとした太陽は浴びないけれど。こういうのは、嫌い？」

「大好き」

「でしょう？」

お腹がいっぱいだからか、なんだか眠くなる。

マクシミリニャンが膝をぽんぽん叩きつつ、眠くなったら枕にしてもいいと言ってくれたが、丁重にお断りをした。

昼からはマクシミリニャンについていって、山での仕事を手伝う。

「薪に使う木を、回収に行く」

「了解」

冬の間に木を伐り、その場に放置して春まで乾燥させたらしい。現場に到着すると、見事に大きな木が倒れていた。

「これを、ひとりで運ぶつもりだったの？」

「ふむ、そうだな。縄で縛れば、運べないこともない」

「ええー……」

大人五人がかりでも、苦労しそうな大木に見えるが。山の男は、とんでもなく力持ちなのかもしれない。

「これを、今から川に運ぶ」

「川⁉」

「ああ。川に一ヶ月ほど浸けて、樹液を洗い流すのだ。そうすると、乾燥させる期間が短くて済む」

「そうなんだ」

暖炉で使う薪は、約二年間乾燥させる。川で樹液を洗い流すと、それよりも短い期間で乾燥するらしい。山暮らしの知識に、舌をまいてしまった。

ふたりがかりで、川まで大木を運ぶ。と言うよりは、緩やかな斜面を滑らすと表現したほうが正しいのか。大木は俺たちを置いて、どんどん下っていく。そのまま川に落とすのかと思いきや、せき止めるように川縁《かわべり》に立つ木の前で止まっていた。マクシミリニャンは川辺の木杭に結んである紐をたぐり寄せる。川から揚げられたのは、紐が巻かれたくさびを打ち込んだ丸太である。それは赤子ほどの大きさだった。さすがに、そのまま川に沈めるということはしないようだ。同じような紐がいくつかあった。すべて、川で樹液を洗い流す目的で沈めた丸太なのだろう。

「ここにある紐、全部引き揚げるの？」

「そうだ」

マクシミリニャンとふたりがかりで、川に沈めた丸太をどんどん引き揚げていく。赤子ほどの丸太は十個くらいあった。今度は先ほど運んできた大木を、川に沈めるらしい。マクシミリニャンはのこぎりを手に取り、まるでパンをカットするかのごとくサクサクと大木を切り分ける。

「その木、堅い？」

「そこまで堅くはない」

トネリコという、弓や槍など、武器に使われる木らしい。煙が少なく、火力が強いことから、真冬の薪として重宝しているそうだ。

「イヴァン殿も、やってみるか？」

「うん」

足で木を踏んで固定させ、のこぎりの歯を当てる。実家ではよく巣箱作りをしていた。のこぎりの扱いには慣れている。このトネリコの木は、よほどやわらかいのか、信じられないくらい切りやすそうに見えた。だが――。

「うぐっ!!」

マクシミリニャンがしていたようにサクサクとは切れない。全力でのこぎりを押しては引きを繰り返したのちに、やっと切れた。トネリコの木がやわらかいわけではなく、マクシミリニャンの筋力がとんでもないのだ。同じように切れると思った十分前の自分を、叱り飛ばしたい気分になる。

「しだいに、慣れる」

本当にそうなのだろうか？　怪しく思ってしまった。

切り分けた丸太に紐を結んだくさびを打ち込み、川へ沈める。流されないよう木杭に結んだら、しばらく放置して樹液を洗い流すのだ。先ほど川から揚げた丸太は、切り分けてから運ぶらしい。

マクシミリニャンは丸太から薪を作る方法を教えてくれる。

「まず、この丸太の切り口に打ち込んだくさびを、石のハンマーで叩く。さすれば、丸太が割れる」

マクシミリニャンがハンマーでトントントンと叩くと、丸太に裂け目ができた。今度は、くさびを表面の裂け目に差し込み、ハンマーで叩いていく。くさびを使って裂け目をどんどん広げていくと、丸太は真っ二つに割れるのだ。実に簡単にやってくれたが、初めてやる俺にとっては重労働だった。汗だくになった末に、なんとか丸太を割ることに成功した。

もちろん、これで終わりではない。真っ二つにした木を、おのと木づちを使って四分割から八分割ほどに割るのだ。

「へー、木づちを使うんだ」

「おのだけだと、腕が疲れてしまうからな」

マクシミリニャンは木の切り口におのを当て、柄《え》を木づちで叩く。

一発で、木を真っ二つにした。

「この通り」

「おお」

薪割りも実家でやっていた。だが、木づちを使う方法は初めてである。マクシミリニャンがやっていたようにおのの刃を木に当てて、柄を木づちで叩いた。すると、そこまで力を入れずとも、木が裂けていく。あっという間に、パッカリと二つに分かれた。

「これ、すごい。やりやすい！」

「だろう？」

　これまで、薪割りは重労働であった。しかしこのやり方であれば、途中からはそれほど体力を消費せずにできるだろう。簡単に割れるのが面白くて、どんどん薪を作っていく。

　その様子を、マクシミリニャンが涙目で見ているのに気づいてギョッとした。

「え、何？　どうしたの？」

「いや、娘婿に、こうして技術を継承できることに対し、感激を覚えてしまい……」

「いや、まだ結婚していないから」

　話しているうちに、マクシミリニャンの目から、だーっと涙が零れ始めた。マクシミリニャンといい、アニャといい、涙もろい親子である。ハンカチを差し出したら涙を拭い、鼻までかんで返してくれた。戻ったら、洗わなければならないだろう。

　背負子に薪を積み、下ってきた坂を上がっていく。これが地味に辛い。

「明日はきっと、筋肉痛かも」

「それも、じきに慣れる」

　慣れた頃には、マクシミリニャンのように筋骨隆々になっているのか。それも悪くはないけれど、俺の貧相な顔つきに筋肉は似合いそうにない。

　薪を背負い、家まで戻る。汗をかいたからか、傷口が痛痒い。湧き水で顔を洗う。清涼な水が、汗と汚れをきれいに流してくれた。すっきりして気が緩んだのだろう。うっかり布でガシガシ顔を拭いて絶叫してしまった。家からアニャが出てきて、地面に膝をつく俺の顔を覗き込む。

「ちょっと、何事なの？」

「思いっきり、布で顔を拭いちゃった」

「せっかく治りかけているのに、どうしてそんなことをするのよ」

アニャに腕を掴まれ、家の中に連行されてしまう。再び、蜂蜜を直接顔に塗りたくられる。

「傷は刺激しないで。濡れたときは、自然乾燥させるのよ」

治療が終わったようなので外に行こうとしたら、アニャに首根っこを掴まれた。

「そろそろ休憩にしましょう。今日はお菓子を作ったから」

「わかった。マクシミリニャンのおじさんを呼んでくる」

「お願いね」

マクシミリニャンは屋根で覆っただけの薪小屋の前にいて、黙々と運んできた薪を積んでいた。よくよく見たら、薪と薪の間に木の枝のように細くカットした角材を挟んでいる。

「ああ、そうすれば、乾くのが早いのか」

マクシミリニャンはくるりと振り返り、コクリと頷いた。

「そうだ。こうすれば、薪と薪の間に風が通り、乾きやすくなるのだ」

「俺、何も考えずに、薪だけをどんどん積んでいた」

これまで作ってきた薪も、同じように角材を挟んである。

「薪の乾燥は、何よりも大事だからな」

きちんと乾燥していないと、火保ちが悪くなる。弱い火のまま薪を消費し、どんどん追加しなければならない事態になるのだろう。

「町よりも、ここの冬は冷える。少しでも、薪が長保ちするよう、工夫をせねばならないのだ」

「なるほどな」

薪小屋全体を見ると、芸術的なまでに積み上がっていた。

樹液を洗い流さない方法だと、最低でも二年以上乾燥が必要だというので大変だ。

「飾り棚《キャビネット》を自作するときは、二年どころではないぞ。八年ほどしっかり乾かしてから、作っている」

「八年も⁉」

「木材が水分を含んでいると、歪みの原因になる。そのため、何年も乾かす必要があるのだ」

「そうなんだ」

門や柵、ちょっとした小屋を作る場合は、そこまで乾燥させなくてもいいようだ。精巧な品を作るときのみ、数年にわたっての乾燥が必要になるらしい。角材を並べ、その上に薪を置く。きれいに並べると、見映えもいい。その辺を気にしつつ、どんどん積んでいった。

最後の薪を積んだ瞬間、アニャの声が聞こえた。

「ちょっとイヴァン‼　お父様を呼びに行くって、どこまで行っているのよ‼」

「あ、ごめん」

アニャの姿は見えない。きっと、窓から外を覗いて叫んでいるのだろう。すばらしい声量だ。と、感心している場合ではない。マクシミリニャンを呼びに行く目的で外に出たのをすっかり忘れていた。マクシミリニャンと共に小走りで家まで戻った。アニャが機嫌を悪くしているのではと思ったが、笑顔で迎えてくれる。怒っていないようなので、ホッとした。手を洗って席に着く。

家の中は、ふんわりと甘い香りで包まれていた。いったい何を作ってくれたのか。マクシミリニャンが真面目な顔でアニャに問いかける。

「アニャよ、何を作ったのだ？」

「蜂蜜の蒸しケーキよ。たくさん食べてね」

「ありがとう」

アニャは蒸しケーキを切り分け、拳より大きな塊を皿に置いてくれた。

そのまま食べるのではなく、さらに蜂蜜をかけるようだ。

「あれ、蜂蜜かと思ったけれど、違う？」

「これはケーキシロップよ」

砂糖と蜂蜜、ナッツパウダー、メープルシロップにウォッカを利かせて煮詰めたものらしい。

甘い菓子に蜂蜜だけをそのままかけると甘ったるくなるので、作ったものだとか。いったい、どんな味がするのか楽しみだ。アニャはケーキシロップを匙で掬って、たらーりとたっぷり垂らしてくれた。

テーブルにはナイフとフォークは置いていない。ちらりと、マクシミリニャンを見てみる。ケーキシロップでひたひたになっている蒸しケーキをがしっと掴み、豪快にかぶりついていた。膝に広げたナプキンにケーキシロップが垂れるが、気にしている様子はない。

その後、砂糖や蜂蜜を入れていない野草茶をごくごく飲んでいた。マクシミリニャンはひとり、コクコクと頷いている。おいしかったのだろう。手掴みで食べるのがマナーのようなので、彼に倣って食べる。蒸しケーキはふわふわで、力を少し入れただけで崩壊してしまいそうだ。優しく掴み、ケーキシロップが垂れるのを気にせず頬張った。

「んん！」

蒸しケーキは夢みたいにふかふかで、しっとりしている。ケーキシロップの香ばしいような甘さが、蒸しケーキを優しく包み込む。

「おいしい!」

そう言うと、アニャは笑顔で「よかった」と返した。

穏やかな午後を、アニャやマクシミリニャンと共にのんびり過ごした。

おやつの時間が終わると、今度はアニャの作業を手伝うこととなった。

「山羊のお乳の様子を調べたいから、ついてきて」

「了解」

子育てのシーズンに、母山羊が病気になることがあるという。乳から細菌が入り、異変が起こるらしい。病気に罹った母山羊のミルクを、子山羊が飲んだら大変なことになる。

「たいてい、乳の張り具合でわかるのだけれど、たまに見た目だけではわからない子がいるから、ミルクを搾って確認するの」

「そうなんだ」

放牧しているのは、子育てしていない山羊だけ。子山羊は他の獣の標的にされてしまうから放牧しないのだという。

母山羊と子山羊の運動不足は、昼間に軽く野山を散歩させて解消しているようだ。

「イヴァンは山羊の乳搾りってしたことある?」

「いや、ない。爪切りの手伝いや、小屋掃除はあるけれど」

近所の畜産農家に手伝いに行っていた話をする。

「山羊に蹴られて、服が破れた日もあったな――……」

「まあ、大変だったのね」

人間にも気性の荒い者が時折いるように、山羊にも性格が荒い者がいるとアニャは言う。

「みんながみんな、そういうワケではないから、山羊を嫌いにならないでね」

「うん、わかった」

小屋に到着するとまず、子山羊を押さえているようにと命じられる。子山羊はぴったりと母山羊について回るので、邪魔になるようだ。アニャは慣れた手つきで母山羊の首に縄を結び、引っ張って小屋の外に連れて行く。子山羊がめーめー鳴くので、なんだか悪いことをしている気分になった。

小屋の外に、乳搾りを行う柵がある。山羊一頭がすっぽり収まるようなシンプルな柵だ。

柵に縄を縛ったあと、アニャは石鹸で手を洗う。

「ここでしっかり洗っておかないと、山羊の乳房に細菌が入ってしまうの。人間の介入で山羊が病気になってしまうのは、あってはならないことよ」

続いて、煮沸消毒した布を温かいまま絞ったもので乳首や乳房を拭くらしい。アニャが平然とした表情で布を絞っていたので同じように布を持ったら、あまりの熱さに悲鳴をあげてしまった。

「熱《あっつ》い！　アニャ、よくこれを絞れるね」

「慣れよ」

マクシミリニャンと同じことを言うので、笑ってしまった。指摘すると、アニャは「お父様が真似をしたのよ」と言葉を返してくる。本当に似た者親子だ。

山羊の乳を消毒したあと、やっと乳搾りに移る。乳を手のひらで優しく包み込むように、人差し指から順番に握っていくらしい。すると、山羊のミルクが出てくる。

「うん。この子は、問題ないようね」

乳房の確認は毎日行うという。ミルクについては、週に一度らしい。子を持つ母山羊全頭の乳搾りを行った結果、けっこうな量のミルクが採れた。

「病気になっている場合は、ミルク自体も臭くなるの。どう？」

差し出された山羊のミルクは、ほんのりと甘い匂いを漂わせていた。

「いい匂い」

「でしょう？　イヴァンは、山羊のミルクは好き？」

「うーん。臭みがあって苦手かも」

普段、クセのない牛乳ばかり飲んでいたので、ついつい比べてしまうのだろう。アニャには言えないが、最初に山羊のミルクを飲んだときの、あまりの獣臭さに吐き出してしまった記憶が残っている。二度と口にしないと思っていたが、空腹がその決意を薄れさせてくれた。分けてもらった山羊のミルクを飲んでいるうちに、獣臭さは慣れてしまった。かといって、好んで飲むわけではない。生きるために、俺は山羊のミルクを飲んでいたのだ。

「ここの山羊のミルクは、そこまで臭くないわ。クセについては、否定できないけれど」

「臭いは、何か特別な処理とかしているの？」

「特別というか、ミルクはすぐに山羊や小屋から離して、加工するようにしているわね。山羊のミルクは、周囲の臭いを吸収してしまうの。臭いミルクは、小屋の近くに放置する時間が長かったものじゃないの？」

「あー、なるほど」

たしかに、知り合いの畜産農家のミルクは、朝搾ったミルクを、昼に殺菌処理するとかなんとか話していたような。その間に、山羊の体臭などを吸収していたのかもしれない。

山羊のミルクを台所へと運ぶ。まずは、搾りたてのミルクを殺菌するらしい。大鍋に湯を沸かし、ミルクを注いだ鍋をそこに三十分ほど浸けるのだという。殺菌処理が完了すると、カップに注いだ山羊のミルクが差し出された。これまで飲んだこともないような、新鮮なミルクである。どきどきしながらカップに口を付けた。

「え——嘘。すごくおいしい」

もう一口飲んでみる。獣臭さはないし、あっさりしていて優しい甘さが口の中に広がった。

「知らなかった。山羊のミルクがこんなにおいしいなんて」

「でしょう？」

アニャは自慢げに、にっこり微笑む。この山羊のミルクは、一晩置いてチーズやバターに加工するらしい。山暮らしに欠かせない、栄養満点の乳製品を作るようだ。


翌日、アニャは俺が寝泊まりしている離れの扉を叩く。

「イヴァン、起きて！　蕎麦の芽を、見に行きましょう」

大変かわいらしいお誘いだが、起きてすぐ活動できるわけではない。顔を出さずに返事をする。

「アニャ、十五分くらい待って」

「なんで身支度にそんなにかかるのよ」

「いや、いろいろあるし」

「いろいろって？」

一瞬黙ってしまったが、別にアニャに本当の事情を説明する必要はない。てきとうに、顔を洗ったり、歯を磨いたり、髭を剃ったりするんだよと伝えておく。

「そんなの、気にしなくてもいいのに」

「最低限の礼儀だから」

なんとか説き伏せ、アニャにはしばし待ってもらう。服を着替え、昨日、アニャが洗って乾かしてくれた服に袖を通した。ふんわりと、かぐわしい花の香りがする。特別な石鹸で洗ったのだろうか。いい匂いだ。外に出たら、アニャが手を腰に当てた状態で待ち構えていた。

「うわっ！」

「なんでそんなに驚くのよ」

「ごめん。まさか、外で待っているとは思わなくて。他のことでもして、待っていてもいいよ。ひげ剃りも歯磨きも、まだだから」

「もう、仕事は終わったわ」

なんでもアニャはすでに、朝の仕事は済ませてしまったという。少しだけ、眠そうだ。早起きしたらしい。

「なんでまた、そんなことを？」

「イヴァンと蕎麦の芽を見に行くのを、楽しみにしていたの。少しでも早く、確認に行きたくて」

ひとりでも確認できるのに、あえて俺と一緒に見たいのだという。なんていじらしいことを言ってくれるのか。頭をぐりぐり撫でたくなるが、アニャは見た目が幼いだけで立派な成人女性である。そうでなくても、女性に気軽に触れてはいけない。俺はロマナとの一件で大いに学んだ。

「じゃあ、もうちょっと待って」

「ええ」

急いで顔を洗い、髭を剃って歯を磨いた。顔の腫れは、昨日よりだいぶいい。あと、三、四日もすれば完治するだろう。蜜薬師であるアニャのおかげだ。

「お待たせ」

「ええ、行きましょう」

昨日、蕎麦の種を植えた畑を目指した。当然ながら、昨日の今日なので芽なんて出ていない。アニャは姿勢を低くし、目を凝らしていたが、発見には至らなかったようだ。

「蕎麦の発芽は、早くても一週間くらいかかるし、かなり早いよ」

奇跡が起こったら、三日目の朝に生えているかもしれないが……。アニャはしゃがみ込んだまま、しょんぼりしているように見えた。なんとなく、間違っているかもしれないけれど、アニャは蕎麦の芽が出てほしいと望んでいるように見える。

親子の穏やかでのんびりとした生活は、俺の性格にも合っているような気がした。かと言って、芽が出なかったら、ここに置いてくれと懇願するつもりはない。運命は、蕎麦の芽に託してある。もしも出なかったら、ここに相応しい人間ではなかったという天の思《おぼ》し召しなのだろう。

「アニャ、戻ろう」

「ええ」

個人的な感情は頭の隅に追いやる。とにかく今日一日、精一杯働かなければ。

滞在二日目の作業が始まる。今日は、昨日搾った山羊のミルクを加工するらしい。山羊のミルクは一晩おくと、分離する。表面に浮かんでいるものを、〝クリーム〟と呼んでいるようだ。このクリームを穴あき柄杓《スキーマー》で掬い、鍋に注ぎ入れる。

「これから、山羊のチーズを作るわ」

「了解」

まず使うのは、クリームを掬ったあとのミルク。これを、低温で熱する。

「ほんのり温かくなったら、クリームを注ぐの」

しばらく混ぜたら、ここにさらにミルクを入れる。

「追加のミルクは、朝に搾った新鮮なものなの。チーズを作るために、さっき搾ってきたわ」

さらに加熱するようだ。温めすぎには注意らしい。

目標の温度になったら酵素剤と呼ばれる、子山羊の胃から作った凝固液を冷水で薄めて入れる。

これは麓にある畜産農家から買い付けているようだ。

この状態になったミルクを、きれいに洗った手で混ぜる。

「アニャ、それ、熱くないの？」

「熱くないわ。人肌よりも、低い温度なの」

ミルクがもったりしてきたら、柄杓で表面をぎゅ、ぎゅっと押さえつける。

このまま一時間放置すると、ミルクは固まった。ナイフで四角くカットし、布を当てた容器へ移す。その際に出た液体は乳清《ホエー》といって、栄養価が高いものらしい。スープに入れたり、菓子作りに使ったりするのだとか。ここで、固形となったミルクに塩を加え、チーズクロスに包んで丸形の桶に詰め込む。ハンドルを回してチーズプレスでしっかり固めるのだ。これがまた、とんでもない力仕事だった。ハンドルを回してチーズを固めるものなのだが、回すのに力がいる。

「イヴァン、頑張れ！」

アニャに応援されたら、頑張らないといけない。最後に、塩を表面に塗って、熟成させるようだ。

「チーズ作りって、大変」

「そうなのよ。今日は、イヴァンがいて助かったわ。きっと、おいしいチーズになるはずよ」

「そう言ってもらえたら、何より」

完成したチーズは、果たして俺の口に入るのだろうか。それは、蕎麦の芽のみが知る、というものだろう。

アニャは昼食に、山羊のチーズを出してくれた。一週間ほど、熟成させたものらしい。驚くほど真っ白である。山羊のチーズもまた、苦手意識があった。けれど、ミルクがあれだけおいしかったので、このチーズもこれまで食べていたものとは違うのだろう。

「ちょっとクセがあるかもしれないから、蜂蜜をかけたほうがいいかも」

「チーズに、蜂蜜⁉」

未知なる組み合わせである。果たして、合うのだろうか。

「山羊のチーズは酸味があるから、蜂蜜との相性がいいのよ。食べてみなさい」

アニャは問答無用で、山羊のチーズに蜂蜜を垂らしてくれた。そのまま食べるよりも、蜂蜜がかかっているほうが食べやすいかもしれない。それでも、どきどきしながら食べる。

「おいしい！」

酸味はヨーグルトのようなものと表現すればいいのか。あっさり、さわやかな味わいである。

「熟成が進んだら、味の濃さも変わってくるのよ」

「へえ、そうなんだ」

蜂蜜とチーズがこんなにも合うなんて、知らなかった。あっという間にペロリと平らげてしまう。

そのあと蜂蜜をかけていない山羊のチーズも食べたが、普通においしかった。

やはり、山羊のミルクは管理が命なのだろう。


早春の養蜂家の仕事は、餌は足りているか、女王はきちんといるか、病気が出ていないか、雄蜂が増えすぎていないか――巣箱を巡回して、しっかり確認しなければならない。春の盛り、もっとも蜜蜂が忙しくなる流蜜期に向けて、花蜜を集める蜜蜂のサポートに徹するのだ。

「そういえばイヴァン。もうお昼を過ぎたけれど、体や傷の調子はどう？」

昨日、大角山羊に乗ったからか、尻と腿付近が筋肉痛になっていたのだ。

しかしまあ、我慢できないほど痛むわけではない。

「筋肉痛以外に、不調はないよ。いつもより、調子がいいくらい」

三食まともに食事を摂っているからか。肌の調子はいいし、夜はよく眠れる。活力だって、いつも以上にある気がした。

「元気だから」

「よかったわ」

本日も、大角山羊に乗って野山を駆け巡るらしい。昨日みたいな崖には登らないというので、ホッと胸をなで下ろす。いろいろな場所に、巣箱を設置しているようだ。

アニャと共に大角山羊に跨がり、次から次へと巣箱を確認していった。この時期は次々と蜜蜂が生まれるので、蜜箱に継箱を重ねておく。トチノキに、アカシア、ハナスグリなど、町のほうでは見かけない樹の蜂蜜を採っていた。それだけでなく、ノバラにブラックベリー、リナリアなど、野山に自生する花の蜂蜜も採っているようだ。育てた花の蜂蜜を採る実家の養蜂とは異なり、アニャとマクシミリニャンは山に自生する木々や花の蜜で養蜂を営んでいる。自然との共存で行わなければならないので、苦労は尽きないようだ。

「巣箱が獣に荒らされているのはしょっちゅうだし、天敵となる虫も多いの」

特に蜜蜂の天敵であるスズメバチの活動が活発化する夏には、駆除のために数日費やすときもあるという。

「スズメバチはね、捕まえた途端、蜂蜜漬けにしてやるのよ」

「え、何それ」

「スズメバチの蜂蜜漬け、知らないの？」

「初めて聞いたよ」

なんでも二年間ほど蜂蜜に漬けると、毒成分が蜂蜜に溶け出すらしい。

「え、毒が溶け出したら、ダメなんじゃ……？」

「スズメバチの毒は、口から含むと人にとって薬になるのよ」

「は⁉」

目が点になる。スズメバチに刺されたら、肌はとてつもなく腫れるし、とんでもない痛みに襲われる。スズメバチに襲われて死んだ人だっているくらいだ。その毒が、口から含むと薬になるなんて信じられない。

「スズメバチの毒は、胃や腸の中で分解されて、疲労回復、美肌効果に、鎮痛、殺菌解毒作用、利尿作用など、体にいい効果をもたらすわ」

アニャは胸を張って主張しているが、本当なのだろうか。食べた瞬間、口が腫れてしまいそうだ。

「ちなみに、昼食のときに山羊のチーズにかけた蜂蜜だけれど、スズメバチを漬けたものだから」

「え⁉」

「あなた、おいしいって言ってパクパク食べていたわよね？」

「食べていたけれど……！」

まさか、スズメバチを漬けた蜂蜜を食べさせられていたとは。コクがあっておいしい蜂蜜だった。

「別に、なんともないでしょう？」

「それどころか、調子がいいくらい」

スズメバチの毒は、驚くべきことに口から含むと本当に薬に転ずるらしい。人体は、いったいどうなっているのか。謎が深まるばかりである。

帰宅後、アニャが俺の顔の傷や腫れを改めて確認したいと言って、じっと覗き込んでくる。きれいな顔が接近したので、身を引いてしまった。よく見えないから動くな、と怒られる。見えなければいいのだと思い、瞼を閉じた。

「うん。だいぶいいわね。近いうちに、腫れも完全に引くと思うわ」

「アニャのおかげだ」

「まあ、私は蜜薬師ですから」

瞼を開くと、胸を張るアニャの姿があった。その様子を想像していたので、笑ってしまう。

「ちょっとイヴァン、どうして笑ったのよ」

「いや、アニャが、かわいいから」

「かわいい⁉　私が⁉」

「え、うん」

改めて聞き返されると、照れてしまう。その辺は、サラッと流してほしかった。

「私、かわいいんだ」

「よく言われるでしょう？」

「言われたことなんて、一度もないわよ。イヴァンが初めて。マーウリッツアにいる男なんか、ブスとか、かわいくないとか、言ってくるし」

「あー……」

マーウリッツアにいる男とは、以前アニャに「いつまで経ってもお子様だ」と言っていた奴だろう。当然、「ブス」や「かわいくない」と声をかけたのは、アニャの気を引くためだ。口が裂けても、アニャには言わないけれど。なぜ、酷いことを言って怒らせるのだろうか。本当に、理解に苦しむ。

マーウリッツアの男が言ったことを思い出したからなのか、アニャは顔を俯かせ、シュンとしている。きっと、マクシミリニャンも心の中ではかわいいと思っていても、口には出さなかったのだろう。仕方がないと思い、本日二回目のかわいいを発する。

「アニャはかわいいよ。他の男が言うことなんか、気にするな」

すると、アニャは顔を上げて、花が綻んだような笑顔を見せてくれた。マーウリッツァの男は知らないのだろう。アニャに「かわいい」といったら、こんなに愛らしい微笑みを見せてくれることを。絶対に、人生を損している。

「イヴァンがそう言うなら、もう気にしない」

にこにこしていたアニャだったが、突然ハッとする。いったいどうしたのか。

笑顔だったアニャの顔が、だんだん無となった。

「アニャ、どうしたの?」

「イヴァン、あなた、ずいぶんと女慣れをしているようだけれど?」

「女慣れって……」

「会う女性全員に、かわいい、かわいいって、言って回っているんじゃないの?」

「ないない、ないから。女慣れしているように見えるのは、兄の妻が十三人もいたから。俺より年上の姪だっているし」

「兄嫁と、姪?」

「全員、身内」

「そう、だったんだ」

「かわいいなんて、赤ちゃん時代の姪や甥以外で、言ったことがないし」

「だったら、同じ年頃では、私が初めて?」

「まあ、そうだね」

「だったら、いいわ」

機嫌が直ったようなので、ホッとする。

夕食が済むと、アニャに呼び出された。

「夜に塗る薬用クリームを作りましょう」

「そんなのがあるんだ」

「ええ。眠っている間に、肌を再生してくれるのよ」

材料は蜜蝋にオリーブオイル、蒸留水に乳香、薔薇《ばら》精油。

「まず、薬鍋にオリーブオイルと蜜蝋を入れて、湯煎で溶かすの」

アニャは慣れた手つきで、作業を進めていく。

「次に湯煎から薬鍋を上げて、乳香と精油を垂らして混ぜるのよ」

これを煮沸消毒した瓶に詰め、熱が冷めたら夜専用の薬用クリームの完成となる。

「乳香には、癒傷《ゆしょう》作用や鎮痛、瘢痕《はんこん》形成作用――かさぶたを作る能力を促す力があるの」

それに、肌の保湿効果がある蜜蝋や炎症を抑える効果がある薔薇精油を加えることによって、肌の再生を促すクリームが完成するようだ。

「アニャの知識は、本当にすごいね。誰から習ったの？」

「先生は、お母様が遺した本だったの」

アニャの母親も、かつて蜜薬師と呼ばれる存在だったらしい。そもそも、蜜薬師とはなんぞや。

「蜜薬師の歴史は、帝国にあるの。その昔、お医者さん嫌いで蜂蜜大好きな王女様のために、侍女が各地を奔走して集めた蜂蜜の知識を数冊の本にまとめて残していたみたい。その本を読んだり、師匠から習ったりして蜂蜜で治療を行う人を、蜜薬師と呼んでいたそうよ」

「へえ、そうなんだ」

かつての帝国では、蜜薬師の侍女を侍らせることがステータスシンボルであると囁かれていた時代もあったらしい。

近年は医療が発達し、蜜薬師のほとんどは表舞台から姿を消したようだ。

「ここは田舎だし、マーウリッツアにお医者様はいないから、私みたいな蜜薬師でもありがたいと思ってくれるみたい」

「そっか」

蜜薬師になるまで、相当な努力と苦労をしたに違いない。知識はあっても、実際に薬を作れなければ意味がないから。

「どうしてアニャは、蜜薬師になろうと思ったの？」

「きっかけは、幼い頃の私が病弱だったからよ。咳をするたびに、お父様が蜂蜜で咳止め薬を作ってくれたのだけれど、失敗ばかりで、いっこうによくならなかったのよね。自分で作った物のほうが効くんじゃないかって思って作ったのが始まりよ。あとは、亡くなったお母様との繋がりがほしくて……」

家にあった蜜薬師の本には、母によって書き込みがされており、それを読み進めているうちに極めてしまったようだ。

「と、話しすぎてしまったわね。もう冷めたかしら？」

ほどよく冷めた薬用クリームを、アニャは丁寧に塗ってくれた。塗布されるというのは、何度経験しても慣れない。

「はい、これでいいわ。傷が治るまで、夜、眠る前に塗るのよ」

「うん。アニャ、ありがとう」

「どういたしまして」

薬用クリームを受け取り、離れに戻る。

明日は種を植えて二日目だ。果たして、芽は出ているのか。祈るばかりである。


蕎麦の種を植えてから迎える二日目。アニャがやってくることを想定し、早めに起きた。服を着替え、寝間着は洗濯物入れのかごに放り込む。

外は薄明かりの中。日の出はもうすぐだろう。まだアニャの姿はなかった。

洗面所で顔を洗い、髭を剃って歯を磨く。身なりは整ったが、アニャはやってこない。

はてさて、どうしようか。外で腕を組んで考えていたら、母屋の扉が開く。アニャだ。

「おはよう」

「きゃあ！」

アニャは俺を見て、悲鳴を上げた。

手に持っていた洗濯かごを落としてしまうほど、驚いたようだ。

「ちょっと、イヴァン！　なんで日の出前に起きているのよ」

「いや、昨日アニャが日の出くらいの時間に蕎麦の状況を見ようと誘いにきたから。今日も見に行くのかと思って」

「あ――そう、だったのね」

話しているうちに、日が昇る。太陽が地平線から、ひょっこりと顔を覗かせた。夜のとばりが、太陽の光によって空の彼方まで押し上げられる。この光景は、いつ見ても美しい。

「アニャ、蕎麦を見に行こう」

「ええ、そうね」

まだ薄暗いので、転ばないようにと手を差し出す。アニャはポカンとしたまま、見つめていた。

「その手、何？　食べ物を、ちょうだい？」

「違う。アニャが暗い中で転ばないように、手を貸そうとしているの」

「あ、そう、だったのね。ごめんなさい。誰かの手を借りたことなんて、なかったから」

アニャはいつもいつでも、マクシミリニャンの背中を追いかけていたらしい。手と手を繋ぎ、並んで歩いた記憶はないと。

「マクシミリニャンのおじさんって、厳しいんだ」

「厳しくないわ。普通よ」

「ふーん」

俺には、山のルールに則ってアニャに厳しくする理由はない。だから、手を握って歩き始める。

「あ、えっと、イヴァン、私、ひとりで歩けるわ」

「そうかもしれないけれど、俺が心配だから」

そう返すと、アニャは大人しく手を握られていた。蕎麦の種を蒔いた畑にたどり着くと、小さな声で「ありがとう」と言う。

太陽の光が、畑を淡く照らしてくれる。蕎麦の芽は――残念ながら、出ていなかった。

「今日も、ダメなのね」

「まだ二日目だしね。今日は太陽も出ているから、それにつられて芽が出るかも」

もしも発芽するとしたら、明日だろう。まだ、諦めるのは早い。と、前向きな姿勢でいたのに、自然は容赦ない。畑の前でしょんぼりする俺たちから、太陽の光を奪う。

厚い雲が太陽を覆ってしまったのだ。それだけではない。ポツポツと、水滴が落ちてくる。

「うわっ、雨だ！」

一粒一粒が大きな雨粒だ。これは、あっという間に大雨になるだろう。畑の前でボーッとするアニャに声をかけたが、いまいち反応が悪い。

「アニャ、抱き上げるよ！」

「え？」

アニャを横抱きにし、母屋へと繋がる斜面を下る。

「ひゃあ！　ちょっと、イヴァン、どうして――!?」

アニャが「自分で歩けるから」と言った瞬間、大粒の雨が降り始めた。

「うわ、最悪!!」

走って母屋にたどり着く。ほんのひとときだったのに、びしょ濡れになってしまった。アニャを下ろしてやると、顔が真っ赤なのに気づく。

「アニャ、大丈夫？　風邪でも引いているの？」

「イヴァン、あなた、力持ちなのね」

「え、そうでもないけれど」

「だって、私を抱き上げたじゃない」

「いや、アニャはものすごく軽いほうだから」

マクシミリニャンと川から引き揚げた丸太は、信じられないくらい重たかった。それに比べたら、アニャは羽根のように軽いと言える。

「それよりも、早く着替えたほうが――へっくしゅん!!」

「やだ、着替えが必要なのは、あなたのほうじゃない」

アニャは目にも留まらぬ速さで走り、大判の布を持ってきてくれる。

昨日洗濯して乾かした服に着替えるよう、命じられた。


今日は天気が悪いので、家で作業するらしい。先程の雨の勢いはなくなり、小雨となっていた。

「アニャ、マクシミリニャンは？」

朝から一度も顔を出していない。朝食は食べたのか、心配になる。

「雨の日は、家畜の世話以外では離れから出てこないわよ」

「え、なんで？」

「雨に濡れると、病気になるっていう迷信があるの」

マクシミリニャンが寝泊まりする離れには簡易的な台所があり、食料も豊富にあるらしい。今日みたいな雨の日は、母屋と離れの行き来を止めて、家の中で静かに過ごしているようだ。

「刺繍をしたり、編み物をしたり、保存食を作ったり。まあ、仕事は探さなくてもいろいろあるわ」

「なるほど――くっしゅん！」

「イヴァン、暖炉に火を入れてあげるから、前から離れないように」

「ごめん」

「いいわ。私も寒いと思っていたから」

アニャは暖炉に火を入れ、ヤカンを吊す。沸騰したら、カップに湯を注いでいた。

「蜂蜜生姜湯よ。風邪には、これが一番だから」

カップには、スライスした乾燥レモンがぷかぷか浮かんでいた。飲むと、体がほっこり温まる。ピリッとしているけれど、優しくて甘い。まるで、アニャのようだ。

アニャも暖炉の前に座り、蜂蜜生姜湯を飲んでいた。

働かずにまったりする時間が、不思議と心地よい。雨がサラサラ降る音を聞きながら、蜂蜜生姜湯をちょびちょび飲み進める。なんだか癒やされてしまった。


今日はまず、バター作りをするらしい。

「バターは、発酵させたクリームを使って作るの」

一晩おいたミルクに浮かぶものがクリーム。それを、さらに一晩放置して発酵させたものでバターを作るようだ。

道具は、煮沸した上に、太陽の光に当てて、しっかり消毒した物を使う。

「バター作りに欠かせないのは、これよ」

それは、小型のたるだ。バター攪拌機《チャーン》というらしい。蓋についているハンドルを回すと、中のクリーム全体をかき混ぜることができるようだ。

「じゃあ、始めるわね」

「そのハンドル、固いんじゃないの？」

「まあ、それなりに」

「だったら、俺がやる」

「ありがとう」

コツは特にないというので、自由に回した。アニャはそれなりに固いと言っていたが、女性の腕力ではきついだろう。

しばらくハンドルを回していると、中のクリームが固まる。

「中で、クリームが分離しているの。先に、水分を出すわ」

クリームから分離した水分を、〝バターミルク〟と呼んでいるらしい。

バターミルクも、捨てずに利用する。

「パン生地に混ぜると、ふわふわに仕上がるのよ」

「へえ、そうなんだ」

余すことなく、いただくという。

バター攪拌機のクリームを、すのこの上にかき出す。そこに冷水をかけて、クリームに残ったバターミルクを流すようだ。そのあとも、ヘラを二枚使って練り、バターミルクや水分を取り除く。

「バターミルクや水分を切ったら、塩で味付けするの」

塩をまぶし、再びヘラで練り込む。

「最後に、棒で叩いて空気や水分を飛ばして、型に詰める」

クッキー缶のような丸い型にバターを詰め込み、棒で押して型から抜く。型には小麦模様が彫られていたようで、バターに浮き出ていた。真っ白で美しい山羊のバターが、完成となった。

「今日は、いつもより上手にできたわ」

「うん、おいしそうだね」

「さっそく、お昼に食べましょう」

いったいどんな料理を作るのか。楽しみだ。アニャは、バターを上手く作れたことがよほど嬉しいのだろうか。にこにこしながらバターを見つめている。

「あのね、イヴァン」

「うん？」

「私、嬉しいの。いつもだったら、雨の日に何かが上手くいっても、誰とも共有できないから」

雨の日に外に出たら病気になってしまう。だからなるべく家に引きこもっているという話は先ほど聞いた。

「一回、パンが上手に焼けたときに、お父様に持っていったの。そうしたら、血相を変えて怒られてしまって……」

マクシミリニャンは極めて温厚な男である。しかし、その日は違った。珍しく、アニャに対して激昂したのだという。というのも、理由があったらしい。

「お母様が、私を産む前に、雨に濡れて風邪を引いてしまったの。それから、寝たきりになってしまって……」

アニャが生まれたのも、奇跡だったらしい。

「お母様の体調不良のきっかけは雨だった。だから、お父様は酷く怒ったの」

「そう、だったんだ」

雨に濡れてはいけないというのは、迷信だけではなかったらしい。アニャのお母さんが、実際に具合を悪くしていたから、マクシミリニャンも守るように強く言うのだろう。

以降、雨の日のアニャは、ケーキが膨らんでも、おいしいスープが完成しても、独りで喜び、静かに食べるばかりだったらしい。

「だから、今日はイヴァンが一緒にいて、喜んでくれて、とっても嬉しい！」

アニャは天真爛漫《てんしんらんまん》としか言いようがない、明るい笑顔を見せてくれる。なんて愛らしい笑みなのか。体調が悪いわけではないのに、鼓動がいつもより速い気がした。続けて、みぞおち辺りがきゅっと縮んだような違和感を覚える。風邪が悪化したかと思ったが、異変は一瞬で終わった。

「イヴァン、どうしたの？」

「なんでもない」

なんとなく、アニャの顔を直視できなくなっていた。なんだろうか、この気持ちは。

答えがわからず、もやもやしてしまった。

アニャが昼食の準備をしている間、俺は巣箱作りを行う。構造は実家で使っていた物とほとんど同じだったので、その点は非常に助かった。板を合わせ、釘を打つ。通気口を作って、蜜蜂が出入りできるようにするのも忘れない。流蜜期には欠かせない、巣箱に重ねる継箱もいくつか作っておく。作業を進めていると、パンが焼けるいい匂いが漂ってくる。昼食は、焼きたてパンなのか。ずいぶんと、ごちそうだ。

それから一時間と経たずに、昼食となった。

「な、何それ⁉」

アニャは積み上がった巣箱と継箱を見て、目を大きく見開いていた。

「これ全部、イヴァンが作ったの？」

「そうだけれど」

「信じられない。この量は、お父様が一日かけて作るような量よ？」

「いや、でも板はカットされていたから。組み立てて、釘を打っただけで」

「それが難しいのよ」

母や義姉たちに命じられ、黙々と巣箱や継箱を作る日もあった。回数をこなすうちに、速くなっていたのかもしれない。

「とにかく、ありがとう」

食事にしましょうとアニャが言って食卓に置かれたのは、焼きたてパン。それから、ジャガイモとベーコンのバター炒め、グラタン、バタークリームスープと、豪勢な食事が並んでいた。

「ちょっと張り切り過ぎたわ」

「俺たちだけで食べるのは、もったいないね」

「そうね。でも、雨だし」

マクシミリニャンは今頃、独り寂しく食事を摂っているだろうか。窓からマクシミリニャンのいる離れを覗くと、煙突からもくもくと煙が上がっていた。

「あ、お父様、鶏の燻製《くんせい》を作っているわ。きっと、お昼からお酒を飲むつもりなのよ」

「雨を楽しんでいるようだったら、何よりだ」

「そうね」

アニャは先ほど作ったバターを持ってくる。

「焼きたてのパンに塗って、食べましょう」

「いいね」

神に祈りを捧げたあと、食事をいただく。まずは焼きたてのパンに手を伸ばし、アニャと一緒に作ったバターを載せた。パンの熱でバターがじわーっと溶けていく。我慢できず、溶けきる前にかぶりついた。

「嘘、甘っ！」

山羊のバターは、驚くほど甘い。後味にほんのり、酸味としょっぱさを感じる。これまで食べたことのない風味のバターであった。

これが、アニャの作ったふわふわのパンと信じられないくらい合うのだ。

「この世の食べ物と思えないほど、おいしい……」

「そんなふうに言ってもらえると、作った甲斐があるわ」

アニャと共に、山羊のバター料理に舌鼓を打つ。大満足の昼食であった。

午後からは、かごを編むらしい。

山で採ってきた蔓《つる》で編むのかと思いきや、若い木枝も使うようだ。

「ライラック、にれ、はしばみ、トネリコの枝は丈夫だから、かごの底に使うの。かごの側面は、木イチゴ、薔薇、クレマチスなどの、やわらかい蔓性の茎で編むのよ」

「へー、なるほど」

これまで気にせずにかごを使っていたが、長く使えるように工夫がなされていたらしい。

「かごって買うものだと思っていたから、そういうのはぜんぜん考えなかった」

「そうだったのね」

「でも、枝って硬いでしょう？　編めるの？」

「編めるわよ。でもそのままだったら折れてしまうから、一時間ちょっと水に浸けておくの。そうしたら、やわらかくなるのよ」

アニャは昼食を食べる前に、枝を水に浸けていたらしい。

「まず、太くしっかりした枝を四本選んで、真ん中に切り込みをいれる。そこに、四本の枝を差し込んで、十字形になるよう紐で縛るのよ。ここは、底の芯になる大事なところなの」

しっかり固定したあと、芯に枝を絡ませ、編んでいくようだ。

アニャに教わりながら枝を編んでみたが、なかなか難しい。編み目もガタガタで、まったく美しくない。隙間を埋めようとしたら、枝が折れてしまう。やりなおしだ。

一方で、アニャは手早く枝を編んでいた。編み目に隙間はなく美しい。

「あー、また折れた！」

「最初はそういうものよ。私も、慣れるまで時間がかかったわ」

底が完成したら、側面を編む。三十一本もの蔓を底に差し込み、再び編んでいくのだ。

黙々と作業を進める。集中しているからか、雨が降る音も気にならなくなった。

最後に、かごの縁を作ったら完成である。

「やっと、できた！」

「ごくろうさま」

生まれて初めて作ったかごは、いびつな形をしていた。不思議な曲線を描いていて、テーブルに置くと左側に傾く。加えて、隙間だらけだった。小さな豆でも入れたら、かごの編み目をすり抜けて落ちてしまうだろう。

「これ、失敗だね」

「失敗じゃないわ。かごは、とにかく物が入ればいいの。イヴァンが作ったのは、野菜の収穫の時に使えるわ」

「なるほど、野菜は入りそうだ」

薬草採取やベリー摘みには使えないなと思っていたが、使い道はあるらしい。

アニャのかごは、隙間なんてないのでさまざまな作業に使えるだろう。さすがである。

「これ、売っているの？」

「いいえ、今作っているのは自宅用よ」

「お店に並んでいても、おかしくない仕上がりだけれど」

「そう？　ありがとう。たまに販売用も作っているけれど、その時はもっと丁寧に編むわ」

他にも白樺《しらかば》の樹皮や、さまざまな植物の蔓などを素材にかごを編んでいるらしい。その中でも高価で買い取ってもらえるのが、木を使って作るかごだという。

「伐採した木を乾燥させて、薄くカットして編むの。丈夫で、木目が美しいかごができるのよ。でも、編むのは一番難しいわね」

「だろうね」

木は枝以上にパキパキ折れてしまうのだろう。冬、雪が深くなったら、外での仕事ができなくなるらしい。そのときに作るようだ。

「イヴァン、私が編んだこのかご、あなたにあげる」

「え？　これ、家で使うんでしょう？」

「いいの。ここに来た記念に」

その物言いは、どこか諦めが溶け込んでいるような気がした。蕎麦の芽は生えないだろうから、思い出の品として受け取ってくれ。そんな感じだろう。

「だったら、俺のかごは、アニャにあげる」

「いいの？」

アニャはパーッと表情を明るくし、前のめりで聞き返す。

「こんないびつなかご、もらっても嬉しくないかもしれないけれど」

「苦労して作った品ですもの。ものすごく嬉しいわ。イヴァン、ありがとう」

アニャは俺が作ったかごを胸に抱き、にこにこ微笑んでいる。

再び、俺の心臓は経験したことのないほどの高鳴りを感じていた。

「あ、もう夕方なんだ」

「夕食は、卵があるからエッグヌードルを作りましょう」

エッグヌードル――いわゆるパスタの一種である。

小麦粉に卵とオリーブオイルを練り混ぜて作るようだ。

作っているところを見学させてもらった。まず、小麦粉を山のように盛って、中央に窪みを作る。ここに、朝採りの新鮮な卵を落とす。卵を潰して混ぜ、そこにオリーブオイルを垂らす。あとは、指先と拳を使って混ぜる。

「イヴァンは、ソースを作って」

「え、俺？　できるかな」

得意料理は湖で釣った魚で作る焼き魚である。串を刺して塩をパッパと振って焼くだけの、シンプルな一品だ。

「作り方は教えるわ。簡単だから、あなたにもできるはずよ」

「わかった」

豚ほほ肉の塩漬けをカットし、炒める。油を入れずとも、豚からじわじわと滲《にじ》みでてきた。途中で白ワインを垂らし、さらに炒めるようだ。アニャはエッグヌードルを完成させたようで、鍋で茹で始める。

「次に、ボウルに山羊のチーズ、卵黄、エッグヌードルのゆで汁、炒めた豚ほほ肉の塩漬けを入れるの」

肉にしっかり味がついているので、味付けは特に必要ないようだ。

「最後に、茹《ゆ》で上がったエッグヌードルをボウルに入れて、湯煎しながら手早く混ぜる」

エッグヌードルにソースが絡んだら、皿に盛り付ける。上にちぎった山羊のチーズを載せたら、塩豚のパスタの完成である。

「味が薄かったら、コショウをかけて」

アニャはそう言うが、追加の味付けは必要ないだろう。このままでもおいしいというのは、見た目からビシバシ伝わっていた。

神に祈りを捧げ、いただく。

「――むっ⁉」

麺はもちもちとした歯ごたえがあって、ソースがよく絡んでいる。

「麺、うまっ！　っていうか、ソースが神がかり的な味がする！」

山羊のチーズと、新鮮な卵、そして豚の塩漬けが合わさり、絶妙なうまさを爆誕させている。噛めば噛むほど、おいしさを感じる料理だ。

「本当、おいしい」

「イヴァンのソースが、よかったのかもしれないわ」

「またまた、ご謙遜を！」

アニャの絶品料理を、堪能させてもらった。


夜は、仕事はせずにのんびり過ごすらしい。

「ねえ、イヴァン。カード遊びをしましょうよ」

「カード？」

「ええ。お父様が木札で作った物があるの」

マクシミリニャンオリジナルのカードらしい。いったいどんな物なのか、気になる。

アニャが木箱に収められたカードをテーブルに置いた瞬間、バケツをひっくり返したような雨が降り始めた。

「え、何、この雨」

「たまに、こういう雨が降るのだけれど——あ‼」

アニャは顔色を青くさせ、叫んだ。

「この勢いの雨では、蕎麦の種がダメになってしまうわ」

大地をえぐるような勢いである。このままでは、アニャの言う通り蕎麦の種は土から流れ出てしまうだろう。アニャは寝室のほうへと駆け込む。戻ってきたときには、シーツを胸に抱いていた。

「アニャ、どうしたの？」

「シーツで、畑を覆うのよ」

「何を言っているんだ。この暗い中、作業をするのは危険だ」

「止めないで！」

雨に濡れてはいけない。それは、山暮らしの決まりだろうに。

「イヴァン、私は、あなたをはっ倒してでも、外に行くわ」

アニャは、とんでもなく恐ろしい宣言をしてくれた。

大変な事態となった。大雨の中、アニャは外に出て、蕎麦の種を植えた畑にシーツを被せにいくという。滝のような雨である。もう、蕎麦の種なんて土ごとどこかに流されているだろう。

「アニャ、こんな大雨の中に出ていったら、風邪を引いてしまう。止めるんだ」

「嫌よ!!」

「どうして、そこまでするんだ?」

「イヴァンと、結婚したいからよ!!」

「ええ!?」

結婚のために、ここまで蕎麦の種を気にしてくれるなんて。

アニャはすさまじい形相で、俺を睨んでいる。とても、俺と結婚したい女性には見えない。

「どいて、イヴァン!」

「もう、アニャと結婚するから、外に行くのは止めなよ」

「嫌!」

「ちょっと待って。今度はどうして嫌なの?」

「私は、蕎麦の芽が出たのを確認したあとで、イヴァンと結婚したいの! でないと、私の我が儘で、無理に結婚させたみたいになるでしょう?」

「アニャ……」

アニャの瞳から、涙がポロポロと零れている。俺たちの結婚問題は、思っていた以上に深刻なものであった。蕎麦の芽が出ないと、結婚させてもらえないらしい。

「今からだったら、間に合うかもしれないわ。お願い、イヴァン、どいて」

「わかった」

アニャに接近し、手を差し出す。

「な、何よ」

「アニャ、シーツ貸して。俺がやってくるから」

「そんな……！　これは、私がやらなければならないことなのに」

「蕎麦の芽のことを言いだしたのは、俺のほうだから」

「で、でも、風邪を引いてしまう、わ」

「アニャは蜜薬師だから、風邪を引いても治してくれるでしょう？」

そう言ったら、アニャは俺の手にシーツを預けてくれた。

「ねえ、無理そうだったら、すぐに戻ってきて」

「わかった」

「それから――」

「アニャ、早く行かないと、蕎麦の種が雨で流されちゃう」

「そ、そうね」

手にはランタンを持ち、もう一方の手にはシーツを持つ。アニャが扉を開いてくれた。

ド――――ッと、激しい音を鳴らしながら雨が降っている。こんなに勢いのある雨は、初めてだ。

「ね、ねえ、イヴァン。やっぱり、止めましょう」

「いいや、止めない。アニャと植えた蕎麦の種は、守るから」

アニャの言葉を待たずに、外へ飛び出した。石つぶてのような雨が、全身を打つ。痛がっている暇はない。一目散に、畑を目指さなければいけないだろう。

ちなみに、雨に打たれたランタンは一瞬で消えた。こうなったら、勘で畑まで行くしかない。

幸い、夜に歩き回るのは慣れている。こういう、土砂降りの中で行動するのは初めてだけれど。

暗闇の中、順調に畑に到着するわけがなく、五回以上転ぶ。ドロドロの、びしょびしょだ。全身打ち身と擦り傷だらけの気がした。そんな状況でも、雨は容赦なく俺の体を打ち付けるように降っている。

体が痛い。けれど、それ以上に心が痛かった。アニャの涙が、頭から離れない。こうなったら、蕎麦の種には頑張ってもらわなければならないだろう。でないと、誰も救われない。

「はあ、はあ、はあ、はあ」

真っ暗な中で、だんだんと目が慣れてきた。

離れの背後にある段差を登っていき、やっとのことで畑へと到着した。

蕎麦の種を植えたのは、畑の端っこだ。もう、どんな状況かわからないけれど、とにかく、雨で種が流されないようにシーツを被せなければ。

シーツが飛ばないようにするには、大きな石が必要である。たしか、畑の周囲を囲む石があったはずだ。手探りで探す。八個くらい置いておけばいいだろうか。蕎麦の種が植えられているであろう範囲にシーツを被せる。が、風が強くて上手く広がらない。

石を置いて、シーツを留めて回るしかないようだ。一つ目の石を置いたあと、突風が吹く。

「うわっ!!」

シーツは捲れ、どこかへ飛んでいってしまった。

「嘘でしょう……?」

この暗闇の中、シーツを捜すのは困難だろう。ここまでやってきたのに、目的を達成できないなんて。俺の人生は本当についていない。そう思っていたが——。

「イヴァン殿~~~~!!」

「イヴァン~~~~!!」

マクシミリニャンとアニャの声が聞こえた。振り返ると、シーツを握りしめるマクシミリニャンの姿があった。何やらどでかいランタンを持っていて、畑を明るく照らしてくれる。

「シーツが飛んできたから、驚いたぞ」

「アニャ……!　マクシミリニャンのおじさんも……!」

結局、アニャはいてもたってもいられず、マクシミリニャンを呼びに行ったようだ。

雨の日は絶対に外に出てはいけないという彼らが、俺の縁起担ぎを叶えようと必死になってくれている。胸が熱くなり、涙までも溢れてきた。

「話はあと!　早く畑をシーツで覆いましょう」

「わかった」

三人で力を合わせて、畑にシーツを広げる。端に石を載せて、飛ばないようにした。

「これでいいな」

「ええ」

「早く帰ろう」

どでかいランタンで、道が明るく照らされる。行きと同じ道なのに、ずいぶんと歩きやすい。

苦を共にしてくれるアニャとマクシミリニャンの背中を見ていたら、目頭がじわりと熱くなる。

少しだけ涙が出てしまったけれど、雨が流してくれた。


コーケコッコー!!

鶏の鳴き声で目覚める。カーテンの隙間から、太陽の光が差し込んでいた。

雨は、止んだようだ。

昨晩は、マクシミリニャンが用意してくれた風呂に入り、アニャに傷の治療をしてもらったあと、母屋で泥のように眠った。

全身が、痛い。雨の中、転びまくったせいだろう。せっかく顔の傷が治りつつあったのに、新しい傷を作ってしまった。傷から雑菌が入ったようで、顔がパンパンに腫れていた。

むくりと起き上がる。寝間着はマクシミリニャンのものなので、ぶかぶかだ。離れに戻って、着替える。顔を洗い、髭を剃り、歯を磨き、包帯を新しく巻き終えたところで、外からアニャの声が聞こえた。

「イヴァン、イヴァン～～!!」

「ここにいるよ」

勝手口から顔を覗かせると、アニャが走ってやってくる。

「蕎麦を、見に行きましょう」

「うん、そうだね」

正直、期待はしていない。だって、あの土砂降りだったし。

「アニャ、昨晩はありがとう。風邪、引いていない？」

「ええ、元気よ。イヴァンは？」

「俺も平気。マクシミリニャンのおじさんはどうだろう？」

「お父様も大丈夫よ」

「それにしても、マクシミリニャンのおじさんまで協力してくれたから驚いた」

「私も、ダメ元で呼びにいったの。躊躇わずに、外に飛び出していったわ。普段、雨の日は絶対に外に出ないのに。よほど、イヴァンを婿に迎えたかったのよ」

「そっか」

なんてことを話しながら、畑を目指す。石垣を登った先にある畑は――水浸しだった。

「信じられない……」

みんなで被せたシーツは飛ばされ、畑の畦道《あぜみち》の上でぐちゃぐちゃになっていた。当然、蕎麦の種を植えた辺りも、水没している。あの大雨だ。こうなるのも、仕方がないだろう。

畑に溜まった水が、青空を映している。蕎麦の種の件がなければ、素直に美しいと思っただろう。

今はひたすら雨水が憎らしい。

自然は残酷だ。どんなに頑張っても、抗うことなんてできないのだ。

アニャは畑の前に立ち、動こうとしない。

「アニャ、帰ろう」

そう声をかけたのに、アニャは畦道のほうへと駆け出す。

「アニャ？」

何か見つけたのか。アニャのあとを追いかける。

アニャは、シーツの前にしゃがみ込んでいた。

「どうしたの？」

アニャは振り返り、大粒の涙を零していた。

「イヴァン、これっ――」

しゃがみ込んで、アニャが指差すものを見た。

それは、シーツの隙間から見える、蕎麦の芽だった。小さいけれど、しっかり発芽している。

どうやら土ごと飛んでいったシーツの中に、蕎麦の種が紛れ込んでいたらしい。それが、見事に発芽したようだ。

「蕎麦の、芽、だ」

「そうよ。一つだけ、芽が、出ていたの！」

信じられない。あの状況の中で、蕎麦が生きていたなんて。

昨晩の思い切った行動は、無駄ではなかったのだ。

「よかった～～～!!」

そう言って、さらに涙を流すアニャを、ぎゅっと抱きしめる。幼子をあやすように背中を優しく撫でた。

この国には、蕎麦にまつわる古い言葉がある。

〝新しい場所で蕎麦の種を蒔いて、三日以内に芽がでてきたら、そこはあなたの居場所です〟

――というもの。

蕎麦の芽は、出た。
ここが、俺の居場所なのだ。

幕間　ツィリルの花畑養蜂園記録

イヴァン兄がいなくなってから、花畑養蜂園はとんでもない状態になってしまった。

「ねえ、これ、どうするんだっけ？」

「わからないわ！　いつも、イヴァンがしていたんですもの！」

イヴァン兄は、花畑養蜂園の〝柱〟だった。名前のない仕事を毎日せっせとこなし、花畑養蜂園をしっかり支えていたのだろう。イヴァン兄がいなくなった今、みんな混乱状態になっていた。仕事が思うように片づかず、作業は暗くなってからも行われていた。

みんなくたくただった。イヴァン兄の偉大さを、改めて実感してしまう。

人のいいイヴァン兄は、仕事の流れを書き起こしたものを残してくれていた。

覚えた仕事を、長年かけてコツコツ書いていたものなのだろう。一枚目とおぼしき紙は、色あせていて端がボロボロだった。けれどそれも活用されないまま、放置されている。女性陣のほぼ全員、文字が読めないのだ。物心ついたときから働いていたので、文字を習う暇がなかったらしい。おじさんたちだって、読める人はごく一部。これはうちだけではない。町の人たちもそうだろう。

学校は金持ちが通うところという認識で、読めなくても生きていける。イヴァン兄は教師になる予定だったお祖父ちゃんから習ったらしい。おれも、少しだけ教えてもらった。半分くらいなら読める。

読んであげようかと言っても、それを聞く時間なんてないと返されてしまった。

みんな、朝からバタバタだ。特にお祖母《ばあ》ちゃんが一番忙しそう。いつでもどしんと構えて、何があっても動じない人だと思っていた。けれど、イヴァン兄が出て行ったことによって、余裕がなくなっているように思える。信じられないことだが、おれすら当たり前のように知っていることを、みんな知らないのだ。

イヴァン兄に習ったことをいろいろ教えていたら、一日中「ツィリル！」、「ツィリル！」と名前を叫ばれるようになった。以前まで、「イヴァン！」、「イヴァン」だったのが、おれにすり替わっている。このままではいけない。そう思って、情報料とお手伝い賃を取るようにした。飴玉一個とか、クッキー一枚とか、そんなささいなものである。

けれど、みんな怒った。これまでイヴァン兄が無償でしてくれたので、腹が立ったのだろう。ここで負けるつもりはない。「だから、イヴァン兄は出て行ったんだよ」と言うと、しぶしぶと対価をくれるようになった。同時に、お祖母ちゃんはこのままではいけないと思ったのだろう。家を変えようと、改革を行った。

これまで働いていなかったおじさんたちに、労働を命じたのである。当然、嫌がった。

だが、お祖母ちゃんは負けない。仕事をしない人には、食事を出さないようにしたのだ。

これまで衣食住を支えていたのはイヴァン兄。それからお祖母ちゃんたち。

自分たちがこれまで誰に頼って生きていたか、知らなかったのだろう。人はお腹が空くと、根本の考えを変えてしまうらしい。

おじさんたちは、嫌々ながらも働くようになった。ただ、みんなで力を合わせて働いても、イヴァン兄にしかわからない問題が浮上する。それは蜜蜂の病気について。対処法は書いてあったものの、なんだか難しくてイマイチ理解できないでいた。

そんな時、サシャ兄が戻ってきた。おれはすぐさま叫んだ。サシャ兄も、病気の対処法を知っているはずだ。その昔、サシャ兄とイヴァン兄は、揃って養蜂園で働いていた。イヴァン兄が知っていることは、ほとんどサシャ兄も知っている。お祖母ちゃんは嫌がるサシャ兄を引きずって養蜂園に連れていき、病気の対策をさせた。

その後、蜜蜂の病気は治り、養蜂園に平和が訪れたのだ。

イヴァン兄がいなくなってから、いろいろ変わろうとしている。サシャ兄でさえ、最近は自分から働くようになっていた。

イヴァン兄の友達であるミハルも、イェゼロ家の変化に驚くほどであった。

みんな、いい方向へと向かっているような気がする。イヴァン兄のおかげだろう。

ただ、ロマナ姉ちゃんだけは、いい方向へ向かっていないらしい。修道女がお祖母ちゃんを訪ねてきて、「具合を悪くしているので見舞いに来てくれないか」と頼み込んできたのだ。

誰にも看病させずに、ひとりで苦しんでいる。

ちなみに、サシャ兄はロマナ姉ちゃんと会えないようになっている。まあ、当たり前だけれど。

この辺の問題は、時間が解決するものだと、お祖母ちゃんが言っていた。

よくわからないけれど、いつかロマナ姉ちゃんに笑顔で働けるようになってほしい。

イヴァン兄は、今頃どうしているだろうか？

あの、優しいおじさんのもとで、かわいい花嫁さんと幸せに暮らしていたらいいなと思った。

第三章　養蜂家の青年は、結婚する

結婚する前に、マクシミリニャンより話があるという。アニャと並んで、マクシミリニャンの前に座った。

「まず、我のことは、〝お義父様《とう》〟と呼ぶように」

「呼び方は〝お義父様〟で決まっているんだ」

「何か言ったか？」

「なんでもないです、お義父様」

マクシミリニャンは満足げな表情で、コクコクと頷いた。

「次に、ふたりで仲良く母屋で暮らすこと」

俺が使っていた離れは、客人用なので空けておくように言われた。

「あとは、頼むから、アニャを大事に、幸せにしてやってくれ」

「それはもちろん、そのつもり」

アニャのほうをチラリと見たら、胸に手を当てて頬を赤く染めていた。かわいいにもほどがある。

続いて、マクシミリニャンのほうを見ると、同じく胸に手を当てて頬を染めていた。こっちはまったくかわいくない。

「話は以上だ。これ以上、我は干渉しない。何か起こっても夫婦の問題としてよく話し合い、解決するように」

「わかった」

アニャもコクコクと頷く。

「教会へは、いつ行くのか？」

夫婦となるには、神父から祝福を受けるようだ。

「っていうか、結婚式とかしないの？」

「招く親戚はいないからな。この辺ではふたりで教会に向かい、祝福を受け、夫婦となる者が多い」

「そうなんだ」

行くならば、流蜜期になる前がいいだろう。八時間かかる下山と登山を考えたら、うんざりしてしまうけれど。

「アニャ、どうする？　いつ行く？」

「別に教会での祝福は、必要ないんじゃない？　私たちの結婚は、蕎麦の芽が認めてくれたわけだし」

「形式的なものも、大事だと思うけれど？」

マクシミリニャンもそうだと頷く。

「正直に言えば、教会が少し苦手なの。なんだか厳かで、落ち着かなくって。だから、別に祝福は受けなくてもいいわ」

「うーん。まあ、アニャがそう言うなら、教会での祝福はなしの方向で」

今、この瞬間から、アニャと夫婦ということになった。

「まあ、教会に行かずとも、一度ふたりで村に行くとよい。イヴァン殿も必要な買い物があるだろう？」

　確かに、着替えなどの生活必需品は買い足す必要がある。アニャを付き合わせるのは悪いと思っていたが――。

「お父様、いいの!?」

「ああ、ゆっくり買い物を楽しんでくるとよい」

「やったー！」

　アニャは買い物を、大いに喜んでいるようだった。

　ひとまず、買い物は流蜜期に向けての準備を行ってから行くことにする。

✣　✣　✣

　流蜜期の蜜蜂は、巣から蜜が流れるほど花蜜を集める。どんどん溜めていき、巣箱は蜜で満たされてしまうのだ。場所がなくなると、女王が卵を産み付けるスペースにまで蜜を溜め込むので、注意が必要である。蜜蜂の寿命は約一ヶ月間。このシーズンに生まれる蜜蜂が減ると、あとあと採れる蜂蜜の量に影響が出る。巣箱の状況を把握し、必要であれば巣枠を追加しなければならないのだ。

　午前中は巣枠を作り、午後からは巣箱の点検に向かう。アニャと共に大角山羊に跨がり、崖を登り、斜面を走り抜け、川を飛び越える。

　すべて見回ったあとは、川縁で休憩する。今日は日差しが強く、汗でびっしょりだ。川に飛び込みたい気分だが、さすがにまだ春なので風邪を引く。それに、川の流れは速いし、深さもかなりのものだろう。今日のところは、顔を洗うだけにしておいた。

水が滴る顔を拭こうと、背後に置いた布へ手を伸ばす。

「はい、どうぞ」

「アニャ、ありがとう」

親切なアニャが、布を手渡してくれた。

「今日は暑いわね」

「だね」

隣に座るアニャがもぞもぞ動いていたので、何をしているのかと見つめる。靴を脱ぎ、スカートを膝までたくしあげ、川に脚を浸け始めた。白い脚が、これでもかと晒《さら》される。

「アニャ、何を――！」

「こうしていると気持ちいいわよ」

「いや、若い娘が脚を他人に見せるなんて」

「なんで？　私たち、夫婦じゃない」

「あ。そうだった」

見てはいけないと思ったが、アニャは俺の妻だ。脚なんて、いくら見ても許されるのだ。じっと見つめていたら、アニャは川から脚を引き抜き、たくしあげたスカートを元に戻す。

「アニャ、もういいの？」

「あなたが見るから恥ずかしくなったのよ」

「恥ずかしくないじゃん。俺たち、夫婦なんだから」

「夫婦でも、恥ずかしいものは、恥ずかしいの」

脚を拭くので、別の方向を向いておくように命じられる。

夫婦だからいいというのは、すべての物事に当てはまるわけではないようだ。

アニャと結婚しても、山で過ごす日々に変わりはないと思っていた。母屋の奥にある寝室に、案内されるまでは。

「ここが、寝室よ」

そこまで広い部屋ではないが、どでかい寝台がドン！　と置かれていた。寝台の中心でアニャの愛犬ヴィーテスが、ぐうすかいびきをかきながら眠っている。紹介されて以来、姿を見ていなかったが、だいたい外で日なたぼっこしているか寝室で眠っているという。実に羨ましい生活を送っているものだ。

「それにしても、立派な寝台だね」

「笑っちゃうでしょう？　私の十二の誕生日に、お父様がくれたの。手作りなのよ」

何年も何年も乾燥させた栗の木で作った、気合いが入りまくりの寝台である。

木目が美しく、手触りも上質だ。

「いつか私が結婚して、旦那様と使うことを想定して作ってくれていたのよ。でも、私は生涯独身だろうなと思っていたわ」

その頃から、アニャは結婚しないだろうと予想していたようだ。

「どうしてそんなふうに考えていたの？」

「私は、ここを捨てて嫁げないから。こんな山奥に、婿にきてくれる男の人なんて、いないだろうなって思っていたの」

たしかに、麓の村で暮らす者に、ここでの生活は難しいかもしれない。何もかもが異なる。

「イヴァンも驚いたでしょう？　不便だし、やたら忙しいし」

「うーん。空気が薄いのは驚いたけれど、もう慣れたし、不便だとは思わないよ。別に忙しくないし。むしろ、豊かな生活なんじゃない？」

「ここの暮らしが、豊かですって？」

「うん。アニャもお義父様も、生き急いでいない感じがして。自然に身を任せているっていうか、なんというか」

とにかく実家で働いていたときとは、時間の流れがまるで異なるのだ。

「実家にいたときは、一日中ひたすら忙しくて夜は死んだように眠って、っていう毎日だったんだ。でも、ここでは食事を味わったり、景色を眺めたり、アニャやお義父様とゆっくり喋ったり。そういう時間があるのって豊かだなって思うんだ」

「そんなふうに思ってくれていたんだ。よかった」

アニャは安心したように微笑む。

ここで暮らす中で、彼女の笑顔だけは曇らせてはいけない。改めてそう思った。

「お風呂に入ってくるわ。イヴァンは先に寝ていてもいいから」

「うん、わかった」

ここで初めて気づいた。今日は、アニャとこの寝台で眠るということに。

新婚夫婦には、初夜という儀式がある。しかし俺たちには特に必要のないものだろう。先に寝ておけと言われたし。

寝台に目をやると、真ん中を陣取ったヴィーテスが腹をぷうぷう膨らませながら眠っている。彼が真ん中にいるので、特にアニャを気にすることなく眠れそうだ。

寝台に乗ると、ヴィーテスがパチッと目を覚ました。

「あ、起こして、ごめん」

「わふっ！」

ヴィーテスはひと鳴きすると、起き上がる。のっそりと寝台から降りて、床の上に敷かれていた大判の布の上で再び横たわる。そのまま眠ってしまった。

「え、ちょっと待って！」

このままでは、アニャとふたりきりで寝台で眠ることになる。ヴィーテスに寝台で寝てもいいと言っても、びくともしない。説得している間にアニャが戻ってきた。

「イヴァン、何をしているの？」

「いや、ヴィーテスが、床の上で寝ようとしているから」

「ヴィーテスは最近、そこで寝ているのよ」

「そ、そうなんだ」

冬は温かそうだなとか思っていたものの、一緒に眠らないようだ。寝台は誰も使っていないときだけ、占領しているらしい。

風呂上がりのアニャは頬を赤く染め、長い髪をそのまま流していた。寝間着は、首から足首までいっさい露出がないシュミーズドレスである。

助かったと思ったのは、ほんの数秒だった。ランタンの光がシュミーズドレスを透《す》かし、アニャの体のラインをこれでもかと見せてくれた。慌てて顔を逸らすも、しっかり見てしまった。

凹凸のある胸から尻までの線に、すらりとした長い脚。

いやいやいや、忘れろ忘れろと、呪文のように脳内で唱える。

マクシミリニャンの顔を思い浮かべたら、気持ちがだいぶ落ち着いた。

「イヴァン、どうしたの？」

「なんでもない」

もう、寝てしまえ。そう思って、半ばヤケクソな気分で布団に寝転がった。

「あ、そうだ」

「な、何⁉」

「薬を塗りましょう」

「あ、うん。そうだね」

サシャにボコボコにされたときの傷はほとんど治ったものの、雨降る夜に畑に行くまで転びまくり新しい傷を作ってしまったのだ。アニャにランタンを持っているように命じられる。

「大人しくしていてね」

「了解」

アニャが目の前に座った途端、目を閉じた。これで何も見えない。安心だ。けれど目を閉じたことで、服がすれる音やアニャの息づかい、薬を塗る指先の触感を敏感に感じ取ってしまい、かえって落ち着かない気分になってしまった。ある意味拷問であった。

「終わったわ」

「ありがとう、アニャ」

「どういたしまして」

すぐさま、布団に潜り込む。アニャがランタンを消してくれたので、ホッとした。

それも、数秒の安堵であった。

「ねえ、イヴァン。くっついて眠っていい？」

「な、なんで⁉」

「髪の毛を乾かしていたら、体が冷えてしまったの」

暖なら、ヴィーテスから取ればいいものを。

しかし、あの巨大犬を持ち上げて布団に引き入れるのは不可能に等しい。

「ダメ？」

かわいらしく聞かれたら、どうぞと答えるしかない。アニャは遠慮なく俺に抱きついた。

胸が、むぎゅっと押し当てられる。衝撃に襲われたが、奥歯を噛みしめてぐっと堪えた。

「やっぱり、温かいわ」

「よかったね」

消え入りそうな声しか出なかった。その後、アニャはすぐにスヤスヤ眠る。俺はといえば、アニャが気になってなかなか眠れなかった。きっと男として意識されていないから、こんな目に遭うのだろう。特大のため息をつきつつ、長い夜を過ごした。

朝――アニャは昨晩同様、くっついたまま眠っていた。なぜか、手を繋いで寝ている。アニャの手が俺の手に絡んでいる感じなので、向こうから握ってきたのだろう。

意図は謎。まあ、無意識のうちに握ったのだろうけれど。

アニャは天使のようなかわいい顔で眠っていた。本当に、警戒心はゼロである。

彼女より先に目覚めてよかった。なんというか、男の朝はいろいろ大変なのだ。

アニャの指先が絡んだ手を引き抜き、物音を立てないようにゆっくりと起き上がる。

「う……ん」

離れた瞬間、アニャは体を丸くした。やはり、俺で暖を取っているだけだったのだ。

足下にあった毛布を、アニャにかけてあげた。すると眉間の皺が解れ、幸せそうな寝顔となった。これでよし、と。

ヴィーテスは物音に反応することなく、ぐうぐう眠っていた。着替えを確保し、洗面所で着替える。洗った顔を拭いていると、アニャが寝間着のまま慌てた様子でやってきた。

「寝坊したわ！」

「なんで？」

「夫よりあとに起きたら、寝坊なの！」

「寝坊じゃないよ」

そんな決まりはないと、噛んで含めるように言い聞かせた。しょんぼりしているアニャに、ある提案をしてみる。

「そうだ。俺、アニャに習ったエッグヌードルを作ってみようかな。作っている間に、着替えてきなよ」

「イヴァンが、ひとりで作るの？」

「うん。溶かした山羊のチーズをかけて黒コショウを振ったら、おいしそうじゃない？」

「おいしそう、かも」

「でしょう？」

そんなわけで、今日は俺が朝食当番となった。が、一つ問題が発生する。エプロン置き場に、フリルたっぷりのものしか置いてなかったのだ。一瞬のためらいののちに、エプロンを掴む。

おそらくこの家は、これしかないのだろう。心を殺して、エプロンをかけた。

外に卵を採りに行くと、マクシミリニャンが山羊たちに餌を与えているところだった。

「おはよう、イヴァン殿」

「おはよう、お義父様」

お義父様、という呼びかけに満足したのか、マクシミリニャンはにこにこしながら頷いている。

「昨晩はよく眠れたか」

「まあ、ほどほどに」

これからエッグヌードルを作るのだというと、腰から吊していたかごから卵を三つくれた。「エプロン、似合っているぞ！」と言われ、送り出される。フリルたっぷりのエプロンをかけているのを、すっかり忘れていた。恥ずかしいにもほどがある。

再び心を殺し、台所に戻った。材料を調理台に並べ、早速調理開始する。

アニャがしていたように、小麦粉の山を作り、真ん中に窪みを作ってそこに卵を落とした。

「うわっ！」

さっそく、小麦粉の堤防が崩壊し、白身が流れでそうになる。慌てて小麦粉をかき混ぜ始めた。なんか、上手くまとまらない。

「オリーブオイルを垂らすのよ」

「あ！」

いつの間にか、アニャが背後にいた。それだけ言って、外に出て行った。マクシミリニャンを手伝うのだろう。

アニャの言った通り、オリーブオイルを入れたら生地が滑らかになった。薄くのばして、カットしておく。湯が沸騰した鍋に塩をパッパと振って、麺を茹でた。味見しつつ、ほどよい硬さになったら、湯からあげる。しっかり湯を切って、木皿に盛り付けた。

形は若干歪《いびつ》だが、上手くできたような気がする。

アニャが戻ってきたので、どの山羊のチーズを使っていいのか聞いてみた。

「左のほうから順に、熟成されているやつ。加熱してとろとろになるのは、栗の葉っぱに包まれたのだから」

「わかった」

細かくカットし、加熱してとろとろになったものを、エッグヌードルの上に垂らしていく。

仕上げに黒コショウをかけたら、チーズパスタの完成だ。

母屋に持って行くと、なぜかアニャとマクシミリニャンが、緊張の面持ちで座っていた。

「どうしたの？」

「え⁉　あ、えっと、こうして誰かに料理を作ってもらうの、私、初めてだから」

「我も久しぶりだ。ドキドキしておる」

「そうだったんだ。お口に合えばいいけれど」

なんだか俺まで緊張してくる。ひとまず、食前の祈りをして、心を鎮めた。

「よし、食べよう」

「ええ」

「うむ」

ふたりの反応が、気になる。息を殺し、食べる様子を見守ってしまった。

山羊の白いチーズは、麺に絡んでとろーんととろける。

「こ、これ、おいしいわ！」

「ああ、うまいな！」

「本当？」

確認するために、食べてみる。麺はいい感じに歯ごたえがあり、山羊のチーズの濃厚な風味がよく合う。素材の大勝利という感じだけれど、今日のところは満点を付けたい。

「イヴァン、料理の才能があるわ！」

「店が出せるぞ」

「ふたりとも、大げさ」

そんなことを言いながらも、ニヤニヤしてしまったのは言うまでもない。

今日も今日とて、蜜蜂の様子を見て回る。出発前に、アニャが丁寧に洗濯された腰帯を差し出す。

「これ、洗って陰干ししておいたから」

「ありがとう」

受け取ったあとも、アニャの視線は腰帯にあった。

「何？」

「いえ、きれいな刺繍だと思って。誰が作ったの？」

「いや、これは町で新しく買ったやつ」

「町で売っているのね」

「まあ、うん」

「最近買ったの？」

「そうだね」

基本的に、腰帯は家族が作る。アニャのところもそうなので、質問したのだろう。

最近は観光客用に売っているので、地味に助かった。

出発前、ミハルにいくつか見繕ってもらったのだ。

「家族は、イヴァンに作ってくれなかったの？」

「作ってくれたけれど、あれはロマナが作ったやつだから、家に置いてきた」

「ロマナ？」

口にしてから、しまったと思う。別に、名前まで言う必要はなかったのだ。

「ロマナって誰？　もしかして、イヴァンの恋人だった人？」

「違う違う。サシャ――兄の妻」

「お兄さんの奥さんが、どうしてイヴァンに腰帯を作るの？」

「さ、さあ？　本命用の、練習だったのかも？」

その言い訳で、アニャは納得しなかったようだ。

険しい表情で俺を見ている。子育てシーズンの鹿みたいな鋭い目だった。

「イヴァンの腰帯、私が作るから」

「え？」

「ロマナさんが作ったものより、上手に作ってみせる！」

なぜ、ロマナと張り合うのか。よくわからなかったけれど、アニャの力強い宣言に「よろしくお願いします」と返してしまった。


朝から巣枠作りに追われる。流蜜期に向けて、そこそこ忙しい日々を送っていた。

その脇で、アニャは裁縫を始めるようだ。俺の腰帯を作るために、張り切っている。

布は、冬に作ったリネンを使うらしい。まさか、布まで作っていたとは。

生地に施す刺繍は、初夏に刈った山羊の毛糸を使う。鮮やかな色は、草木染めにしたものらしい。

「どんな模様にしようかしら」

「なんだか、楽しそう」

「楽しいわ。だって、お父様以外の人の腰帯を作るのは初めてですもの！」

満面の笑みで答えるアニャは、死ぬほどかわいい。天真爛漫という言葉が擬人化したような存在だとしみじみ思う。

「どうしたの？　にこにこして」

「いや、アニャがかわいいと思ったから」

「また、そんなことを言って」

「だってかわいいんだもん。何回でもかわいいって言うよ」

感じたいい気持ちは、どんどん伝えたほうがいい。人生において感じたかわいいは、惜しまないで口にするようにしている。

相変わらず、アニャは「かわいい」と言うと、顔を真っ赤にして盛大に照れてくれる。

これが、かわいいのだ。

かわいいは、かわいいを呼ぶ。知らない人が多いけれど、いちいち教えてあげるほど親切ではない。特にこの、アニャのかわいいは独り占めしたい。だって、彼女は俺だけの花嫁だから。

頬に手を当ててにこにこしつつ照れていたアニャだが、ふと何かを思いだしたのか真顔になる。

「ロマナさんにもかわいいって、言っていたんじゃないの？」

「なんで、ロマナが出てくるの？」

「だって、軽率にかわいいとか言ってくるし！」

「前にも言ったけれど身内以外で、かわいいと思っているのはアニャだけだよ」

「そ、そう？」

一回、ポロッとロマナの名を口にしてからというもの、アニャはしきりに気にしてくる。

ロマナが俺のことを好きだったという話は一切していない。それなのに、ロマナと比べてどうかと聞きたがる。女の勘なのだろうか。鋭すぎる。

アニャの機嫌はすぐに直り、鼻歌を歌いつつ山羊の毛糸を選び始める。

「イヴァンの髪色は銀色だから、濃い色がいいわよね」

「アニャ、これ、銀じゃなくて濁った灰色」

毛先が自由にはね広がった髪は、麦わらを燃やしたときにできる灰の色に似ているとミハルに言われたことがある。くすんだ、曇天のような色合いなのだ。最近、アニャ特製の蜂蜜石鹸で洗っているからか、コシと艶が増した気がするけれど銀色にはほど遠い。

「あら、知らないのね。太陽の光に当たるイヴァンの髪色は、銀色に輝いているのよ」

「そうなんだ。外でそういうふうに見えているなんて、知らなかった」

「自分じゃ確認しようがないものね」

「まあ、うん」

アニャは濃い緑色の毛糸を手に取り、こちらへ向けて目を眇める。

「うん、この色がいいわ」

ハンターグリーンという、狩猟服によく用いられる緑らしい。

「ホーソンという木の葉っぱを使って色づけしたものなの。濃くて鮮やかな色がでるのよ」

「へえ、素材によって、出る色が違うんだ。面白そう」

「そうなの。なかなかはまるわよ、草木染めは」

「今度、やってみようかな」

「だったら、一緒にやりましょう」

「楽しみにしている」

ここでの暮らしは仕事が山のようにある。けれど、楽しみも山のようにあるのだ。一つ一つの作業が新鮮で、面白い。草木染めも、どういうふうに染めるのか楽しみだ。

「腰回りを、採寸するわね」

「どうぞ、ご自由に」

巣枠を組み立てているので、勝手にしてくださいという姿勢でいる。アニャは背後から接近し、ぎゅっと抱きついてきた。彼女のやわらかな体が、背中にぐぐっと押しつけられる。

「ちょっ、アニャ！」

「イヴァン、動かないで」

背後から抱きつくように採寸されるなんて、想像もしていなかった。いろいろと心臓に悪い。

アニャはすぐに離れる。ホッとするのと同時に、どこか惜しく思う気持ちもあった。

「イヴァンあなた、思っていた以上にガッシリしていたわ」

「もっと痩せていると思っていた？」

「まあ、正直に言えば。でも、もっと太ったほうがいいわ」

「ここで暮らしていたら、きっと一年後にはムクムクになっていると思う」

「ムクムクになりなさい」

アニャが腕によりをかけて、おいしい料理を作ってくれるという。ありがたすぎて、涙が出そうになった。

「さてと」

アニャは白墨を手に取り、生地にさらさらと下絵を描いていく。いったい何の模様を作ってくれるのか。

五分後、アニャは下絵を見せてくれた。

「イヴァン、見て。蔦模様にしようと思うの」

アニャの描く蔦は、葉や小さな花が付いており、精緻な模様になっていた。

「あ――」

よからぬ言葉が喉までせり上がってきたが、慌てて口を塞いだ。

「え、何？」

「な、なんでもない」

「なんでもなくはないでしょうよ。言いなさい」

「本当に、なんでもない」

アニャはキッと鋭い目を向ける。

「イヴァン、言いなさい」

「はい」

渋々とアニャに告げた。

「ロマナが作った腰帯も、蔦模様だったんだ」

「具体的に、どんな模様だったの？」

「なんか、帯に巻きついているような」

白墨を手渡されたので、布地の切れ端に模様を描く。すると、アニャはハッとなった。

「イヴァン、それは蔦じゃなくて、蔓よ」

「蔓と蔦って、どう違うんだっけ？」

「蔓は植物の茎のことで、自立しないでいろんなものに巻きついて長く伸びるの。蔦は、蔓植物の一種で、地面に根を張ってどこまでも伝って伸びていく植物よ」

「あー、なるほど。蔓と蔦を混同していたかも」

「ロマナさんが刺したのは、蔓日々草《つるにちにちそう》ね」

「へえ、そうなんだ」

「蔓日々草の花言葉は、〝楽しき思い出〟、〝幼なじみ〟。幸福と繁栄を願う言い伝えもあるわ」

あの腰帯に、そんな思いが詰まっていたなんてしらなかった。

「それとは別に、蔓の花言葉としては〝束縛〟や〝縁結び〟もあるんだけれど」

「ん？　なんか言った？」

「いいえ、なんでも」

蔓は家族という大樹に絡まり離れられなくなっていた、かつての自分のようだと思った。

「アニャが刺そうとしていた蔦は、どういう花言葉があるの？」

「〝結婚〟よ。もう一つは、秘密」

「なんか気になるんだけれど」

「今度、気が向いたら教えるわ。それよりも、腰帯の完成を楽しみにしていて」

「わかった」

周囲に関係なく、どんどん伸びていく蔦。今の俺に相応しい腰帯が完成しそうだ。

✣ ✣ ✣

日々、食卓に上る肉は狩猟で得ている。町のほうでは狩猟できる期間が秋から春先までと決まっている。春から子育てのシーズンとなるからだ。個体数の調整のためらしい。

一方、山暮らしの家族には禁猟なんてない。町に住む人たちのように、皆がこぞって狩猟に出かけるわけではないからだ。むしろ進んで狩らないと、畑を荒らされたり、蜜蜂の巣箱を壊されたりする。人間と人間の扱うものは脅威であると、知らしめておく必要があるようだ。

ここでの狩猟は娯楽ではない。生きるために必要なものなのだろう。なんとなく、マクシミリニャンが猟銃を片手に狩猟に出かける様子を想像していた。実際は異なる。獲物はすべて、罠で捕まえているらしい。

今日はウサギを捕まえる罠を見せてもらうことになった。ウサギの通り道に仕かけているようだ。

「罠猟の基本は、獲物を長い間苦しませないことだ」

罠を仕かけたときは、毎日様子を見に行くようにするという。

長時間苦痛を与えるくくり罠や鉄製のトラバサミなどは、絶対に使わないと決めているらしい。

「かかっているといいのだが」

マクシミリニャンが仕かけた罠は、古いスタイルの落とし穴。ウサギが脱出できないほど深く掘った穴に、木の棒や枯れ草を載せたら完成。その上をウサギが通ったら落下する、というシンプルなもの。穴の底には藁を敷いている親切設計らしい。落とし穴を仕掛けたすぐそばの木には、赤く染めたリボンを結んでいるという。そうすれば、どこに罠を仕かけたか一目瞭然なわけだ。

たしかに、緑だらけの森の中で、リボンの赤はよく目立つ。すぐに発見できた。

「おお、地上の仕かけがなくなっておるな」

「ウサギが落ちているってこと？」

「まあ、そうだな。だが、上に載せた草木だけ落下して、中は空っぽという場合もある」

「なるほど」

今のシーズンは子ウサギも歩き回っている。獲るのは成獣のみで、子どもは逃がしてやるらしい。

穴を覗き込むと、ウサギが――いた。ウルウルとした瞳を、覗き込む俺とマクシミリニャンに向けている。まるで、「助けてください」と訴えているように見える。

「お義父様、これ、成獣？」

「成獣だな」

マクシミリニャンは手にしていた網で、ウサギを掬った。ジタバタと暴れるウサギの手足を、素早く紐で結ぶ。腰から太いナイフを取り出し、首筋を切り裂いた。ウサギは「キー！」と鳴いて、すぐに息絶えた。ウサギは声帯がないので、そこまで大きな音を上げることはないらしい。だったらさっきの「キー！」はなんだったのか。マクシミリニャンに聞いたら「鼻孔の近くにある器官が変形して、そのような音が出るのだ」と解説してくれた。

血抜きをするために木にぶら下げておく。その間に穴を埋める。

「これ、使い回すわけじゃないんだ」

「ああ。毎回、新しい穴を掘っておる。山の命をいただく以上、変に効率化させたくないだけなのだが」

「そうだね」

町の禁猟に従うわけではないが、春先はどんどん狩猟するというわけではないようだ。他にも落とし穴を掘っていたようで、本日は三羽のウサギを得た。

三羽目のウサギは俺が仕留めたのだが、ナイフを入れる位置を間違えて苦しませてしまった。落ち込んでいたら、マクシミリニャンは最初から上手くできる者はいないと、優しく励ましてくれる。

「命を奪う行為が上手くても、自慢にはならぬ」

かといってきれいごとだけでは生きてはいけないと、マクシミリニャンは言葉を続けた。

本当に、その通りだと思う。

家に戻ると、マクシミリニャンはウサギの捌き方を教えてくれた。ウサギを持ち上げると、まだ温かかった。ウルウルとした瞳で見上げていた様子を思い出し、ウッとなる。

「なんか、おかしいね。魚がウルウルとした目で見つめていても、なんとも思わずにナイフで命を絶つのに、ウサギのことは可哀想に思ってしまうなんて」

「その辺は、人間の愚かな部分なのだろう」

「間違いない」

そんな話をしながら、再びウサギにナイフを入れる。まず、椅子に座って膝に布を広げ、その上にウサギを乗せる。この状態で捌くらしい。

「まずは毛皮を剥ぐ。次にナイフで腹から穴を空けて、指先で裂いていく」

ウサギを固定させ、ナイフを腹に滑らせる。そこに指先を入れて、内臓の全体が見えるまで裂いていくようだ。胃や腸などを丁寧に取り出すと、ウサギは市場でよく見かける姿となった。

「あとは、アニャに調理を頼もう。よく、頑張った」

マクシミリニャンは血まみれの手を洗ってから、頭をガシガシと撫でてくれた。子どもに対するような褒め方だったが、なんだか嬉しかった。

夕食に、ウサギ料理が並んだ。ウサギの串焼きに、ウサギのシチュー、ウサギのソーセージと、ごちそうである。どれもおいしかったけれど、落とし穴に落ちたウサギのウルウルとした目は忘れられそうにない。なんというか、生きるって大変なんだなと、改めて思ってしまった。

❖
❖
❖

アニャは月に一度、ひとりで村に下りて具合が悪い村人の話を聞いたり、作った蜜薬《みつぐすり》を店に卸したりしているらしい。家畜や犬の世話があるので、マクシミリニャンと一緒に行くことはないようだ。次回の買い物のついでにそれらも済ませるため、アニャはせっせと薬作りを行っている。今日一日、助手を務めるよう命じられた。

「最初に作るのは、売れ筋の打ち身軟膏よ」

力仕事をしていたら、知らぬ間に青痣ができているときがある。あれは、地味に痛い。

もしも町で打ち身に効く薬が売っていたら買っていただろう。それほど、打ち身だらけの毎日を送っていたような気がする。

「アルニカという花を使って作るの」

乾燥させた黄色い花を、アニャは見せてくれた。

「アルニカには、内出血を治してくれる力があるわ。他にも、筋肉痛やねんざに効果を示すのよ」

「へえ、そうなんだ」

標高の高い、じめっとした場所に自生しているらしい。夏から秋にかけて開花し、花の部分のみを摘んで使うのだとか。

「まず、煮沸消毒した瓶に乾燥させたアルニカを入れて、オリーブオイルにじっくり漬けていくの」

本日は瓶十個分作る。アニャが瓶にアルニカを入れて、そのあと俺がオリーブオイルを注いだ。

「これを、日当たりがいい窓際に半月置くのよ。その間に、オリーブオイルに有効成分が染み出てくるの。半月経ったものが、あれよ！」

アニャは窓際に置いてあった瓶を指し示す。

「あれ、アルニカをオリーブオイルに漬けたやつなんだ。食べ物だと思っていた」

「食べ物はだいたい、地下に保存しているわよ」

「だよね」

オリーブオイルに漬けたアルニカを漉《こ》していく。アルニカ自体も絞って、有効成分を一滴たりとも無駄にしない。オリーブオイルでベタベタになった手を洗い、次なる作業に移る。

「ボウルにアルニカの成分を含んだオリーブオイルを入れて蜜蝋を加え、湯煎で溶かしていくの。クリーム状になったら、混ぜるのを止める」

打ち身軟膏を小さな瓶にせっせと詰める。最後に空気を抜くため、トントンと底を叩きつけておくのを忘れない。瓶には、〝アニャの蜜薬・打ち身軟膏〟と書かれた紙を巻いて紐で縛る。

「これにて、打ち身軟膏の完成よ」

「おー！」

薬だけでなく、美容品も作っているらしい。

「日焼け止めに、リップバーム、化粧水にハンドクリームとか、いろいろね」

美容品も人気のようで、すぐに売り切れてしまうようだ。

「お買い物をしに行くの、とうとう、明日になったわね」

「そうだね」

「いつもひとりで行っているから、なんだか楽しみだわ」

アニャがにこにこしているので、俺までなんだか楽しみになってきた。

こんな感情なんて、いつ以来だろうか。不思議な気分だった。


朝――目覚めると、着替えが入っているかごに何も入っていなかった。アニャはまだ夢の中。先に、歯磨きと洗顔をしにいく。包帯を取って鏡を覗き込んだら、顔面の怪我がすっかり治っているのに気づいた。

昨日までは若干顔が腫れていたが、アニャの打ち身軟膏が効いたのだろうか。ボウルにこびりついていたものを、塗ってもらっていたのだ。久しぶりに、自分の顔を見たような気がする。こんな顔だったんだ、と我がことながら思ってしまった。

顔を拭く大判の布を手に取ったら、一緒に着替えが置いてあることに気づいた。手紙も添えてある。手に取ってみると、新しくアニャが作ったであろう服だった。

リネンを使った腰まで丈がある長袖のシャツに、黒いズボン。それから、アニャ特製の蔦模様が刺繍された腰帯がきれいに畳まれていた。

「え、何これ、すごい……！」

腰帯を手に取る。蔦を模した刺繍は立体的だった。きっと、故郷の女性たちが作る刺繍とは異なる縫い方をしているのだろう。精緻で、繊細で、美しい。蔦の花言葉は〝結婚〟だという。アニャと俺の縁を繋ぐような腰帯だろう。

腰に巻いて結んでみる。端には房飾りがあってとてもオシャレだ。寸法もぴったり。結んだ先が作業に邪魔にならないような長さで垂れているのが、カッコイイと思った。

なんていうか、気が引き締まる腰帯である。

手紙には一言。〝イヴァン、いつもありがとう〟と書かれていた。毎日忙しいのに、暇を見つけて作ってくれたのだ。なんだか泣けてくる。

アニャはありったけのものを、俺に差し出してくれる。そんな彼女に、何を返せるのだろうか？と、感激している場合ではない。そろそろふたりが起きてくる時間だろう。素早く着替えた。

リネンの上着とズボンは、驚くほど着心地がいい。この服に、アニャの腰帯がしっくりくるのだ。

せっかくアニャがすばらしい服を作ってくれたのだから、相応しい姿にならなければ。髪を梳《くしけず》ろうと思って、鏡に向き直る。しっかり櫛《くし》を通したが、癖毛なので見た目は変わらないという結果に終わった。

居間のほうから物音が聞こえた。アニャが起きてきたのかもしれない。

覗くと、起きたばかりであろうアニャと目があった。

「あの、アニャ、これ、ありがとう」

「あ、えっと、イヴァン。その、よく似合っているわ」

なんだかぎこちない態度だった。どうしたのだろうか。

「なんか、変だった？」

「変じゃないわ！　ちょっと、いつもと雰囲気が違うから、驚いて。あの、イヴァン、あなた、そんな顔をしていたのね」

そうだった。やっと怪我が完治したのだ。包帯を取って、ボコボコでないきちんとした顔を、アニャが見たのは初めてだったのだろう。

「そんな整った顔立ちをしていたなんて、知らなかったわ」

「整った顔立ち？」

「なんでもないわ！　忘れて！」

そういえば、同じ顔をしたサシャは「カッコイイ！」とか言われていたような気がする。一度も言われたことがなかったので、自分の顔についてあまり意識していなかった。

というかよく、顔がボコボコの男と結婚してくれたなと、しみじみと思ってしまった。

朝食を食べたら、すぐに出かける。マクシミリニャンが見送りに来てくれた。

「イヴァン殿、気を付けて行くのだぞ」

眉尻を下げ、心配そうに見下ろしている。まるで初めてのお使いを見送る親のようだ。

「お義父様、大丈夫だから。アニャのことは、守るし」

「う、うむ。そうだな」

アニャが元気よく家から飛び出してくる。

「お父様、行ってくるわね」

「ああ」

アニャのことは心配ないようだ。ふたりして手を振って家を出た。

「イヴァン、辛かったら声をかけてね」

「わかった」

登りもかなり辛かったが、下りも同じくらい辛いらしい。アニャのその言葉を、すぐに実感する。

マクシミリニャンと共に登ってきた岩場は、上から見るとかなり恐ろしい。ごつごつトゲトゲした岩に向かって、下りなければいけないのだ。

足を踏み外したら、ごつごつした岩場に真っ逆さまである。

アニャは小リスのように、慣れた様子ですると岩場を下っていく。上目遣いで俺が下りてくるのを待っている様子は、震えるほどかわいい。あんなにかわいい娘が待っているのに、膝が生まれたての子鹿のようになっていて思うように下りられない。

「イヴァン、大丈夫。ゆっくりでいいのよ」

「ありがとう。アニャ、優しい」

少し下っただけで、ぐったり疲れてしまった。岩場を下りたあとは、苔が生えて足場が最悪な川辺を下り、アニャが「ここ、よく熊を見かけるの」と説明してくれた恐怖の熊さんロードをびくつきながら通り抜け、途中にあった湧き水のある場所でひと休み。まずは、冷たい水で顔を洗った。

「気持ちいい」

「水も、おいしいわよ」

山に降った雨が濾過《ろか》されて、湧いて出るのだという。手で掬って飲んでみたら、驚くほどおいしかった。

「え、これ、すごい……！」

「でしょう？」

そろそろ昼食をべるようだ。なんと、アニャはお弁当を作ってきてくれたらしい。

「お弁当、嬉しい！」

てっきり、その辺に生えている渋そうな木の実を摘まむものだと覚悟していたから。素直にそう答えると、「リスじゃないんだから、お昼に木の実は食べないわよ」と言われてしまった。

アニャをリスみたいだと思ったことは、黙っておこう。

お弁当は、蕎麦粉の生地にレーズンを練り込んだパンだった。これに、レモンカードという、バターにレモンを混ぜたものを塗るらしい。鞄の中から、どでかい丸パンが出てきたので驚いた。確実に、マクシミリニャンの顔より大きいだろう。

そんなパンを、アニャがナイフでサクサクとカットしていた。ふかふか系の、やわらかいパンらしい。アニャがカットした蕎麦レーズンパンに、レモンカードをたっぷり塗ってくれる。

「はい、召し上がれ」

「いただきます」

パンは驚くほどふっくら焼けている。蕎麦の風味が、口いっぱいに広がった。レーズンの甘さがジュワッと溶け込んでいて、レモンカードの濃厚で酸味のある味わいが舌の上で混ざりあう。

「え、何これ……とんでもなくおいしい！」

アニャは「そうでしょう？」と言わんばかりに、にっこり微笑んでいる。

俺ばかり食べていた。噛ったパンはその辺で引っこ抜いた葉っぱの上に置いて、アニャの分のパンにレモンカードを塗ってあげた。はいどうぞと、差し出す。

「え、私に？　ありがとう」

アニャは小さな口でパンを噛って、「おいし」と言っていた。アニャはよく、俺が食べているところを見つめているときがある。どうしてかと思っていたが、おいしそうに食べている様子は、飽きずにいつまでも見ていられるのだと気づいた。

「あー、かわいい」

「な、何がかわいいの⁉」

「おいしそうにパンを頬張っているアニャが」

「み、見ないで」

怒られてしまった。ひとまず、食べるのに集中する。アニャはパンの他に、ゆで卵と串焼き肉を作ってくれていた。串焼き肉は、先日マクシミリニャンが狩ったウサギである。

「っていうか、お弁当、重たかったでしょう？　俺が持ったのに」

「イヴァンは、商品を持っているでしょう？　いつもは、商品とお弁当、両方自分で持って行っていたし、大丈夫よ」

「そっか」

アニャがカットしてくれたパンをすべて食べたら、お腹がパンパンになってしまった。

「ちょっとごめん。動けなくなるほど、食べちゃった」

「いいわよ。ちょっと、横になったら？」

アニャはそう言って、自らの膝をポンポンと叩く。

「もしかして、膝を貸してくれるってこと？」

「ええ」

本当にきついので、お言葉に甘えて膝を借りた。アニャは遠慮なく、俺の顔を覗き込む。

「ねえ、イヴァン」

「何？」

「町にいたとき、モテていたでしょう？」

「な、なんで？」

「きれいな顔立ちをしているから」

なんてことを言うのか。心臓が口から飛び出るのではないかと思った。

「双子の兄のサシャはモテていたけれど、俺はぜんぜんだよ」

「嘘よ！」

「本当だって」

だから、ロマナが本当は俺のほうが好きだったと聞いて、驚いたものだ。

彼女に関しては、刷り込みみたいなものなのだろう。ふいに、突き刺さるような視線を感じる。

野生の熊かと思いきや、アニャだった。

「何？」

「思い当たる節が、あったんじゃないの？」

「ないない、ないってば」

「ふうん」

やっぱり、アニャは鋭い。変なことは考えないようにしなくてはと、改めて思ったのだった。


ふたりで山を下り、麓の村マーウリッツアにたどり着く。この前きたとき同様、のんびりとした時間が流れている。アニャは一ヶ月ぶりらしい。心なしか足取りが軽いように見える。実に羨ましい。俺なんか、斜面を下ったおかげで膝がガクガクだった。まだまだ修行が足りない。

村では歩いている人をちらほら見かける。この前のように顔面包帯男ではないので、悪目立ちすることはなかった。

「イヴァン、先に、商品を納品しに行きましょう」

「了解」

商店まで続く道を歩いていると、途中で声をかけられる。

「アニャ先生！」

四十代くらいの細身の女性が、額に汗をかきながら走ってやってくる。

「ああ、よかった。これから、山に伝書鳩を放とうと思っていたんです」

「どうかしたの？」

「夫が、昨晩から指先と口周りが酷くかぶれていて。痒くて悶《もだ》え苦しんでいるのです。夜も寝られないほどだったらしくて」

「それは大変！」

アニャは俺を振り返る。今すぐ、治療に駆けつけたいのだろう。こくりと頷くと、アニャは女性――奥さんの手を取って家に向かった。歩きながら、アニャは詳しい話を聞く。

「かぶれができた日は、普段と何か違う行動をした？」

「特に何も……。私の作った夕食が、悪かったのかな」

「夕食、ね」

メニューを聞いてみたが、特に口がかぶれるような物を含んでいるようには思えない。

「他に、何かあるかしら？　たとえば、普段立ち入らない草むらに入って、普段とは異なる色合いの木イチゴでも食べたとか」

「いえ、遠くには――あ、そういえば！　家の裏手にある、カシューナッツを拾っていたような」

「それよ！」

アニャ曰く、生のカシューナッツは毒物を含んでいて、生のままで食べると、皮膚がただれてしまう可能性があるらしい。ちなみに、ふだん食べるものは、高温加熱をして毒を消してあるという。

「ああ見えて、生の状態は危険なのよ」

「はあ、カシューナッツに毒があるとは」

と、そんな話をしているうちに、奥さんの家に到着した。そのまままっすぐ寝室まで案内される。

そこには、寝台の上でうなり声をあげる五十代半ばくらいの男性が横たわっていた。こちらが例の旦那さんらしい。よくよく見たら、口元は布を噛んだ状態で、布が落ちないよう端を後頭部で結んである。手足は、縄できつく縛られていた。

目元に涙を溜め、今にも零れそうだった。よほど、痒みが我慢できないのか。しかしこの姿は、囚人か、それともそういう趣味の人か。

「あの、旦那さんは、いったい何を？」

「夫が希望したんです。手足が自由だと、かぶれを引っ掻いてしまうだろうからって」

「なるほど」

一瞬、趣味だと思った自分を叱ってほしい。もちろん、率直な感想を口に出す気はないが。

アニャは寝台の近くに寄って、口元の布を外してから旦那さんに優しく声をかける。

「大丈夫よ。すぐに治るわ」

アニャが鞄から取り出したのは、茶色い蜂蜜。蕎麦の蜂蜜に似ている。が、アニャたちは採っていないと言っていたので、別の種類なのだろう。木のスプーンも取り出し、先端にちょこんと付けた。それを、旦那さんのかぶれていない部分に塗布する。

「先生……こ、これは、なんだ？」

旦那さんが不安げな様子で問いかける。

「これは、治療に使う蜂蜜に、拒絶反応を起こさないか調べているのよ」

しばらく経って、アニャは清潔な布で蜂蜜を拭き取った。

「かぶれていないし、赤くなってもいない。大丈夫みたいね」

蜂蜜に拒絶反応を示さなかったので、アニャの治療が始まる。

「こういったかぶれには、栗の蜂蜜が効くの」

アニャはそんなことを話しながら、旦那さんの口周りや指先に蜂蜜を塗っている。

「舐めたら、ダメだからね」

「ううっ……！」

口周りに蜂蜜を塗られて、舐めるなというのは難しい話だろう。

「先生、このかぶれは、なんなのかわかるのか？」

「カシューナッツよ。加熱していないものには、毒があるの」

「な、なんと！」

カシューナッツの収穫は火ばさみか何かを使ってやるほうがいい。アニャは真剣な様子でアドバイスしていた。

数分経つと、痒みがおさまってきたらしい。少しだけ元気を取り戻した旦那さんが、アニャに感謝の言葉を伝える。

「先生、ありがとう！　これで、少し眠れそうだ」

「よかったわ。あとは、安静にしていてね」

「もちろんです」

奥さんが、治療のお礼を差し出してくれた。色とりどりの刺繍糸である。

「これ、いただいてもいいの？」

「ええ。去年、はりきって作り過ぎちゃったから」

アニャは刺繍糸の入った木箱を胸に抱き、瞳を輝かせながらお礼を言っていた。

「そういえば、そちらの男性は、お弟子さん――ではない？」

「ええ、そう」

アニャは俺の腕を抱き、嬉しそうに言った。

「彼はイヴァン。私の、夫なの！」

奥さんは目をまんまるにして、アニャと俺を見比べる。旦那様発言に、動揺を隠しきれていない。

「アニャ先生は――今年でいくつだったかしら？」

「一ヶ月前に、十九になったわ」

「十九⁉」

驚くのも無理はない。アニャは本当に十九歳なのか疑うレベルの童顔だから。見た目は完全に、十三歳から十四歳くらいである。俺も最初は驚いたけれど、話してみたら十九歳の女性だ。現在は童顔にはすっかり慣れていた。ただ、村の人間のすべてが、彼女が十九歳であると把握しているわけではない。だからアニャと夫婦だと名乗ったら、俺は十代前半の少女を娶《めと》った変態扱いをされてしまう可能性がある。年齢確認をしてくれた奥さんに感謝した。

「あ、そうよね。四年前、村で蜜薬師の仕事を始めたときに、十五歳だと言っていたものね。立派な大人よね」

奥さんは自分に言い聞かせるように、ブツブツ呟いていた。

一度目を閉じて深呼吸した奥さんだが、笑顔で祝いの言葉を口にする。

「アニャ先生、おめでとう！　お幸せそうで！」

「ありがとう」

「旦那さん、優しそうじゃない」

「そうなの！」

アニャは胸を張り、とてもいい夫だと語る。なんだか恥ずかしいので、あまり褒めないでほしい。

「お祝いを用意するから、ちょっと待っていてね」

「あ、お祝いは、いいわ。大丈夫。気持ちだけで、充分だから」

「でも――」

「ありがとう。本当に、いいのよ」

「そ、そう」

少々、遠慮の仕方が頑《かたく》なような……。奥さんも、ちょっとだけがっかりしているように見える。ここは素直に受け取っておいたほうがいいのではないか。だがアニャにはアニャの、付き合いかたがあるのだろう。新参者の俺が口出ししていいものではない。

「それにしても、アニャ先生はカーチャと結婚するものだとばかり、思っていたわ」

「どうして？」

「一年くらい前に、本人が言っていたのよ。山を下りる覚悟ができたら、結婚してやる、みたいな感じで」

「な、なんですって⁉」

アニャの服の袖を引き、カーチャとは誰なのか聞いてみる。

「私が村にやってくるたびに、からかってくるいけ好かない男よ」

「ああ、カーチャが例の〝彼〟なんだ」

やはり彼は、好きな女の子をいじめたいタイプだったのだ。

奥さんによると、カーチャには山に拠点を移して養蜂を営む一家に婿入りする覚悟はなかったようだ。

アニャは拳を握り、ワナワナと震えていた。このままでは、怒りが噴火してしまうだろう。

奥さんに「旦那さんに、お大事にとお伝えください」と言って家を出る。

人がいない路地裏へと誘った。アニャを振り返ると、顔を真っ赤にして、怒りを露わにする。

「山を下りる覚悟ができたら、結婚してやるですって⁉　失礼な奴‼」

「まあまあ」

「どういうつもりで言ったのかしら？　もしかして、蜜薬師の私が家にいたら、安泰とでも思ったとか？」

カーチャはアニャがかわいいので、純粋に結婚したいと思ったのだろう。けれど、素直になれずに高圧的な態度に出てしまった。山を下りる云々については、単にアニャの山に対する想いを知らないから言っただけだと思われる。アニャに、カーチャの気持ちなんて解説してやる気はさらさらないけれど。

それに、怒るなとはとても言えない。だって、カーチャの発言は失礼で、アニャの気持ちをまったく考えないものだったから。

「結婚するために、私が山を下りるわけないでしょう？　お父様を、独りになんて――」

だんだんと、アニャの目が潤んでくる。微《かす》かに肩も震えていた。

あまりにも気の毒で、胸がキリリと苦しくなる。もう、見ていられない。

「――アニャ」

アニャの腕を引き、ぎゅっと抱きしめた。震える肩を、優しくぽんぽん叩く。

嫌がられるかもと思ったけれど、アニャは俺の服を握りしめ、しばらく大人しくしていた。

「アニャ、大丈夫……じゃないか」

「いいえ、大丈夫よ。ありがとう、イヴァン」

こういうとき、「ごめんなさい」ではなく、「ありがとう」と言えるアニャが好きだと思ってしまった。俺には、もったいないような女性だろう。しみじみと思ってしまう。

「なんか、これまでカーチャにいろいろ言われても平気だったのに、今日はだめだったみたい。私、弱くなっちゃったのかな？」

「違うよ。アニャは弱くない。これまで、強がっていただけだったんだよ」

今の状態が普通なのだ。だから傷ついたら、隠さずに甘えてほしい。そう伝えると、アニャは淡く微笑みながら、コクンと頷いた。

「私も、イヴァンには甘えてほしいと思うし、もしもイヴァンに酷いことを言う人がいたら、こてんぱんにするから！」

「頼もしいなあ」

落ち込んでいるように見えたけれど、なんとか復活したようでよかった。

せっかく仕事を休んで買い物に来たのだから、普段と違うアニャを見たいし、一緒にいろいろ楽しみたい。そう伝えると、アニャは「私も！」と返してくれた。

心が、ほっこり温かくなる。

アニャに手を差し出すと、遠慮気味に指先を重ねてくれた。改めて、アニャの手は驚くほど小さくて驚く。この手で働いていることを考えると、少しだけ泣きそうになる。彼女のためにできることは、すべてしよう。そう、心の中で誓う。


商品を納品するなんでも屋さんを目指して歩いていたら、二十歳くらいの男がこちらに駆け寄ってくる。ローアンバーの短髪に日焼けした肌、わんぱくな子ども時代を過ごしたであろう面影を残す青年であった。

「おい、アニャ！」

嬉しそうにしていたのに、俺とアニャが手を繋いで歩いているのに気づくと露骨に顔を歪ませる。

「なっ――おい、お前、なんなんだ⁉」

同じ言葉を、そのまま言い返したいと思った。

アニャが「カーチャ、何を言っているの⁉」と叫ぶ。彼が〝カーチャ〟のようだ。

「なんなんだと聞かれても、アニャの夫だと答えるしかないけれど」

「はあ⁉」

見事な腹式呼吸を使った「はあ⁉」であった。羨ましいくらい、声がよく通る。

「お前、どこのどいつだよ」

「湖畔《オクルス》の町の養蜂家だけれど」

「ああ、混ざりもんの蜂蜜を作っている町の奴らか」

その発言に、カチンときた。たしかに、実家の蜂蜜は純度百パーセントではない。花の蜜が十分でない時は、人工的に作った糖液や代用花粉を与えるのだ。

花が少ない時期は、どうしても蜜不足になる。放っておいたら蜜蜂は新天地を探すために出て行ってしまう。引き留めるためにも、人間が与える餌は絶対に必要なのだ。

そもそも、だ。花畑養蜂園で作っている蜂蜜は、偽物ではない。

市場に流通する蜂蜜には二種類ある。一つは、蜜蜂が集めた蜜のみで作った〝蜂蜜〟。もう一つは、蜜蜂の集めた蜜に糖を混ぜた〝加糖蜂蜜〟。

アニャとマクシミリニャンが売っているのは前者、純粋な蜂蜜だ。

一方で、実家の花畑養蜂園で売っているのは後者、加糖蜂蜜である。もちろん、それを隠しているわけではなく、きちんと表示して販売している。消費者側も、わかって買っているのだ。

「おい、アニャ。お前、騙されて結婚したんじゃないのか？　偽物を売る養蜂家なんかと結婚して」

「何を言っているの？　イヴァンの採る蜂蜜は偽物なんかじゃないわ」

「お前、蜂蜜と加糖蜂蜜の違いもわからないのかよ」

「わかるに決まっているじゃない。イヴァンの実家の蜂蜜は、とってもおいしいの」

「だから、うまい、まずいの問題じゃないっての。湖畔の町の蜂蜜は偽物で、騙されているって言っているんだ」

「あのね、植物が豊富な山での養蜂と、人工的に花畑を作った町の養蜂とは、育てている環境がまったく違うの。同じようにするのは難しいのよ」

比べるのは間違っていると、アニャはカーチャに向かって説く。

「そもそも、だ。なんでお前は、湖畔の町の男なんかと結婚したんだよ」

「蕎麦の種が、結んでくれた縁よ」

「お前、何を言っているんだ？」

「知らないの？　新天地で蕎麦の種を植えて三日以内に芽が出たら、そこはその人の居場所だって。イヴァンが山に蕎麦を植えたら、それが三日目に発芽したのよ。奇跡なの」

「そんな話、知るわけないだろう」

カーチャの口はいっこうに減らず、やれ眠そうな男だとか、不誠実そうに見えるとか、怠け者に決まっているとか、あれこれ想像で言ってくれる。逆に、初対面の人間に対してここまで悪口を言えるのは才能だと思った。普通、本人を前にしたら言えるものではないだろう。

「もう、話すことはないわ。さようなら」

去ろうとしたアニャの腕をカーチャは掴もうとした。

その瞬間、俺は彼が伸ばした手を叩き落とす。

「痛ッ!!　お、お前、何するんだよ」

「それはこっちの台詞。他人の妻に触ろうとするなんて、失礼としか言いようがない」

カッとなったらしいカーチャは、もう一方の手で拳を作って振りかぶってきた。

大人しく殴られるつもりはない。素早く足払いする。

「どわー!!」

カーチャは姿勢を崩し、倒れ込んだ。

「ちょっと、あんたたち、何をしているの!!」

先ほどお邪魔した家の奥さんが、走ってやってくる。どうやら、カーチャの親戚のおばさんだったらしい。

「こいつが、いきなり足払いをしてきたんだよ」

「違うわ！　先に、カーチャがイヴァンに殴りかかろうとしたのよ！」

奥さんは呆れたように、カーチャに「いい加減にしなさい」と言う。

「だってこいつ、アニャを騙して結婚したんだ」

「だから、騙していないって」

「そうよ！　私が望んで、結婚してもらったの！」

アニャの言葉に、カーチャは目を丸くする。よほど、衝撃的だったのだろう。

「な、なんで、アニャはそいつと、結婚したんだ？」

「なんでって、イヴァンは、私が大事に思っているものを、大切にしてくれるからよ。それだけ」

カーチャは返す言葉が見つからないのか、口をパクパクとさせるばかりであった。

もう、これ以上話すことはないだろう。奥さんに会釈し、この場を去った。

人気《ひとけ》がないヴェーテル湖のほとりまでやってきて、腰を下ろす。

湖畔の町で育ったからだろうか。湖を見ていると心が落ち着く。気まずそうな表情を浮かべるアニャの背中をポンポンと叩いたら、それがきっかけになったのか、アニャが口を開く。

「イヴァン、カーチャが失礼なことを言って、ごめんなさい」

「なんでアニャが謝るの？」

「私の知り合いだから」

「アニャが謝る必要なんて、まったくないよ」

アニャはコクリと頷くが、表情は暗いまま。俺は手元にあった石を握り、立ち上がる。足を広げて姿勢を低くし、狙いを定めて石を湖に向かって投げた。すると、石は水面を、ポン、ポン、ポンとカエルのように跳ねていく。石は六回ほど跳ねて、ぽちゃんと湖の中へ沈んでいった。

「え、イヴァン、今の何？　魔法？」

「水切り——魔法だよ」

「私もやってみたい」

アニャの顔はパーッと明るくなる。やっぱり、アニャは笑っているほうがいい。いつも彼女が笑顔でいられるようにしなくては。アニャに水切りを伝授しつつ、そう思ったのだった。

「イヴァン、石は、こういうのでいいの？」

「うん。たくさん跳びそう」

アニャは厳選した平たい石を握り、湖の水面を睨む。遠くにいた水鳥が飛び立った瞬間、アニャは腕を大きく振って、手にしていた石を、水面と平行になるように投げる。

アニャが投げた石は、スキップをするように湖の水面をポン、ポン、ポンと三回跳ねた。

「やったー！」

アニャはその場で大きく跳ね、振り返って太陽よりも眩《まぶ》しい笑顔を見せてくれる。そして、こちらへ駆け寄り、抱きついてきた。

「イヴァン、見た？　三回も、跳ねたわ！」

「すごいよ、アニャ！」

アニャは一通りはしゃいだあとピタリと動きを止め、一歩、二歩と離れる。目を伏せ、頬を真っ赤に染めていた。まさか、我に返って恥ずかしくなったとか？

これまで、まったく意識されていないと思っていたけれど、これは脈ありなのか？　いや、自分の妻に、脈があるとかないとか、気にするのもどうかと思うが。しかし、男として意識されるのは嬉しい。アニャは俺にずっと、近所の気のいい兄ちゃんみたいな感じで接していたし。

すぐには難しいかもしれないけれど、一緒に過ごすうちに、本当の夫婦になれたらいいなと思う。

アニャが気まずそうにしていたので、もう一度水切りを行う。石は水面で五回跳ねた。

「イヴァンは、水切りが上手いのね」

「子どものときは、誰が一番石を跳ねさせるか、友達同士で争っていたんだ」

湖畔の町は、遊び場も自ずと湖になる。最近の親は、危ないから子どもたちだけで湖に行くなと叱るみたいだけれど。俺たちの時代は毎日、湖に遊びに行っていた。

「熱中し過ぎて、喧嘩になるほどだったな」

当時、一番大きな体をしていた精肉店の息子が、子どもたちのリーダーだった。水切りも彼が一番の記録を持っていたのだけれど、ある日サシャが記録を抜いてしまい、他の人も巻き込んで大喧嘩になったのだ。

「そういえば、イヴァン。あなた、喧嘩の仕方を知っていたじゃない」

「うん？」

「足払いをしたり、手を叩き落としたり。戦う方法を、知っているように見えたの」

「ああ、あれね」

あの程度だったら、俺にだってできる。喧嘩相手は要塞のように大きな精肉店の息子だったので、力では勝てない。だから、せこい搦《から》め手からばかり習得していたけれど。

「喧嘩のやりかたを知っているのならば、どうしてお兄さんとの喧嘩のときは、やり返さなかったのよ」

「サシャは、もうひとりの自分だから。俺は、自分で自分のことは殴りたくないだけ。サシャは、たまに自分を殴りたくなるような人なんだ」

「よくわからないわ」

「ごめん」

一卵性の双子は、もともとは一つだった存在《もの》なのだ。

サシャは左利きで、俺は右利き。目つきやホクロの位置は、鏡に映したように左右対称。ふたり同時に動いて、ぶつかることはしょっちゅうだった。息を合わせていないのに言葉が重なるのは、星の数ほど。

「双子の兄弟や姉妹は、不思議な世界の中で生きているって、聞いたことがあるわ」

「そうかもしれないね」

アニャがいい感じにまとめてくれたので、この話はおしまいにした。

今度こそ商品をなんでも屋さんに持ち込み、必要な布や雑貨と交換してもらった。

「イヴァン、もう一軒行くわよ」

「了解」

アニャに手を引かれて向かった先は、村の外。少し離れた場所に、花々が咲く大規模な庭があった。奥のほうに、平屋建ての家がある。

春の盛りを迎えた花は、息を呑むほど美しかった。

「アニャ、ここは？」

「染め物屋さんよ。糸や布を持っていって染めてもらうお店なの」

自分では再現できない色を、ここで作ってもらうようだ。

「私の染め物の師匠でもあるのよ」

「だったら、挨拶をしなきゃね」

庭に、麦わら帽子を被ってせっせと働くお婆さんの姿があった。

「ツヴェート様ー！」

アニャの声に反応し、顔を上げる。警戒するように、じっと眇めた目でこちらを見ていた。六十代半ばくらいの、お婆さんである。

「お久しぶり！　元気そうで、何よりだわ」

「アニャ。あんたも相変わらず、無駄に元気そうだねえ」

「でしょう？」

にこにこ返事をしつつ、ツヴェート様と呼びかけたお婆さんに手荒れ用の軟膏を差し出していた。

「押し売りかい」

「違うわ。お土産よ」

ツヴェート様はエプロンのポケットに軟膏を入れたあと、俺のほうを睨みつける。

「で、あの男は？」

「私の夫よ」

「は？」

「イヴァンっていうの」

「夫って……」

ツヴェート様はそう呟き、指折り数を数える。

「いや、あんたはもう十九だったか。しかし、あんなきれいな男、どこで拾ってきたんだい」

「湖畔の町の人なの。お父様が気に入って、連れ帰ってきてくれたわ」

「連れ帰った？　親父が若い男を拐《かどわ》かしたの間違いではなく？　山暮らしを受け入れたって？」

「ええ」

アニャがここまで説明しても、警戒は解かれない。ただただ、鋭い目で見つめていた。

「アニャや。あまり大きな声では言えないが、あんたは、騙されている」

「ツヴェート様、お声が大きいわ」

「あいつに聞こえるように、わざと大きな声で言ったんだよ」

「そうだったのね。でも、大丈夫よ。騙されていないから」

「いいや、騙されている」

ツヴェート様はずんずんとこちらへ接近し、俺の背中や胸をバンバン叩き始めた。頬を引っ張り、歯も覗き込まれてしまう。

「体は丈夫。足腰も問題ない。歯もぜんぶあるし、肌はツヤツヤ、顔色はすこぶるいい。毛並みも抜群で、目も濁っていない。こんなド健康で若い男が、山での暮らしを選ぶわけがないだろうが!!」

勢いに呑まれて、「まったくそのとおりなのだ！」と言いそうになってしまった。

「ツヴェート様、違うのよ！　イヴァンは、私を騙して結婚したんじゃないわ」

「ええい！　あんたじゃ話にならないよ！　イヴァンとか言ったね？　ふたりきりで話させてもらうよ！」

ツヴェート様は俺の腕を猛禽類《もうきん》のかぎ爪のようにガッシリ掴み、グイグイ引いてどこかに連れて行こうとする。

「アニャ、ついてくるんじゃない。そこで待っているんだよ」

「ツヴェート様、イヴァンを怒らないで！」

「場合によっちゃ、怒らせてもらうよ！」

「ダメ！」

アニャは泣きそうな表情で訴える。俺がド健康なばかりに、見当違いの容疑がかかってしまった。

「アニャ、大丈夫。ちょっと話してくるだけだから」

「でも」

「心配しないで」

そう言ったのと同時に、家の中に引き込まれて扉がバタンと閉まる。室内は、不思議な薬草の匂いで満たされていた。天井には、乾燥させた草花がつり下げられている。壁際にある棚には、美しい色合いに染めた布や糸が並べられていた。雑多に見えて丁寧に整理整頓された部屋である。

「そこに大人しく座ってな」

「はあ……」

それだけ言って、ツヴェート様は奥の部屋へと消えていった。壁際に置かれた木製の長椅子に腰掛ける。しばらく待っていたら、ツヴェート様はふたつのカップを持って戻ってきた。

「ほら」

薬草の癖のある匂いがつんと鼻をついたが、ありがたく受け取った。なんだかんだ言いながらも、こうしてお茶を用意してくれる優しい人なのだろう。そうでなかったら、家に連れ込んだ瞬間怒鳴りつけていたはずだ。喉の渇きを覚えていたので、ありがたい。しかし――。

「どうしたんだい？」

「アニャが外で待っているのに、俺だけ飲むわけには……」

俺が喉の渇きを覚えているくらいだ。アニャだって喉がカラカラだろう。買い物が終わったあと、どこかで休憩すればよかった。

カップをジッと眺めていたら、ツヴェート様は「はーーー！」と盛大なため息をついて外に出る。そして、アニャを部屋の中へと引き入れた。

「え、何？」

「これを、飲みな」

「あ、ありがとう。喉が渇いていたから、嬉しいわ」

ツヴェート様は勢いよく振り返り、「これでいいだろうが！」と視線で訴える。会釈したのちに、お茶を飲んだ。

「にっが〜い!!」

心の叫びが口から飛び出てきたのかと思いきや、アニャの叫びであった。ツヴェート様はアニャに、ポケットに入れていたビスケットを差し出す。

「それを食べて、飲み終わったら外で待っているんだよ」

「わかったわ」

アニャはツヴェート様の言葉に従い、ビスケットを食べ、お茶を飲んだら出て行った。ちなみに、俺にはビスケットはくれなかった。アニャみたいに、「にっが～い!!」と言えばよかったのか。

「さて――」

ツヴェート様は手をゴキゴキ鳴らした。ごくんと、最後の苦いお茶を飲み干す。

「何が、目的なんだい？」

「目的？」

「そうだ。アニャと結婚した目的を、聞かせてもらおうか」

「目的って、単に俺は実家に居場所がなかったから、お義父様――マクシミリニャンのおじさんに拾ってもらっただけなんだ」

「そんな都合がいい話を、信じると思っているのかい？」

勢いに呑まれ、「たしかに……!」と返しそうになる。

「話したら、長くなるんだけれど」

「前置きはいいから、話しな」

ツヴェート様に、我が家の事情を端から端まで話す。十四人兄弟だということ。男はまったく働かない家庭だったこと。自分だけは女性陣に囲まれて働いていたこと。ロマナを拾ったこと。双子の兄サシャがロマナと結婚したこと。ロマナは実は俺が好きだったこと。それが歪みとなって、サシャと喧嘩してしまったこと。

「――というわけで」

「頭が痛くなってきたよ」

「俺も、話していて具合が悪くなってきた」

ツヴェート様は本日二回目の、盛大なため息をついた。

「あんたが詐欺師ではないことは、充分理解した」

ホッとしたのもつかの間のこと。ツヴェート様はとんでもないことを主張する。

「マクシミリニャンは、あんたを騙そうとしているんだ！　あの男、純朴そうに見えて、やることはやるからな」

「それは、どういうこと？」

急に、ツヴェート様は押し黙る。明後日の方向を向き、ポケットの中からビスケットを取り出して二つに割った。片方を俺にくれる。

「ありがとう」

お茶を残しておけばよかったと思いつつ、ビスケットを齧る。素朴なおいしさがあるビスケットだった。ビスケットを食べ終えたツヴェート様は、口の中の水分がすべて奪われてしまったからか、実に話しにくそうに喋り始める。

「アニャは、子どもを生める体ではないんだよ」

「知ってる」

驚いた顔で見られた。その辺の話はマクシミリニャンから聞いていたし、アニャからも説明があった。わかっていて、結婚したのだ。

「あんた、本当に意味をわかっているのかい？」

「わかっているよ。これまで、義姉の出産を何度も見てきた。正直、出産は大怪我と同じなんだ。血をいっぱいだして、苦しんで、涙をたくさん流して。数日安静にしなくてはいけないのに、生まれたばかりの子どもは母親を求める。立ち上がれないほど憔悴《しょうすい》しているにもかかわらず、すぐに子育てが始まる。出産は、喜びだけではない。奇跡でもない。感動の一言で、片付けていいものではないんだ。義姉さんたちは、寝る間も惜しんで子どもを育てる。自分のことは後回しにして。もしも、出産をしなくていいのならば、そのほうがいい。俺はそう思っている。個人的な意見だけれど。もちろん、出産を悪と思っているわけじゃなくて。生命の誕生は、とてつもなくおめでたいことで……でも、女性側の犠牲があまりにも大きくて……。なんて言えばいいのか、難しいな」

なんだか、一ヶ月分くらい喋った気がする。一方で、ツヴェート様は黙り込んでいた。そろそろアニャのところに戻ってもいいかと聞いたら、コクリと頷く。

出て行こうとした瞬間、小さな声で「疑って、悪かったね」と言ってくれた。

ツヴェート様の家から出ていくと、アニャが駆け寄って胸の中に飛び込んできた。

弾丸のように勢いのあるアニャを、受け止める。

「イヴァン、大丈夫だった？」

「うん、なんとか。わかってもらえたよ」

「よかった」

アニャは俺の腰に手を回し、ぎゅっと抱きついてくる。よほど、心配していたのか。頭をよしよしと撫でていたら、ツヴェート様が出てきた。慌てて離れようとしたけれど、アニャは離れない。

ツヴェート様がわざとらしくごほん、ごほん!!　と咳払いしても、アニャは空気を読まなかった。

「アニャや、いい加減、旦那から離れるんだよ。困っている顔が、見えないのかい?」

別にぜんぜん困っていない。なんだったら、あと一時間はこのままでもいい。

そう思っていたのに、アニャは離れてしまった。

「アニャ、悪かったね。あんたの夫を、疑って」

ツヴェート様の言葉に、アニャはぶんぶんと首を横に振った。

「いいの。私が、イヴァンに相応しくなかったから、そういう風に、見えただけで」

アニャの目が潤んできている。声も震えていた。これはよくない流れだ。

「あの、アニャ――」

「アニャ・フリバエ!!」

大地が揺れるのではと思うくらいの、どでかいツヴェート様の声に、アニャの涙は引っ込む。俺は逆に、びっくりしてちょっと涙目になった。

ツヴェート様は親指を立てて、ぐっと前に突き出す。そして、アニャへ言った。

「あんたの夫、いい男だよ。大事にしてやりな!」

「も――もちろん!!」

それから、ツヴェート様は俺にも声をかけてくれる。

「イヴァン、アニャを頼んだよ」

ツヴェート様はポンと軽く俺の肩を叩いたが、拳をぶちこんだのではと思うくらい力が強い。暗に「アニャを泣かせたら殺す！」というメッセージが隠されているように思えてならなかった。

ひとまず誤解は解けたし、認めてもらった。ホッと胸をなで下ろす。


その後、俺とアニャはツヴェート様の庭仕事を手伝う。染め物に使う植物を、ひたすらハサミでパチパチと断つだけのお仕事だ。

「そういえばあんたたち、宿は取っているのかい？」

「いいえ、今からよ」

村の宿は、満室になることはないらしい。だから、飛び込みで行っても問題ないとアニャは言っていた。マクシミリニャンは「伝書鳩を使って、予約したほうがよい」と主張していたが。

マクシミリニャンはかなりの心配性なので、きっとアニャの言っていることが正しいのだろう。

「だったら今晩は、うちに泊まっていくといい」

「え、いいの？」

「ああ。泥んこの姿で宿に行っても、迷惑がられるだろう」

「あ、そうね」

ツヴェート様は風呂を沸かしてくるという。手伝おうかと申し出たが、採ったばかりの草花を縛って干しておく作業を言いつけられた。アニャとふたり、草花縛りを行う。

「イヴァン、びっくりしたでしょう？」

「あ、うん。びっくり。染め物用の草花って、こんなに手に色が付くんだね」

指先が草色である。アニャは赤系の草花を採っていたので、手先が真っ赤だ。

「びっくりしたのは、手が草色に染まったことじゃないわ。ツヴェート様のことよ」

「ツヴェート様？　元気なお婆ちゃんだなとしか思わなかったけれど」

「イヴァン、あなた、本当に大物だわ」

軽く挨拶するだけのつもりだったらしい。まさかあそこまでいろいろ言ってくるとは、アニャも想像していなかったようだ。

「アニャの、本当のお婆ちゃんみたいだね」

「そう見えた？」

「見えた」

そう答えると、アニャは照れくさそうに微笑んだ。

作業が終わると、真っ暗になっていた。井戸で泥を落とし、手を洗う。そのタイミングで、ツヴェート様が「風呂が沸いた」と知らせてくれた。

「先に入るといいよ」

「私はあとでいいわ。イヴァンが先にどうぞ」

「いやいや、俺よりもアニャが入りなよ」

「なんだい。譲り合っていないで、一緒に入ればいいじゃないか」

ツヴェート様の提案に「なるほど！」と言ったら、アニャにジロリと睨まれてしまった。

「え、でも、初めて会ったとき、一緒に入ったじゃん」

「あのときは、髪の毛を洗ってあげただけでしょう？　私は、裸じゃなかったし」

「いやいや、あれの延長みたいなもんだって」

「ぜんぜん違うから！」

アニャをからかうのもこれくらいにして。ツヴェート様に「女の風呂は時間がかかるから、あんたが先に入ってきなよ」と背中を叩かれた。ありがたく入らせていただく。

風呂は離れにあった。古きよき鋳鉄製のお風呂だ。火傷しそうなくらいのアツアツの湯で、満たされていた。

入浴を終えて外に出ると、ヒュウと冷たい風が吹く。春とはいえ、夜は冷える。夜空を見上げたら、山の上より星が少なくて驚いた。こんなにも夜空に違いがあるなんて。

煙突から、もくもくと煙が立ち上っている。肉が焼けるような、いい匂いが漂っていた母屋にお邪魔させてもらおうかと思った瞬間に、扉が開く。

「イヴァン、何をぼんやりしているんだい！　早く、家の中へお入り。風邪を引くよ」

「わかった」

怒られたのに、なぜか心が温かくなる。ツヴェート様は不思議な人だとしみじみ思った。

交替でアニャが風呂に入ったあと、ツヴェート様が特製のチキンスープでもてなしてくれた。野菜もたっぷり入っていて、すばらしくおいしかった。

「遠慮なんてしないで、たっぷりお食べよ」

「ありがとうございます」

夕食後は、俺にどの色が似合うのか、ツヴェート様が染めた布を合わせては替え、を繰り返していた。正直、自分にどんな色が似合うとか、気にしたことがなかった。けれどアニャが楽しそうだったので、だんだんと興味が湧いてくる。

長椅子の上に山のように布を積み上げ、座りながらアニャは一枚一枚肩に当てて見つめていた。

「そのうち冬の服も仕立てたいから、いろいろ考えておかなくちゃ」

「そうだね」

「お父様の服も、新しく作る必要があるわね」

話しているうちに、アニャの瞼はだんだんと重くなり、こっくり、こっくりと船を漕ぎはじめた。

早朝から山を下り、一日中買い物をしたのだ。疲れたのだろう。

「アニャ、もう眠る？」

「まだ……イヴァンと、お話、したいわ」

「明日にしようよ」

「あと少しだけ」

そう言ったきりアニャは俺の肩に体を預け、眠ってしまった。

そこに、風呂上がりのツヴェート様がやってくる。

「客の寝室は、こっちだよ」

アニャを横抱きにし、ツヴェート様のあとに続く。案内された部屋は、二台の寝台が並んでいた。

窓から月明かりが差し込む。今日は満月なので、外は明るく感じた。

「ゆっくりお休みよ」

「ツヴェート様、ありがとう」

扉がパタンと閉められる。アニャを寝台に下ろすと、眉間に皺をぎゅっと寄せていた。

「ん……イヴァン、行かない、で」

「どこにも行かないって。ずっと、アニャの傍にいるから」

どんな夢を見ているのか。目にかかっていた前髪を横に避け、頬にそっと触れる。すると、幸せそうな寝顔を見せてくれた。しばらくアニャの寝顔を見つめていたが、満足したのでもう一方の寝台に寝転がろうとした。だが、アニャが上着を掴んでいて、身動きが取れない。

「ちょっ、アニャ。アニャさん！」

手を外そうとしたが、なかなか離れない。

「困ったな」

寝台は大きく、一緒に寝られなくもない。アニャは手を離しそうにないので、一緒に眠ることにした。ひとり用の寝台なので、家にあるものよりもいささか窮屈である。アニャを傍に寄せ、胸の中に抱くような姿勢で眠ることにした。

アニャの温もりのおかげか、すぐに眠りに落ちてしまった。


翌朝――アニャがモゾモゾ動いていたので目覚める。

「アニャ……？」

「イヴァン！　ど、どうして、くっついて寝ているの？」

起きたばかりで頭が働かない。適当に答えてしまう。

「アニャと、一緒に眠りたかった、から」

「そ、そうだったのね。まあ、別にいいけれど」

まだ、外は真っ暗だ。もう少しだけ、眠っていてもいいだろう。アニャを引き寄せ、背中をぽんぽんぽん叩く。

「ちょっと、私を寝かせようとしていない？」

「アニャ、いいこ、いいこ。あと少しだけ、おやすみ」

久しぶりに二度寝した。幸せなひとときである。


朝からツヴェート様の仕事を手伝う。草花を入れた大鍋を火にかけ、布を煮込むのだ。鍋の中の布は、紫色に染まっていく。

「イヴァンや。その鍋に頭ごと突っ込んだら、一生顔が紫色に染まるからな」

「怖っ!!」

ツヴェート様は快活に笑う。こんなふうに話しながら、せっせと働いた。草木染めは意外と力仕事である。ツヴェート様が力強かった理由を、ここで知ることとなった。

朝食はアニャが用意したようだ。蕎麦団子のスープに、チーズ入りのオムレツ、それから黒麦パン。どれもおいしかったが、食べ過ぎないようにしなければ。これから山を登るのだ。考えただけで、うんざりしてしまうが、アニャと一緒ならばなんとかなるだろう。

朝食後、アニャは追加で布や糸をツヴェート様から購入していた。

「あと、お花の種を分けてもらえるかしら？」

「何の種がいいんだい？」

「そうね。今から種を植えるから、ひまわりがいいかしら」

アニャは手を大きく広げて、たくさん欲しいとツヴェート様に訴える。花の種は外にあるらしい。

外に出て、小屋の前で待機する。

「ねえ、イヴァン。ひまわりのお世話、したことある？」

「あるよ。実家の花畑でも、ひまわりの蜂蜜を採っていたから」

「よかった」

ツヴェート様は麻袋いっぱいに入ったひまわりの種を持ってきてくれた。それをアニャは笑顔で差し出しながら、思いがけない提案をしてきた。

「このひまわりを育てて、蜂蜜を採りましょう」

「え？」

「イヴァンが湖畔の町でしていたような方法で、花畑を作って蜂蜜を採るの」

「俺が？」

「そうよ。まずは開墾《かいこん》――木を切り倒すところから始めるから、大変だろうけれど」

アニャはひまわりのような微笑みを浮かべて言った。

「私、イヴァンが作った花の蜂蜜を、食べたいの。だから、頑張りましょう」

アニャの言葉を聞き、空を仰ぐ。泣きそうになってしまった。

ずっと、欲しくて欲しくてたまらなかったものを、アニャは作ろうと提案してくれる。

アニャの気持ちが、死ぬほど嬉しい。胸がぎゅっと、締めつけられるようだった。

「ありがとう……」

涙を我慢しつつ、感謝の気持ちを伝えた。

ツヴェート様は別れ際に、顔が見えなくなるくらいのつばが広い帽子をくれた。

「イヴァンよ。ほれ、これを被ってお行き」

アニャにはない。なぜ？　という視線を向けたが、ジロリと睨み返されてしまう。

「ねえ、どうして俺にだけくれるの？」

「あーもう！　あんたはどうして、人の親切を黙って受けられないんだい！」

「ごめんなさい」

帽子は厚意。それはわかるけれど、俺にはあってアニャにはない。その意味を知りたかったのだ。

そんな疑問を伝えると、ツヴェート様は「は――――っ！」という、この世の深淵にまで届きそうなため息をついていた。

「まあ、いい。あんたは、自分がどう見えているのか、よくわかっていないからな。この際、はっきり言わせてもらうよ」

自分についてはよくわかっているつもりだ。アニャのほうを見たが、彼女も意味がわからないのか、小首を傾げている。小首を傾げるアニャがすこぶるかわいい……ではなくて。

「イヴァン。あんたはね、村の娘たちの誰もが惚れる、超優良物件なんだよ」

「超優良物件？」

そう言われても、いまいちピンとこない。アニャのほうを見ていたら、何やら考え込んだのちに、こくこく頷いていた。俺は、超優良物件らしい。注目を浴び、恥ずかしくなったので帽子を被る。

「昨日も言ったが、体は丈夫。足腰も問題ない。歯もぜんぶあるし、肌はツヤツヤ、顔色はすこぶるいい。毛並みも抜群で、目も濁っていない。健康で若い。さらに、真面目で女を見下さず、性格がいい。おまけに働き者。村にこの条件を満たす男は、まずいないね」

「え、なんで？」

「みんな、都会に出稼ぎに行くんだよ。大抵、そこで出会った女と結婚する。村を出て行く前に結婚を約束して、裏切られた村娘を私は何人も見ているんだよ」

「そうなんだ」

ツヴェート様は手にしていた鍬《くわ》の柄で、俺の帽子のつばをあげる。

「さらにあんたは顔がきれいだ。私が若い娘の親ならば、土下座してでも結婚してくれと頼むだろう。そんな男と結婚したアニャは、村の娘たちからいわれのない恨みを買うんだよ。村に残った娘たちは、だいたい妥協して結婚しているからね。アニャが村の娘たちに妬まれないように、帽子で顔を隠しておけと暗に伝えたかったのに、理解していないなんて呆れた子だよ」

村がそういう状況だったとは、知らなかった。故郷の町でも、同じように都会に出稼ぎに行く男は多い。けれどあそこは観光の町だから、残って働く男も多いのだろう。

「ツヴェート様、ありがとうございます」

「わかってくれたら、いいんだよ。アニャを守るのは、あんたしかいないんだ。だから、頼むよ」

ツヴェート様のありがたい言葉に、深く頭を下げる。

鍬を振り回して「早く帰りな！」と言うので、手を振って別れた。

「アニャ、ツヴェート様、なんていうか、すごいね」

「ええ。すごいのは草木染めの技術だけじゃなくて、お人柄が本当にもう、大好き」

「俺も」

また、村にやってきたときに、会いに行きたい。そう思えるような人だった。

「ツヴェート様、お父様には厳しいの。ずっと、怒っているのよ」

「俺に対しても、似たようなものだと思うけれど」

「そんなことないわ。イヴァンには、優しいわよ」

あれで優しいとは。まだ、俺はツヴェート様の本気を見ていないようだ。

「どうして、お義父様には厳しいの？」

「さあ？　ここに移り住んだときからの知り合いみたいだから、何かあったのでしょうね」

「移り住んだ？」

「ん？」

「アニャの一家は、代々養蜂を営んでいたのではないの？」

「違うわよ。お父様は、お母様と結婚したときに、ここに移り住んで、もともと山に住んでいた、父親のような存在だったお祖父様と養子縁組みしたのよ」

「え、そうだったんだ」

マクシミリニャンは時折、代々養蜂をしているみたいな感じで語るので思い違いをしていたのだろう。言われてみれば、マクシミリニャンは養蜂をしてきた者の体つきではない。

町で見かける軍人みたいに、ガッシリしていた。もしかしてマクシミリニャンは——とここまで考えて、首を横に振る。個人の事情について、いろいろ考えるのは止めよう。

「アニャ、このあと、どうするの？」

「食料を買って、それから——そうだ。お父様に、お土産屋さんで売り上げを受け取るように言われていたんだわ」

マクシミリニャンは村にあるお土産屋さんに、工芸品を卸しているらしい。木彫りの鹿や熊は人気で、毎回追加注文が入るほどなのだとか。商品が売れたら、伝書鳩を使って知らせが届くという。

「お土産屋さんもあるんだね」

「ええ、でも、今は都会からやってきた商人の買い付けが、主な収入みたい」

その昔、ヴェーテル湖は貴族の保養地としてそこそこ栄えていた。

しかし、お隣さんである帝国の帝政が崩壊し、特権階級であった貴族も次々と凋落《ちょうらく》してしまった。そのあおりを、この村も受けたようだ。

「まあでも、貴族に仕えていた元使用人や富裕層が、懐かしく思って遊びに来るらしいのよ。だから、状況はそこまで悲観的ではないわ」

「だったらよかった」

山の麓の村が衰退したら、山で暮らす俺たちの生活も成り立たないだろう。

「そういえば、お土産屋さんのご主人、最近再婚したとか言っていたわね」

前妻は一年前に病気で亡くなったらしい。ご主人は三十三歳と若かったので、新しい妻を迎えたようだ。

食料品を買い集めたあと、お土産屋さんに向かった。欠けのないレンガで造られたお土産屋さんの店舗は、なんでも屋さんよりも立派だ。窓から覗き込んだアニャが、ハッと驚いた顔をする。

「アニャ、どうしたの？」

「知り合いがいて、目が合ったから驚いただけ」

「ふうん」

なんだか、アニャの表情に緊張が滲んでいるような。そんなことを考えていたら、扉が開かれた。

眼前に扉が迫り、慌てて後退する。危うく、扉に張り倒されるところだった。

「やっぱり、アニャじゃない。いらっしゃい」

アニャに親しげに話しかける声が聞こえた。扉のせいで、姿は見えないけれど。

あと一秒反応が遅れていたら、扉に激突して鼻血を噴いていたかもしれない。己の反射神経のよさに、心の中で感謝する。おそらく、扉を開いた彼女には、アニャしか見えていなかったのだろう。

家族からもよく「あら、イヴァン、そこにいたの？」と言われるくらい存在感が薄い。もう、慣れっこだ。

「ノーチェ、久しぶりね」

「本当に。あなたは、相変わらず、月に一回村に下りてきているの？」

「ええ、まあ……」

アニャの声色がいつもより硬い気がする。もしかしたら、苦手な相手なのかもしれない。

「あのね、私、結婚したの」

それはアニャの発言ではなく、ノーチェと呼ばれた女性のものだった。

なんでも、お土産屋さんの主人と結婚したらしい。それとなく、自慢げに語っている。

「かなり年上だけれど、鬱陶しい家族や親戚や子どももいないし、この近辺では一番お金持ちだし」

お土産屋さんはかつて、貴族向けに販売していた伝統工芸品の売り上げで財産を築いたらしい。

今は職人も少なくなった上に、貴族がやってくることはない。現在は昔の繋がりを頼り、なんとか生計を立てているようだ。

「ごめんなさいね、自慢みたいになってしまって。あなたも、そのうちカーチャと結婚するんでしょう?」

「なっ、どうして!?」

「カーチャとは、結婚しないわ」

それは、怒りを含んだ声だった。アニャはビクリと肩を震わせ、一歩後ろに下がる。

「カーチャは、アニャと結婚するから、私とはできないって言ったのよ!?」

「そんなの、知らないわ。私、一度もそういう話は聞いていないもの」

「酷いわ。カーチャも、あなたも!」

どうしようか。ここで俺が出ていったら、今以上に雰囲気が悪くなるような気がする。けれど、一方的に責められるアニャも気の毒である。

「私は、カーチャが結婚しないっていうから、年上の、財産ばかりが自慢の冴えない男と結婚したっていうのに!!」

「ノーチェ、ちょっと、その、声が大きいわ」

「アニャのくせに、私に指図しないでちょうだい!!」

ノーチェは手を上げ、アニャを叩こうとする。これはまずいと、アニャとノーチェの間に割って入った。

バチン! と、大きな音がした。頬に、鋭い痛みが走る。ノーチェは驚いた顔で、俺を見ていた。

叩かれた頬はジンジンと痛むが、衝撃で帽子が取れなくて内心ホッとしている。

「あ、あなた、誰よ？」

「アニャの、夫《ほっと》、です《れ》」


口の中が切れて、上手く喋ることすらできなかった。なんて情けないのか。

「な、なんですって？」

「夫《ほっと》……」

「イヴァンは、私の夫よ」

「なっ、どうして早く言わないのよ⁉」

「ノーチェが結婚したって言ったから、言いにくくなったのよ」


ノーチェは赤毛で長身の美人だった。今は、親の敵《かたき》でも見るような視線を俺に向けている。美人が台無しである。

「どうも、はじめまして……」

「アニャ、あなた、まともにお喋りもできない人と結婚したの？」

「ノーチェが頬を叩いたから、上手く喋れないだけよ」

「本当に？」


俺が間抜けだったばかりに、アニャに恥をかかせてしまった。ふたりの間に飛び出すのではなくて、アニャの腕を引いて助ければよかったのだ。

「それよりもノーチェ。イヴァンに謝ってくれる？」

「なんでよ？　この人が勝手に私の前に飛び出してきたのでしょう？　むしろ、叩いた手のほうが痛いくらいよ」

「なんですって⁉」

これまで萎縮しているように見えたアニャだったが、今は目をつり上げて怒っている。

なんていうか、ふたりとも、怖い……。

「他人に手を上げたノーチェが悪いに決まっているじゃない！　イヴァンは悪くないわ」

「この人がいなかったら、私は痛い思いをしていなかったんだから！」

止めて～。俺のために、喧嘩しないで～。なんて言いたかったが、口の中は血の味が広がっていてそれどころではない。どこかに井戸か何かないのか。口をゆすぎたい。

「いいから、イヴァンに謝って！」

「うるさいわね！　あなた、昔から生意気なのよ！」

「そのお言葉、そっくりそのままお返しするわ」

喧嘩の仲裁なんて、できない。だから、アニャを抱き上げて逃走した。

「ちょっと、逃げるつもり⁉」

逃げるが勝ちである。ノーチェは追いかけてこなかったので、ホッとした。

村を出て、山の入り口付近まで走る。

横抱きにしていたアニャを下ろし、息を整えた。

「はあ、はあ、はあ、はあ……！」

ふ――――と深いため息をついたのと同時に、アニャは革袋に入れた水を差しだしてくれる。ありがたく受け取り、口をゆすいだ。

「イヴァン、頬を、見せて」

「あ、うん」

アニャは酷く落ち込んだような声で「内出血しているわ」と言った。

「だったら、叩いた彼女も相当痛かっただろうね」

「自業自得よ」

アニャはしばらく頬を冷やしたほうがいいと言って、麓の湧き水が湧いている場所へ連れて行ってくれた。そこに寝転がり、湧き水を浸した布を絞ったもので、患部を冷やす。

冷たくて、気持ちがよかった。

「ねえ、イヴァン。私、最初に会った奥さんに、結婚したって自慢したでしょう？　なんていうか、ノーチェみたいに、嫌な感じだった？」

「そんなことはない。かわいかったよ」

正直に答えたのに、「真面目に答えて！」と怒られてしまった。

本当に、かわいかったのになあ……。

アニャは膝枕をしてくれた。なんて心優しいのか。やっぱり彼女は地上に舞い降りた天使のようだと思ってしまう。叩かれた頬を冷やしたあと、アニャは鞄に入れていた薬を取り出す。瓶をパカッと開けた瞬間に、質問してみた。

「アニャ、それ、もしかして打ち身軟膏？」

「そうよ。もしかしたら、イヴァンが怪我をするかもしれないと思って、持ち歩いていたの」

「なんていうか……ごめん」

アニャは無言で、打ち身軟膏を頬に塗ってくれる。塗り終わったあと、軟膏の入った瓶の蓋をパキンと閉めた。その音が、いつもより大きく聞こえてしまった。

「アニャ、もしかして、怒っている？　お土産屋さんの奥さんに、何か言い返したほうがよかった？」

アニャはふるふると首を横に振った。

俺のへたれな対応を、怒っているわけではないようだ。

「ごめん。何に対して怒っているのかわからないから、教えてくれると嬉しいな」

手をパタパタ動かしながら質問したら、アニャは素早く俺の手を取る。そして、顔を覗き込み、泣きそうになりながら言った。

「イヴァンが、怪我をするのが嫌なの！　出会ってから、何回こうやって、あなたの怪我の治療をしたと思っているの？」

「ご、ごめん」

「もっと、体を大事にしてほしい。雑に、扱わないで。あなた、自分さえ犠牲になって問題が解決したら、それでいいとか思っているでしょう？」

「まあ、うん。そういうふうに、考えているときも、ある、かな」

「イヴァンは、本当に、バカ！」

アニャはそう言った瞬間、真珠のような涙をポロポロと零す。

「アニャ、ごめん。俺、二度と、バカな行いは、しないから」

「約束よ？」

「うん、約束」

アニャを泣かせてしまうとは、本当に情けない。自分だけが我慢すればいいという判断はよくないのだろう。もっともっと考えて、行動しなければならない。起き上がって、アニャの涙を手巾で拭ってやる。そして、手に手を取り合い、一緒に立ち上がった。

そのまま、山を登る。マクシミリニャンの売り上げ金は急ぎではないので、次回でもいいらしい。

ふと、大事な用事を忘れていることに気づいた。

「っていうか、アニャにリボンとかレースを買ってあげたかったのに」

「そんなもの、村に売っているわけないでしょう？」

「え、そうなの？」

振り返ったアニャは、コクリと頷く。

「村で注文したら、商人が買い付けてきてくれるけれど、都から取り寄せるから高いのよ」

「ええ～」

わざわざ都から取り寄せなくても、湖畔《オクルス》の町だったら、普通に売っているのに。

「ミハルの店だったら、あるかも」

「ミハル？」

「友達。実家が雑貨商なんだ」

ここでピンと閃《ひらめ》いて、アニャに提案してみた。

「ねえ、アニャ。冬になったら、俺の育った町に行かない？」

「湖畔の町に？」

「そう。アニャを、ミハルに紹介したい」

きっと、めちゃくちゃ羨ましがるだろう。

「あとは、家族とか、甥とか……。まあ、一部の人たちになりそうだけれど」

「私が会っても、いいの?」

「うん。むしろ、会ってほしい」

冬になれば、養蜂の仕事も一段落するだろう。ミハルは心配しているだろうし、ツィリルだって寂しがっているはずだ。

「その、サシャは紹介できないかもしれないけれど」

「まあ、難しいお年頃ですものね」

アニャがサシャを「難しいお年頃」と言うので、笑ってしまった。

「湖畔の町で、アニャにいっぱい喜ぶような物を買ってあげたいな」

「いらないわ。私は、あなたがいるだけでいいの」

「そんな、無欲な」

そうは言っても、アニャは贈り物をしたら目一杯喜ぶだろう。俺は、アニャについては人より詳しくなっているのだ。


山の家にたどり着いたのは、夕方だった。

買い集めた荷物が思った以上に重たくて、すっかり夜になってしまった。

マクシミリニャンは首を長くして待っていたのだろう。庭先で、両手を広げて迎えてくれた。

「アニャ、イヴァン殿、よくぞ帰った!!」

アニャは抱きつきに行こうとしない。広げられた両手が、手持ち無沙汰となる。

仕方がないので、俺が抱きつきに行ってあげた。

「お義父様、ただいま！」

「おお、おお……！」

ぎゅっと、力強く抱き返される。

マクシミリニャンは外で一日中仕事をしていたのだろう。土と、葉っぱの匂いがした。

第四章　養蜂家の青年は、蜜薬師の花嫁に愛を告げる

山に戻って数日は、マクシミリニャンには休んでもらい、アニャとふたりで働き回る。

マクシミリニャンはのんびり休めない性分のようで、何度も家から出て仕事をしようとしていた。そのたびに、アニャに怒られている。

それでも言うことを聞かないので、アニャに「山の大木に、縄で縛りつけておこうかしら」などと言われていた。

夕食の時間は、もっぱら開墾について話し合う。マクシミリニャンは「それはいい」と言って、応援してくれた。ひまわり畑を作るために、家族で力を合わせて頑張ろう。そんなマクシミリニャンの一言が、ものすごく嬉しかった。


バタバタ過ごす中で、開墾も同時進行で始める。なんでも、本格的な開墾は、十五年ぶりらしい。アニャも初めてだという。現場を取り仕切るのは、開墾ならお任せ！　と言わんばかりのたくましさを持つマクシミリニャンだ。

ちなみに、開墾はかなりの重労働らしい。さらに、開墾する日々を時給で換算した場合、土地を買ったほうが安く上がると言われるくらいなのだとか。しかし、この山深い土地に開けた場所など売っているわけもなく。ひまわり畑を作れるような広い土地はないので、自分たちで作るしかないようだ。

一日の仕事を二倍速で終わらせ、昼から開墾作業に移る。

開墾する土地の周りに杭を打ち、縄で囲んでいた。数日の間、ここに山羊を放つと、草を食べ尽くしてくれるのだ。おまけに糞は、そのまま肥料になる。大量でなければ、発酵させずとも使えるらしい。そんな感じで、山羊が下準備してくれた場所を、切り開くのだ。まずは、木からどうにかするらしい。マクシミリニャンのあとをついていくと、大きな木があった。

「この木があるせいで、この辺りは開墾していなかったのだ」

山の中でもこの辺りは平らで、開墾しやすい地形だった。だが、とんでもなく大きな木があるので、手を付けていなかったようだ。

「ずっと、ここの開墾は気がかりであった。イヴァン殿のおかげで、やっとこの木と闘える」

開墾でもっとも大変なのは、木の根っこの除去らしい。おそらく、この木は想像を絶するほど、強く深く根付いているに違いない。

「ねえ、お父様。木の根っこは、どうやって取り除くの？」

アニャの質問に、マクシミリニャンは口の端を僅かに上げつつ説明してくれた。

「爆薬を使って、爆破する」

「ええ～！」

まさかの、爆破。地道に掘っていくものだと思っていたのだが、驚きの方法で開墾するようだ。

方法はもう一つあるらしい。それは、薬品を使うもの。木に深い穴を空けて、そこに薬品を流し込み、一ヶ月後に、燃やすらしい。薬品によって、木の根は燃えやすくなるようだ。

だが、どこかいそいそとした様子で爆薬を用意しなければと言うマクシミリニャンに、鋭い一言をアニャが放つ。

「そういえばお父様、爆薬を使った開墾は、お祖父様に禁じられていなかった？」

アニャの言葉に対し、マクシミリニャンは明後日の方を向く。そして、聞こえるか聞こえないかくらいの小さな声で主張を口にした。

「もう、義父はこの世におらぬ」

現在は、マクシミリニャンがルールというわけだ。

「義父は、爆薬を扱ったことがないゆえに、不安に思っていたのだ。正しい方法を知っていれば、なんら危険ではない」

「なんで、お義父様は爆薬の扱いを知っているんだ？」

口にしてから、「しまった」と思う。マクシミリニャンの過去について、聞かないようにしていたのに。マクシミリニャンとアニャが同時にこちらを向き、山で出会った熊の親子のように目を丸くしていた。……いや、熊の親子なんて見たことないけれど。

「我は、元軍人ゆえ、爆薬の扱いに慣れておるのだ」

「そ、そっか～～～」

マクシミリニャンの秘密を聞いてしまった。気にしないようにずっと努めていたのに。

まあ、いい。深く突っ込まずに、そのまま話を続ける。

「じゃあ、木を伐る？」

「そうだな」

開墾が始まる。アニャは石や枝拾いをする。俺は、比較的細い木を伐り倒すよう命じられた。マクシミリニャンは、大きな木の攻略に取りかかるらしい。

日が暮れるまで、木と格闘した。アニャは途中で戦線離脱し、夕食を用意してくれたようだ。

あっという間に一日が終わる。

❖　❖　❖

蜜蜂の採取がもっとも盛んなシーズンになる。この時期は、巣箱から蜜が流れ出ていないか目を光らせていないといけない。巣箱の状況をしっかり把握し、必要であれば蜜枠を追加したり、継箱を増やしたりする。他にも、病気が発生していないか、雄蜂が増えすぎていないかも確認しなくては。アニャと分担して巣箱のある場所を回ったので、手早く仕事を終えることができた。

センツァと共に山を下っていたら、かわいらしい花がちらほら咲いているのを発見した。白い花弁に中心が黄色い花。名前は、デイジーだったか。実家の女性陣に人気だった花だ。白いデイジーの花言葉は、〝無邪気〟だと義姉が言っていたような気がする。まるで、アニャみたいな花だ。

摘んで帰ろうと思い、センツァを止める。プチプチ摘んでいたら、その隣でセンツァがデイジーを食べ始めた。

「センツァ、ソレは食べてもいいけれど、その辺に自生している薄紅色のデイジーは毒だから、食べるなよ」

そんなことを話しつつ、デイジーを摘んだ。花束に結ぶリボンなんてないので、その辺の草を引き抜いて括っておいた。

帰宅後、洗濯物を取り込んでいるアニャに、デイジーを持っていく。きょとんとした顔をしながら、彼女は思いがけない質問を投げかけてくる。

「イヴァン、これ、食べられるお花だったっけ？」

「違う、違う。アニャにお土産」

「え、あ——わ、私に⁉　え、嘘、すごく嬉しい！」

笑顔で受け取ってくれたので、ホッとした。

「びっくりした。食べ物判定されたから」

「だって、お花なんて、もらったことがないんですもの！」

こんなかわいいアニャに花を贈らないとは、世界中の男はいったい何をしているのか。

そう、訴えて回りたい。

デイジーを一本引き抜き、アニャの耳のところに挿してみた。彼女の金色の髪に、清楚な白いデイジーはよく似合う。思わず、率直な感想を口にしてしまった。

「うわっ、はちゃめちゃにかわいい！」

そう言った瞬間、アニャは頬を真っ赤にする。

照れるアニャは、世界一かわいいと改めて思った。

蜜蜂が集めた花蜜が、蜂蜜となる。蜜枠を早朝に回収し、蜂蜜を搾り取らなければいけない。

まだ真っ暗なうちから、活動を始める。

「アニャ、アニャ、起きて……」

「ううん……」

アニャは早起きが苦手。だから、俺ひとりで蜜枠の回収に行くと申し出たが、「私も一緒の時間から回収に行くわ」と言って聞かなかったのだ。

「アニャ～、アニャ、朝だよ」

パンを捏《こ》ねるようにアニャの背中をこねこね押すが、なかなか起きない。

アニャを起こすのは、朝から大変なのだ。これまでは、主にマクシミリニャンが蜜枠の回収に行っていたらしい。暗い山道を、アニャだけで行かせるわけにはいかなかったのだろう。今回も、ふたり一緒ならば、という条件が付いているのだ。今日も、早朝からアニャを捏ね起こす。気分はパン職人である。

「アニャ、起きて～～！」

突然、アニャは寝返りを打つ。被っていた毛布がはだけ、ついでに寝間着も捲れていたからアニャの生足が露わとなった。しかも、アニャが動くのと、俺が動くのは同時だった。そのため、アニャの太腿を、両手でむぎゅっと握ってしまった。

「うわっ!!」

びっくりして、ひっくり返り寝台からそのまま落ちてしまう。

ドン！　という大きな物音で、アニャの意識は覚醒したようだ。

「あら……イヴァン、寝台から、落ちたの？」

「うん、落ちた。寝相、悪いから」

アニャの生足を揉んで、驚いて落ちたなんてカッコ悪すぎる。いや、寝相が悪くて寝台から落ちるのも、同じくらいカッコ悪いけれど。

それにしても、アニャの太腿は、信じられないくらいやわらかかった。

もう一度触りた……いや、なんでもない。


外は真っ暗。太陽が出る気配すらない。このシーズンは毎日、この時間帯に起きていた。俺は、アニャを起こすためにパン職人になること以外は、慣れっこである。

アニャとふたり、それぞれ大角山羊に跨がって巣箱を目指す。辺りは真っ暗だが、センツァヤクリーロは巣箱のある場所を記憶している。

ありがたいと思いつつも、真っ暗な道を進むというのは恐ろしい。いつもは避けられる枝だって、把握できずにバチン！　と頬を叩いてくるし。

けれど、これもおいしい蜂蜜を採るためだ。我慢をしなければ。

なぜ、早朝に蜜枠を回収しに行かなければいけないのか。それは、完成している蜂蜜と、朝から蜜蜂が集めた不完全な蜂蜜が一枚の蜜枠で混ざらないようにするためである。不完全な蜜が混ざっていたら、発酵しやすくなる。糖度も足りないため、腐りやすくなってしまうのだ。

巣箱のある場所までやってくる頃には、目も辺りの暗さに慣れてくる。

蜜蜂を刺激しないように巣箱の蓋をそっと開き、蜜枠を回収させていただく。種類ごとに布に包み、持って帰るのだ。

実家では、畑の中心に建てた採蜜小屋で蜂蜜を採っていた。しかし、山の中で採蜜作業をするのは大変危険だと、マクシミリニャンは言う。

なんでも、蜂蜜の匂いに誘われて、熊がやってくるらしい。時折、実家の養蜂園では巣箱が熊に荒らされているときがあったものの、山の中でうっかり出会うよりもマシなのだという。

ちなみに、蜂蜜の味を覚えた熊は、マクシミリニャンがかならず仕留めているらしい。でないと、次から次に巣箱を荒らしてしまうのだとか。

なんていうか、町での養蜂と比べて、山の養蜂はずいぶんハードである。絶対に、熊とは出会いたくない。アニャと一緒に手早く回収し、新しい巣枠を差し込む。次から次へと、蜜枠を回収していった。家に戻った頃には、朝日が地平線からうっすら差し込んでいた。

「アニャ、見て。朝日が眩しい」

「そうね」

ふたりとも、無感動である。ひと仕事終えたら、眠気がぶり返してくるのだ。ぼんやりしている時間はない。蜜枠から蜂蜜を採らなければ。まず、湯を沸かし、パンナイフのような平たい刃を持つ蜜刀を温める。ぐつぐつ滾《たぎ》った湯から蜜刀を取り出し、清潔な布で水分を拭き取る。それで、蜂蜜が入った穴を覆う蜜蓋をカットするのだ。

「あら、イヴァン。蜜蓋を切るの、上手ね」

「初めて褒めてもらった」

「そうなの?」

実家では何をしてもできて当たり前、という空気だった。こうして褒めてもらうと、口元が綻んでしまう。ちなみに、蜜蓋を厚く切ると、蜂蜜が付着してもったいないのだ。だから、なるべく薄く切るようにしている。その後、遠心分離機に蜜枠を入れて、ハンドルをぐるぐる回す。途中で向きを変えて、さらにぐるぐる回す。そして採れたての蜂蜜を濾過し、煮沸消毒した瓶に詰めるのだ。

完成した蜂蜜を一列に並べる。琥珀色の美しい蜂蜜であった。太陽の光に照らされて、宝石のように輝いて見える。

「よし、と。こんなもんか」

「ごくろうさま」

「アニャも」

さんさんと照りつける太陽の光を浴びながら、ぐぐっと背伸びする。アニャは大きな欠伸《あくび》をしていた。マクシミリニャンが母屋の窓から顔を出し、声をかけてくる。

「アニャー、イヴァン殿ー、朝食ができておるぞー！」

フリフリのエプロン姿のマクシミリニャンが、窓から身を乗り出して笑顔で手を振っていた。

朝から笑ってしまったのは、言うまでもない。

❖　❖　❖

「イヴァン、ごめんなさい。まさか、こんなことになるとは、思っていなかったの」

アニャは涙目で謝る。

「悪くない。アニャはぜんぜん悪くないよ」

「いいえ、悪いのは私よ」

「誰も悪くないんだ。自然を相手にするというのは、そういうことなんだよ」

アニャをぎゅっと抱きしめ、慰めるように背中をポンポン叩く。

「大丈夫、大丈夫だから」

アニャと共に切なく見つめるのは、着手してから一ヶ月経った開墾地。木々はすべて伐り倒したものの、平地とはほど遠い見た目である。アニャは一ヶ月ほど作業を続けたら、山を切り開けると思っていたらしい。ちなみに俺は、半月くらいで終わると思っていた。

なんの、なんの。一ヶ月作業したくらいで、終わるわけがない。マクシミリニャンは少なくとも、一年はかかると見積もっていた。

それを聞いたアニャと俺は、このようにしずしずと涙していたのだ。

「山の中に土地を作るのって、大変なのね」

「本当に」

アニャは特大のため息をつく。思っていた以上に開墾は大変だった。

「夏になる前に種植えをしたら、秋口くらいにひまわりが咲いて、そこから蜂蜜が採れると思っていたのに」

「仕方がないよ。今年は空いているところにひまわりを植えて、種を採ろう」

「そうね」

せっせと、ひまわりの種を植えていく。それが終わったら、次なる作業に移る。本日の開墾の時間だ。山を切り開くさいに闘う相手は木々だけではない。大地からひょっこり顔を覗かせる岩も、また強敵なのだ。軽い気持ちで掘り起こしたら、とんでもないでかさの岩だった、なんてことがある。誰が予想できただろうか。蹲《うずくま》ったマクシミリニャンよりもでかい岩が埋まっているのを。

マクシミリニャンは爆薬を使おうと提案したが、さすがに岩の爆破は恐ろしい。昔ながらの方法で、大地に埋まった岩を地上に取り出すことにした。

まず、埋まった岩を掘り出す。ひたすら掘る。

これが、けっこう辛い。なんせ、先が見えないのだ。

そのうち、俺は山そのものを掘り起こしているのではないか、などと考えてしまう。それくらい大きくて、規模がわからないくらいの岩だったのだ。

その岩は、掘り出すのに三日間くらいかかった。

このどでかい岩は、さすがのマクシミリニャンでも持ち上げきれない。どうやって地上に引き上げるのかというと、てこを使うのだという。掘った穴の縁の適当な場所に石を置く。それを支点として、鉄の棒を岩に向けて差し込むのだ。鉄の棒の一端を下に押すと、あら不思議。岩がほんの少しだけ持ち上がる。

「お義父様、石をお願いします」

「承知した」

持ち上がった僅かな隙間に、石を詰め込んでいく。この作業を、岩のありとあらゆる方向から行い、石で押し上げるようにして岩を地上へ出していく。これが、古き良き、岩の除去方法であった。

このどでかい岩を地上に出すのに、一週間もかかってしまった。

「爆薬を使ったら、一日で終わるのだがな」

「お義父様、爆薬が好きなんだね」

「まあ、そうだな」

俺が進んで爆薬を使おうとしないので、亡くなった義父が生き返ったようだと言われてしまった。

「なんとなく、イヴァン殿は、義父に似ている気がする」

「へえ、そうなんだ。どんな人だったの？」

マクシミリニャン夫婦ともに、血縁関係にない。そういえば、マクシミリニャンが養子縁組みをしたとアニャが話していたような。この地での、父親のような存在だという。こちらもなんとなく複雑な事情がありそうだが、聞き流した。

「心優しい男だったが、自分がこうだと決めたことに関しては、トコトン曲げない人だった」

なんか、そういうのを以前ミハルから言われたことがあった気がする。一言で表すならば、頑固。

「義父を世界でいちばん、尊敬していた。だから、我はイヴァン殿を、気に入ったのかもしれない」

「じゃあ俺は、そのお祖父さんに、感謝しないとね」

実家で暮らしていた時には想像できなかった、幸せな暮らしがここにある。アニャがいて、マクシミリニャンがいて、蜜蜂がいて、山羊がいて、犬がいて、鶏がいる。そんな生活が、愛おしい。

「お義父様、拾ってくれて、ありがとう」

「いいや、こっちが感謝したいくらいだ。アニャは、今まで以上に明るくなった。……これまで、アニャがひとりで泣いているとき、どう声をかけていいものかわからなかった。だが今は、イヴァン殿がいてくれる。それが、どれだけ幸せなことか……」

本当に、奇跡のような出会いだ。


夜、ふかふかの布団に寝転がると、アニャが好奇心旺盛な瞳を向けながら話しかけてくる。

「ねえ、イヴァン。さっき、お父様と何を話していたの？」

「アニャが、かわいいって話」

「もう、真面目に答えてよ！」

怒られたので、真面目に話さなければ。

俺がアニャのお祖父さんに似ていると言われた話をしようとしたものの、横になった途端に瞼が重くなる。

「イヴァン、ねえ、もう寝るの？」

アニャはポンポン肩を叩くが、それがいい感じに寝かしつけてくれているようで、余計にまどろんでしまう。

「あとでゆっくり、お話しようって言っていたのに！」

「……うん」

だって、日の出よりも早く起きて、一日中力仕事をしていたのだ。体はくたくただ。

今日はアニャもずっと外で働いていたのに、元気なものである。

「イヴァン、寝ないで、イヴァン！」

「ぐう」

今日も、寝転がった途端に眠ってしまう。

そして、朝になったら形勢が逆転し、アニャを起こすためにパン職人にならざるをえないのだった。しばらく経ってから気づいたのだが、アニャは夜型で、俺は朝型だったのである。

伝書鳩を使って商人に注文していた爆薬が、届いたらしい。マクシミリャンは嬉々とし、取りに行くと言って山を下っていった。戻るのは明日の夕方だろう。最近瓶詰めした蜂蜜も、なんでも屋さんに納品してくれるようだ。

✣
✣
✣

俺とアニャは残って、蜜蜂や山羊などの生き物の世話を行う。今日も朝から蜜枠を回収して遠心分離機にかけ、採れた蜂蜜を瓶詰めした。採蜜で切り落とした蜜蓋や、枠から削いだ無駄巣の巣脾《すひ》も、しっかり有効活用する。一段目は網を張った枠、二段目は木箱という二層構造の容器に巣脾を入れる。上からガラスの蓋を被せ、太陽光の下に置いておくのだ。すると、巣脾に含まれる蝋が溶けて二段目の木箱に落ちていく。木箱を斜めにしておくと、一カ所に集まるので作業がしやすくなる。二段目に溜まったものが、最終的に蜜蝋となるのだ。

これで完成ではない。さらに加工が必要だ。蜜蝋を割って鍋に入れ、水を注ぎ入れて加熱する。完全に蜜蝋が溶けきったら火から下ろす。それを布に通して濾過するのだ。これらの工程を経て、蜜蝋は完成となる。

実家でも、しょっちゅう蜜蝋作りをやらされていた。その後の加工も、担当は俺ひとりだった。作っていたのは、蝋燭《ろうそく》である。直接うちにやってきて買う人がいるほど人気だった。ミハルの実家の店に出しても、すぐに売れてしまうらしい。

なんでも、他の店の蝋燭に比べて臭くないという。ほんのり甘い匂いがすると評判だったのだ。

なぜ他の店の蝋燭は臭く、うちの蝋燭はいい匂いなのか。答えは単純明快。うちは小まめに巣脾を蜜蝋に加工しているからだ。臭い蝋燭は、長い間放置された巣脾から作っているのだろう。

長い間そのままにされた巣脾には、幼虫の死骸や付着した蜜が残っている。中には、カビが生えているものもあるという。それらの臭いが、そのまま蝋燭に残ってしまうのだ。だから、放置された巣脾で作った蝋燭はかなり臭う。

実家の蝋燭は、すぐに作るように言われているので、蜜蝋が持つそのままの匂いがするのだろう。

アニャやマクシミリニャンも、巣脾は放置せずにすぐに蜜蝋を作っているらしい。だから、この家で使っている蝋燭も臭わないのだ。

完成した蜜蝋は、すべてアニャに献上する。新しいものは薬や美容品作りに利用し、古いものは蝋燭にするらしい。そんなわけで、新しい蜜蝋と引き換えに去年作った蜜蝋が手渡された。

久しぶりに、蝋燭作りをする。といっても、工程はごくごくシンプルなもの。まず、用意するのは蜜蝋を溶かす鍋、それから花瓶のような細長い筒状の鍋がふたつ。細長い鍋の大きいほうには、湯を沸騰させておく。

まず、蜜蝋を溶かす。鍋に入れて火にかけ、なめらかになるまでくるくる混ぜた蜜蝋を、細長い鍋に注ぎ入れる。それを、もう一つの大きな鍋に重ね入れて湯煎する。

蝋燭の芯となる紐を長めにカットし、真ん中を持って蜜蝋の中に浸ける。すぐに取り出し、余分な蜜蝋を振るい落とす。少し冷えたら、紐を引っ張ってピンと伸ばす。再び、蜜蝋に紐を浸け、すぐに出す。紐がまっすぐになっていなかったら、引っ張って伸ばす。これを繰り返すと、紐に蜜蝋が付着していく。アスパラガスくらいの太さになったら、蜜蝋燭の完成だ。

「アニャ、蝋燭、できたよ」

「え、もう⁉」

完成した蜜蝋燭を見て、さらに驚いた顔をする。

「あなた、蝋燭を作る天才なの？」

「そうなのかもしれない」

実際は実家で大量に作らされていただけだが、蝋燭作りの天才ということにしておいた。

「形もきれいね。お父様や私が作っても、ここまでまっすぐにはならないわ」

「お店にも出していたからね」

「まあ！　そうだったの。さすがだわ。イヴァン、ありがとう」

こんなに喜んでくれるのならば、百本でも二百本でも作れるだろう。

アニャは収穫したソラマメを、さやから取り出す作業をしていたようだ。今夜はこのソラマメと山羊のミルクを使って、ポタージュを作るらしい。楽しみだ。


アニャの料理はどれも絶品だった。子山羊が乳離れしたので、山羊のミルクを使った料理が惜しげもなく並んでいた。中でも、パンに塗るバタークリームは天にも昇る心地がするおいしさだった。これからも誠心誠意お世話して、おいしいミルクをいただかなくては。

今日は、初めてマクシミリニャンがいない夜を過ごす。これまで、アニャに少しでも触れようものならば、もれなくマクシミリニャンの顔が思い浮かんだ。

だが、今宵はいない。

もしかしたら、いい感じの雰囲気になって、楽しいことがあるかもしれないのだ。風呂から上がり、先に寝室で待つアニャの様子を、扉の隙間から覗き見る。

アニャはブラシで髪を梳っていた。金色の髪が、ランタンの光に照らされて美しく輝いている。相変わらず童顔だけれど、伏した目やブラシで髪を梳る動作は大人の女性そのものだろう。いや、十九歳だから、間違いなく大人の女性なのだけれど。アニャは俺がいることに気づき、手招いてくれた。

「あら、イヴァン、どうしたの？」

「いや、邪魔したら悪いなと思って」

「そんなことないわよ」

アニャは俺の髪も、ブラシで梳《す》いてくれた。頭皮にチクチク刺さるようなブラシは、イノシシの毛で作ったものらしい。これで梳《くしけず》ると、髪に艶がでるようだ。

背後にいるのでアニャの姿は見えないけれど、たまに熱い吐息が首筋にかかったり、やわらかいものが触れたりしてかなりドキドキしてしまう。

梳る力加減も絶妙で、最初は痛いと思ったけれど、慣れたらめちゃくちゃ気持ちいい。

髪にブラシを当てるのが、こんなにいいなんて。

「はい、これでお終い」

「アニャ、ありがとう」

「どういたしまして」

髪の毛を梳ってもらってドキドキしていたけれど、アニャは俺のあとに愛犬ヴィーテスの毛も梳っていた。その様子を見て、ああ、俺もアニャにブラッシングされただけだったんだな、と思ってしまった。ヴィーテスのブラッシングから戻ったアニャは、上目遣いで話しかけてくる。

「ねえ、イヴァン。お父様がいないときに、してもらいたいことがあったの」

「え、何？」

アニャは頬を染めつつ、もじもじしていた。いったい何をしてもらいたいのか。今すぐ話してほしい。真剣に、アニャに問い詰める。

「でも、迷惑だと思って」

「そんなことないよ。アニャのためならば、なんだってしたい！」

「本当に？　いいの？」

「いいよ」

「だったら――」

アニャは急に抱きついてきた。かと思ったが、触れた部分が硬い。何かと思って見たら、一冊の本が胸に押しつけられていたのだ。

「え、これ、何？」

「異国語で書かれたロマンス小説よ。イヴァン、この前、読めるって言っていたでしょう？」

「それはまあ、多少は読めるし、喋ることができるけれど」

「この本、お母様が大好きな本なの。お父様に読んでとお願いしたけれど、断られたの。お願い、イヴァン、読んでくれる？」

アニャのためならば、なんだってしたいと言った。しかし、本を読んでくれというのは、まったく想像していなかった。がっくりと、うな垂れてしまう。

なんていうか、わかっていた。アニャにとって俺は夫というより、お兄さん的な存在なのだ。

なんかもっとこう、異性として意識してほしいのだが。

じっと見つめると、アニャは淡くはにかむ。

うっ、世界一かわいい……！

まあ、いい。いつか一緒に眠るのも恥ずかしくなるくらい、意識するようになればいいのだ。

急ぐことはない。俺とアニャには、時間がたくさんあるのだから。

世界一かわいいアニャの願いを叶えるために、一ページ目を捲る。

しかし、しかしだ。一行目を読んだ瞬間、信じがたいような気持ちになる。

——月明かりの晩、男は乙女の部屋へ忍び込み、乙女がまとう衣服のボタンを外す。

「ちょっと待って～～!!」

「え、どうしたの？」

「これ、これ……」

いきなり色っぽいシーンから始まるとか、今のアニャには百万年早いような本だろう。マクシミリニャンが読むのをお断りするわけだ。

他のページもパラパラと捲ってみたのだが、濡れ場がいくつもあるような本であった。

なんだこれは。なんなんだ、これは……！

読み聞かせるのは、無理だろう。男女のドロドロしたシーンとかもあるし。

本は閉じて、別の方面からアニャの願いを叶える。

「アニャ、異国語を覚えてみない？」

「え、私が？」

「そう。嫌だったら、いいけれ――」

「やる！」

そんなわけで、夜はアニャに異国語を教える時間となった。

毎晩寝落ちしてしまい、アニャにポカポカ肩を叩かれることになるのだが、その辺は朝型人間なので許してほしい。

今日はアニャとふたり山の中腹で鋤《すき》を使い、土を掘っていた。まず出てきたのは、黒っぽい土。

「これはダメよ。腐植物が多いから、粘土に向かないの」

「なるほど」

今日の目的は山で採れた土――粘土だ。これを使って、陶器を作るらしい。

まさか、皿まで手作りだったとは。

言われてみれば、使われている皿はどれも一枚一枚形が異なり、味わい深かった。なんでも、俺の分の食器を作るそうだ。

陶器を作るために必要な粘土は、山で採れる。粘土には複雑な条件があると思いきや、水を含ませて粘着性が出たら粘土と呼ぶらしい。ただ、粘着性があっても、腐りかけの草木が混ざっていたり、土の中に石灰が多かったりすると、陶器を作る土に向かないようだ。この腐植物を多く含んだ土の下には、陶器作りに向いた土があるという。アニャの指示を聞きながら、どんどん掘り進める。

「あ、イヴァン、この辺りの土よ」

「おー。あんまり、違いがわからないな」

「水を含ませたらわかるわ」

家から持ってきた水を、土に含ませる。アニャは泥遊びをする子どものように、土を捏ねた。

「この土を細く伸ばして、円形にできる土は、陶器向きの粘土なのよ」

アニャが作った土の円は、切れずに形を維持していた。上のほうの土で、同じことをしてみる。細く伸ばすことすら、できなかった。

続けて、アニャが捏ねた土に触れてみる。ぜんぜん触り心地が違った。

「へえ、これが、粘土！」

「そうよ」

持ち帰った粘土は、半月ほど外気にさらしておくらしい。そうすると、粘土の質がよくなるようだ。どうして質がよくなるかは、よくわからないという。

帰ってきたマクシミリニャンに聞いたら、「妖精さんの働きのおかげだ」と真顔で答えていた。

それが冗談だと気づいたのは、翌日の朝だった。


二週間後――アニャと一緒に皿作りを開始する。最初に、粘土をふるいにかける。ここで、石やゴミ、幼虫などを取り除くようだ。ふるいにかけた粘土は、サラサラになった。

「次に、土に水を入れて捏ねるの」

大きな桶に粘土と水を加えて、捏ねるようだ。ただ、量が多いので、手で捏ねると手首を痛めてしまうという。

「だったらアニャ、どうするの？」

「こうするのよ」

アニャはスカートを少しだけたくし上げ、裸足になった。石鹸で足を洗ったあと、桶の中へと入る。そして、足で粘土を捏ね始めた。裾が汚れないよう、アニャはスカートをさらにたくし上げる。白い脚が、見放題であった。

「こうして、粘土を足で踏みつけるの」

「はーい」

いつまでも、見ていられる――そう思ったが、マクシミリニャンがやってきたので急に現実に引き戻された。緩みきっていたであろう表情も、きゅっと引き締まる。

「おお、やっておるな」

「真面目にやっております、お義父様」

「どうれ。アニャ、我が代わろうぞ」

「ええ、お願い」

アニャは桶から出て、用意していた水と石鹸で足を洗う。

代わりに、マクシミリニャンが靴を脱いで、アニャと同じように土を踏み始めた。

「こう、こうやって、土をしっかり踏むのだぞ」

「はい……」

先ほどまでアニャの白い脚を眺める楽しい時間だったのに、マクシミリニャンのすね毛の生えた脚を見なくてはいけない状況になってしまった。ぜんぜん、楽しくない。

見ているうちに、マクシミリニャンのすね毛が、粘土に混ざらないか心配になってくる。手を合わせ、すね毛が粘土に入りませんようにと、祈りを捧げた。

「イヴァン殿もやるか？」

「俺が？」

ズボンを捲ってみる。マクシミリニャンのように、立派なすね毛は生えていない。これならば、粘土に入り込むこともないだろう。

上手くできるかわからない。でも――。すね毛入りの皿にさせるわけにはいかない。すね毛が生えていない、俺が頑張るしかないようだ。渾身《こんしん》の力で粘土を踏んだ。

「もう、これくらいでいいな」

アニャは戻ってこない。煙突から煙が出ているので、食事の用意をしているのだろう。どうやら、マクシミリニャンとふたりきりの陶芸教室になりそうだ。

マクシミリニャンが、作り方を教えてくれる。

「こうやって細長い紐状に粘土を整え、くるくる巻いて皿を作っていくのだ。皿の形となったら、表面をなめらかに整える。できそうか？」

「難しそうだけれど、とりあえずやってみるよ」

まずは、スープ用の深皿を作ってみる。マクシミリニャンは慣れているのか、あっという間に完成させていた。俺は一つ目を完成させるのに、一時間もかかった。

「お義父様、どう？」

「おお、よくできておる」

それからカップと平皿と、小皿を作った。これを、半月ほどかけて乾燥させる。

半月後——皿を素焼きする。

外にある立派な窯の一つは、陶器を作るためのものだったらしい。

素焼きが終わると、釉薬《ゆうやく》を塗る。

「釉薬は、洗濯用のソーダ、石灰石、珪土《けいど》、長石を粉末にして、水で溶いたものである」

釉薬を塗ることによって、焼いたときに皿に艶や照りが出るのだという。

そして、やっと本焼きに移る。八時間焼いて、八時間冷ます。

ようやく完成した皿は——縁が盛大に歪んでいるものばかりであった。

しかし、時間をかけて作った物なので、見た瞬間に愛着が湧く。

アニャとマクシミリニャンに見せたら、ふたりとも褒めてくれた。

「いいじゃない、味があって」

「丈夫そうな皿である。一生使えるな」

「ありがとう」

普段から使っている食器も、同じように手間暇かけて作られたものだったのだろう。今まで知らずに使っていた。

「また、皿を作ってみたいな」

ポツリと呟いた言葉に、マクシミリニャンは反応する。

「では、山の頂上にある上質の粘土を使って、最上の皿を作ろうぞ！」

「お父様、あそこは危険よ」

「イヴァン殿とふたりならば、大丈夫だろう」

「あの辺りは、熊だって、たくさんいるような場所よ？」

「熊とは、道を譲り合えばよい」

「もう！　冗談ばかり言って！」

「いや、今回は本気だ。なあ、イヴァン殿？」

「え、あ……うん」

なんだか、ぜんぜん大丈夫そうに思えない場所に連れて行かれそうな気配を感じた。

口は災いのもと。

一ヶ月後にとんでもなく過酷な登山に連れて行かれた俺は、しみじみそう思ったのだった。

✣　✣　✣

夏も盛りとなれば、スズメバチの活動が活発になる。

それは、蜜蜂にとって危機的状況だ。養蜂家にとっても、用心し、必要であれば備えなければならない季節だ。なぜ、同じ蜂なのに警戒しなければならないのか。それは蜜蜂とスズメバチの生態の違いにある。蜜蜂は花の蜜や花粉をせっせと集めて餌とするのに対して、スズメバチの幼虫が分泌する液体を餌とする。その幼虫の餌として昆虫を捕らえ、肉団子にしてから与える。

そんなわけで、スズメバチは幼虫に餌を与えるために蜜蜂を襲うのだ。

だから夏にさしかかると、養蜂家たちは悪魔のような形相でスズメバチを捕獲し殺す。

気をつけなければならないのは、スズメバチの毒だ。スズメバチは蜜蜂に比べて毒性がかなり高く、いくつもの強力な毒を有しているので〝毒のカクテル〟と呼ばれている。

蜜蜂と違って毒針で刺すだけではなく、毒を噴射してまき散らす能力も持つ。毒が目に入ったら失明すると聞いたときには、ゾッとしたものだ。

さらに、スズメバチはピンチのときに仲間を呼び寄せる信号を出せるらしい。それによって集まったスズメバチに襲われたら、ひとたまりもない。

さらに、刺される度に毒に対する反応が増していくという。最低最悪の外敵なのだ。

ちなみにスズメバチの攻撃の多くは、自己防衛である。巣に近づきすぎたり、攻撃したり、接近したときに手で追い払ったりしなければ、攻撃の対象になることはない。

そんなわけで、スズメバチにはなるべく近寄りたくないので、捕獲器を設置している。中に自家製の酢、酒、砂糖で作った誘引液を入れて、スズメバチを捕まえるのだ。

誘引液の入った瓶を取り出すと、アニャは不思議そうに呟く。

「それを使って、スズメバチを捕まえるのね」

「そうだよ。アニャはこれまで、どうやって捕獲していたの？」

「鑷子《ピンセット》を持って、直接捕まえていたわ。そのまま、蜂蜜に沈めるの」

「とんでもない動体視力だ」

そういえば以前、スズメバチの蜂蜜漬けを作っている話を聞いた。なんでも、スズメバチの毒が蜂蜜に溶け出し、口から含むことによって薬となるらしい。

「ちなみにアニャは、スズメバチに刺されたことはある？」

「ないわ」

「そっか。気をつけないとね」

「それはお互いに」

巣箱の近くに捕獲器を設置した。加えて、日差しが強く当たるような場所にある巣箱には、日よけの天幕を展開させる。

流蜜期は過ぎ去ったが、蜜源は豊富にあるので餌切れになっていない。これが、山での養蜂なのだと、しみじみ感心してしまう。

「イヴァンの実家の養蜂園では、夏にも餌不足になるの？」

「そう。せっせと給餌していたんだよね」

給餌をすると、純粋な蜂蜜ではなくなる。蜜源が限られている町での養蜂なので、仕方がない話なのだ。餌不足だとわかったら、糖液と代用花粉を与えていた。

「――あ」

巣箱の入り口に、足を蜜でべたつかせた蜜蜂を発見する。すぐさま、鑷子で捕らえた。

「盗蜂《とうほう》だ」

「あら、本当。よくわかったわね」

「なんか、ちょっと挙動不審だった」

盗蜂というのは、言葉のとおり蜜を盗む蜜蜂の呼称である。

「ここの蜜蜂はそういうのをしないと思っていたけれど、やっぱりどこにでもいるんだね」

実家の養蜂園では、よくあることだった。餌が足りていない証拠でもある。

捕まえた蜜蜂は、離れた場所で放す。

「もしかしたら、巣箱の蜜蜂ではないかもしれないわね」

「そうだね」

いくら暮らしに困っているからといっても、盗みはよくない。もう盗むんじゃないぞ！　と声をかけてから、解放してあげた。


一週間に一回くらい、伝書鳩が麓の村から手紙を運んでくる。マクシミリニャンがやってきて、手紙を差し出した。

「イヴァン殿宛ての手紙だった」

「え、俺？　誰からだろう？」

手紙には、ミハル・フランクルよりと書かれていた。

「ミハルからだ！」

さっそく開封する。手紙にはまず近況報告が書かれていた。なんと、あのサシャがしぶしぶ養蜂園で働いているらしい。しぶしぶという点が、らしくて笑ってしまう。

サシャだけでなく、他の兄たちも嫌々働いているようだ。母は実家の女王蜂として、実力を発揮していると書かれてある。やはり、俺ひとりが頑張る必要は、欠片もなかった。思いきって家を出て、本当によかった。

その後が本題だった。なんでも、ここ最近、甥のツィリルが寂しがっている。マーウリッツアまで連れて行くので会ってくれないか、という内容だった。

「イヴァン殿、親友殿に何かあったのか？」

「ううん、甥が、俺に会いたいって言っているんだって。それで、マーウリッツアまで連れて行くから、面会の時間を設けてくれって」

「そうかそうか。ならば、アニャを連れてマーウリッツアまで行くとよい」

「いいの？」

「ああ。ここのところ、働き詰めだろう？　息抜きにもなる」

働き詰めなのは、マクシミリニャンも同じだろう。けれど、久しぶりにミハルやツィリルに会いたい。アニャも、紹介したいし。

「じゃあ、お言葉に甘えて」

アニャを連れてマーウリッツアまで行き、ミハルやツィリルと会わせることに決まった。

✣　✣　✣

家のほうから、ベリーか何かを煮込んだ甘い匂いが漂ってくる。アニャがジャムを作っているのだろうか。そういえば、そろそろベリーのシーズンだと話していた。この辺りは、ベリーの宝庫らしい。たくさん摘んで、ジャムを煮込むのが毎年の楽しみだと話していた。

台所へ繋がる扉を開いて、声をかける。

「いい匂いだね。なんのジャム？」

「ラズベリーである」

野太い声が返ってきて、その場にずっこけそうになった。ジャムを煮込んでいたのはアニャではなく、マクシミリニャンだった。今日も、フリフリのエプロンをまとった姿で台所に立っている。

腰に手を当てて、ラズベリーを煮込む鍋を繊細に混ぜていた。

「あれ、アニャは？」

「アニャは、母屋で何か作業をしておる」

「そうだったんだ。ちなみに、そのラズベリーはお義父様が摘んできたやつ？」

「もちろんだ」

今度こそその場に崩れ落ち、膝を突いてしまった。アニャが摘んで煮込んだジャムなんて、おいしいに決まっていると思っていたが――現実はジャムのように甘くない。

マクシミリニャンが一つ一つ丁寧に摘み、心を込めてジャムを煮込む。

なんだろうか、完成したジャムを食べたら、強くなりそうな感じは。完全に、気のせいだろうけれど。

「ふむ。いいな。ほれ、イヴァン殿、できたてだ」

マクシミリニャンはそう言って、匙で掬ったラズベリージャムを「あ～ん」と差し出してきた。

いや、これ、アニャとしたかった……。

拒否するのも失礼なので、ありがたくいただく。

「うわ、甘酸っぱくておいしい！」

「そうだろう、そうだろう」

マクシミリニャン特製ラズベリーは、驚くほどおいしかった。

それを、煮沸消毒した瓶に詰め、製造日が書かれたタグ付きの紐を結ぶ。鍋に残したラズベリージャムで、もう一品作るようだ。

「お義父様、ここで網作りをしてもいい？」

「ああ、構わない」

マクシミリニャンが何を作るのか、どういう感じで料理をするのか気になっていたのだ。いい機会だと思い、見学させていただく。

手元では網を縫いつつ、マクシミリニャンの調理風景をチラ見する。

食品庫から取り出したのは、蕎麦粉だ。他に、アーモンドパウダー、粗糖、ふくらし粉、塩、他にレモンや蜂蜜、山羊のミルク、オリーブオイルが置かれている。

まず、ボウルに粉類をすべてふるい、粗糖と塩を入れて、よくかき混ぜる。次に、違うボウルに蜂蜜や山羊のミルクを入れ、オリーブオイルを垂らし、最後にレモンを丸のまま握り潰した。カットせずに、レモンを搾る人を初めて見た。

ふたつのボウルの中身を合わせ、それにラズベリージャムを混ぜる。最後に、生のラズベリーを加えてさっくりと混ぜ、油を塗った長方形のケーキ型に流し込む。

温めていたかまどで二十分ほど焼いたら、蕎麦のケーキの完成だ。

マクシミリニャンは実にいい笑顔で、きれいに焼き上がったケーキを見せてくれた。

「え、っていうか、蕎麦粉でお菓子が作れるんだ！」

「作れるぞ。蕎麦の風味が利いていて、うまい」

「そうなんだ」

蕎麦といえばパンを作ったり、水で練って団子にしたものをスープに入れたり、決まった調理法しか知らなかった。いったいどんな味がするのか、想像できない。

「これは、ミハル殿への土産として焼いたのだ」

「ありがとう」

「一つは包んで、もう一つは皆で食べよう」

ちなみに、ツィリルにはラズベリージャムを持たせてくれるらしい。まさか、お土産まで用意してくれるとは。

「焼きたてを食べようぞ」

「だったら、俺が茶を淹れるね」

「では、我はアニャに声をかけておこう」

茶を持って母屋に向かう。アニャは鹿の角を使って、ナイフを作っていたようだ。ナイフを収納する革の入れ物も、手作りしている。

「これ、村で売るやつ？」

「いいえ、イヴァンのお友達と、甥っこ君にあげるやつ」

「アニャまで、用意してくれていたんだ」

「あら、お父様も用意していたの？」

「うん、これ」

蕎麦のケーキを指し示す。

「お父様ったら、これを作りたいがために、早朝からベリー摘みに出かけていたのね」

「そうだったんだ」

ケーキにナイフを入れると、湯気がふんわり漂う。半分焼きたてを食べて、もう半分にはブランデーを塗ってしばし熟成させる。今は夏なので、冬のように一ヶ月も熟成させるのは難しいが、地下の氷室に、保管しておくらしい。

マクシミリニャンは脂紙でケーキを包んで、麻の紐をリボン結びにして留めていた。

「これでよし、と」

「お父様、お茶にしましょう」

「そうだったな」

さっそく、蕎麦のケーキにかぶりつく。

蕎麦の持つ芳《こう》ばしい香りがふわっと鼻腔を突き抜けた。これが、ラズベリーの甘酸っぱい風味とよく合う。

「イヴァン殿、どうだ?」

「おいしい!」

「そうか」

「ミハルも、きっと喜んでくれるはず」

「だといいな」

アニャの作った鹿の角のナイフも、小躍りしながら喜ぶに違いない。

明日、数ヶ月ぶりにミハルとツィリルに会う。なんだか楽しみだ。

朝――家畜の世話をし、皆で食卓を囲む。いつもより時間が早いのは、今日はアニャとふたりで山を下りるからだ。

外でアニャを待っていたら、マクシミリニャンが追加で蜂蜜を持ってくる。

「すまぬ。これを、納品してきてくれないか？」

「了解」

なんでも、先ほど伝書鳩が飛んできて、なんでも屋さんから蜂蜜が完売したので追納してくれと頼まれたようだ。

「あれ、でも、一週間前にお義父様が持って行ったばかりでは？」

「なんでも、今年の蜂蜜はとんでもなくおいしいらしい。すぐに売り切れとなったようだ」

「へえ、そうなんだ」

マクシミリニャンは不思議そうな顔で見つめる。

「え、何？」

「いや、イヴァン殿のおかげだぞ」

「俺、何かした？」

「蜜蜂の世話をしただろう」

「したけれど」

「イヴァン殿のしていた蜜蜂の世話を、我々も取り入れた。その結果、蜂蜜の味がよくなったのだ。それに、客が気づいたのだろう」

「え、そういうことってある？」

「ある」

雄蜂の管理から、害虫の駆除、日よけを作り、スズメバチを徹底的に退治した。

その結果、良質な蜂蜜が仕上がったのだとマクシミリニャンは褒めてくれる。

「でもまあ、一番頑張ったのは蜜蜂だけれど」

「間違いない」

マクシミリニャンとアニャは互いに気づいていたが、なんとなく確認する機会がなかったらしい。

「いや、夏の暑さや雨量によっても風味が変わるものだから、しばし様子を見ようと思っていたのだ。しかし、こうも明らかにたくさん売れることは、今までなかった。イヴァン殿の手柄だろう」

「そっか。お役に立てていたのならば、幸い、かな」

扉が開いた音が聞こえた。アニャの身支度が終わったようだ。

「イヴァン、ごめんなさい！　遅くなって」

「大丈夫、だいじょう――」

振り返った先にいたアニャは、いつもと違う雰囲気だった。かなり大人っぽい。普段は十三歳から十四歳くらいにしか見えないが、化粧をしたら十六歳か十七歳くらいに見えた。

「え、アニャ、どうしたの!?」

「あの、お化粧をしてみたの」

「え、嘘っ、きれい！」

褒めたあと、アニャが「あまり見ないで」と頬を染めつつ言ったので、なんだか恥ずかしくなってしまった。顔を逸らした先に腕組みしたマクシミリニャンがいたので、急に現実に引き戻される。夫婦で照れている場合ではなかった。

「あの、お義父様、行ってきます」

「気をつけて行かれよ」

「はい」

アニャと共に出発する。相変わらず、山の急斜面を下りるのは辛い。小まめに休憩をしないと、バテてしまう。休憩のたびに、アニャは俺に質問してくる。

「ねえ、イヴァン。お化粧、崩れていない？」

「大丈夫、美人だよ」

「もう！　そういうのを聞いているんじゃないの！」

肩を叩かれたが、ぜんぜん痛くない。むしろかわいい。いつもだったらその言葉を伝えているが、今日はなんだか照れてしまう。アニャの雰囲気が、いつもと違うからだろう。

「イヴァン、どうしたの？　急に黙り込んで。もしかして、叩いたの、痛かった？」

アニャの顔が眼前に迫り、顔を素早く逸らしてしまう。

誤解を生まないように、正直に話したほうがいいだろう。でないと、アニャが気にしてしまう。

「あ、あの、なんていうか、今日のアニャが、きれいだから、俺……緊張、そうだ！　緊張しているんだと思う」

「な、なんで緊張するのよ」

なぜ、どぎまぎしてしまうのか。

これまでアニャには、気軽に「かわいい」と言っていたのに。

しばし考えたあと――ふと気づく。

アニャを十九歳の女性として扱ってはいたものの、見た目は十三歳から十四歳の少女である。脳内で混乱が生じていたのかもしれない。

「なんて説明したらいいのかな」

彼女のことは大好きだし、妻だと思って接していた。けれども、見た目の幼さから、一歩進んだ仲に進もうという意識が停止していたのかもしれない。

なんだか、悪い行為を働くような、罪の意識があったのだろう。

こうして化粧をしているアニャは、きちんとした大人の女性だ。子どもらしさは感じない。

「アニャは大人の女性なんだって、改めて思って」

これまで、子どもだと思って感情や行動をせき止めるものがあったと、正直に告げる。

頭の中ではわかっていたつもりだったが、そうではなかった。

一番、俺がわかっていなかったのだろう。

「でも、今はわかる。アニャは俺の妻で、子どもではないって」

アニャはうるんだ瞳で、「よかった」と呟く。どうやら、アニャを不安にさせていたようだ。

「私、ずっと、妻として見られていないのかと思っていたの」

「アニャ、ごめん」

眦に涙を浮かべるアニャを、ぎゅっと抱きしめた。

アニャは泣いたせいで、化粧が崩れてしまったらしい。川で顔を洗い、いつものアニャとなった。

「ごめんなさい。もしかしたら、イヴァンは子どもと結婚したとお友達に思われるかもしれないわ」

「気にしなくてもいいよ。アニャはアニャであることに変わりないから」

そんなことを話しつつ、下山した。

久しぶりのマーウリッツアである。相変わらず、のんびりとしている。

アニャに想いを寄せるカーチャや、カーチャに想いを寄せるノーチェに見つからないよう、アニャとふたり、頭巾を深く被った状態で村を歩く。完全に怪しいふたり組だが、これはトラブルを起こさないための自衛策なのだ。

「あ、そうだ。アニャ、時間があったらツヴェート様のところにも寄りたいね」

「いいわね。欲しい刺繍糸もあるし」

ミハルとツィリルは宿で待っていると話していた。もう到着しているだろうか。

「少し早いかなーって、アニャ、どうかしたの？」

「え？　あ、えっと……。緊張しているの。イヴァンのお友達と家族に会うから」

「緊張しなくても大丈夫だって。ミハルは実家が商売しているからか愛想がいいし、ツィリルは八歳の子どもだから」

「それでも、緊張するんだから！」

頬を染め、緊張した面持ちのアニャがかわいい。

いつもだったら本人に向かって「アニャ、世界一かわいい！」なんて言っているのに、なんだか恥ずかしくて言えない。アニャに対する気持ちに気づいてからというもの、逆にぎくしゃくしているような気がしてならなかった。

「イヴァンのほうこそ、おかしいわ」

「いや……なんていうか、アニャの緊張が移ったのかもしれない」

「何よ、それ」

ミハルやツィリルが待っているかもしれないから早く行こう。そう言って、アニャは手を差し出してくれる。

これまでになく、ドキドキしながらアニャの手を握った。手汗でびしょびしょな気もするけれど、こうしてアニャと手を繋いでいたら「幸せだな」としみじみ思う。

この時間が永遠に続けばいいのに。なんて考えていたら、背後から名前を叫ばれた。

「イヴァン兄～～～～～！」

振り返った先に、ツィリルがいた。全力で走ってくる。

「ツィリル！」

走ってきた勢いのまま、ツィリルは胸に飛び込んできた。想像以上の衝撃に、胃の中のものが戻ってきそうになったが、なんとか堪えた。

「イヴァン兄だ！　イヴァン兄だ――！」

「ツィリル、よく後ろ姿でわかったね」

「わかるよ！　ずっと、イヴァン兄の背中を見ていたんだから」

「そっか」

頭をぐりぐり撫でていると、嬉しそうに目を細める。ツィリルにかわいいと言うと怒るので、心の中でのみ思っておく。

「おい、ツィリル！　いきなり走るなよ。危ないな」

あとからやってきたのは、ミハルだった。

「ミハル！」

「おう、イヴァン。久しぶりだな」

感極まって両手を広げたが、ミハルは胸に飛び込んでこなかった。

「なんでお前と抱擁しなきゃいけないんだよ！」

「そうだった」

これは、おそらくマクシミリニャンの影響だろう。知らぬ間に、他人と抱擁を交わす癖がついていたようだ。

「それよりも、背中に隠している嫁さん、紹介してくれよ」

「別に隠しているわけじゃないんだけれど」

横にずれて、アニャを紹介する。

「彼女は、妻のアニャ。俺の、一つ年下で、十九歳」

俺もアニャも、ありえないくらい緊張していた。もしも、ミハルがアニャの見た目について何か言ったら、号泣してしまうだろう。

「よろしく。俺はイヴァンの大親友、ミハルだ」

「あ、えっと、よろしくお願いいたします」

ミハルはごくごく普通に挨拶し、会釈していた。アニャが幼いと、驚く様子はない。ホッと胸をなで下ろす。

「アニャ、こっちは甥のツィリル。実家の養蜂園では、よく仕事を手伝ってくれたんだ」

ツィリルを紹介すると、アニャは笑顔で挨拶してくれた。ツィリルの頬が、赤く染まる。いっちょ前に照れているようだ。

「ミハル、ツィリルも、お腹が減っているでしょう？　何か食べよう」

「賛成ー！」

「さすが、イヴァン。気が利くな」

村で唯一の食堂では、絶品のマス料理が提供される。煮付けにバター焼き、塩焼きにニンニク焼きと、調理方法も豊富だ。アニャは煮付けを、ミハルはバター焼き、ツィリルはニンニク焼き、俺はシンプルな塩焼きにした。

「いやー、まさか、イヴァンが妻帯者になるなんて、想像もしていなかったなー」

「俺も、結婚できるとは思っていなかった」

「する気がなかっただけだろうが！　お前、町の女の子に、モテまくっていたからな！」

「は⁉」

信じがたい顔でミハルを見るのと同時に、アニャがすさまじい顔をこちらに向ける。「ほら！　前に言ったじゃない！」みたいな表情で俺を見ていた。

「いや、モテていた覚えがないんだけれど」

「それは、お前が高速で町を歩いていたから、女の子が声をかけられなかっただけなんだよ」

「いやいや、ないない」

手をぶんぶん振って否定していたが、ツィリルも口を挟む。

「そういえば、養蜂園にイヴァン兄を訪ねてくる女の人が、何人かいたよ。でも、お祖母ちゃんや母さんたちが、そういう人は追い返せって言っていたからいつも、イヴァン兄はいませんって言ってたんだよね」

「何それ。ぜんぜん知らなかったんだけれど」

アニャの目つきが、だんだん鋭くなっていく。これまで散々、モテていたのはサシャのほうだけだと主張していたからだろう。

そんな状況で、ツィリルはさらなる爆弾を投下してくれた。

「あ、そういえば、ロマナ姉ちゃん、赤ちゃんができたんだってー」

隣に座るアニャのまとう空気が一瞬にして凍るのを、身をもって感じた。

ツィリルの発言後、マス料理が運ばれてきたので、ロマナの妊娠についての話は途切れた。

アニャも笑顔で食べていたものの、どこか空元気といった感じである。

ミハルはそれを察したのか、会話が途切れないように話を振ってくれた。

来て早々、気を遣わせてしまって申し訳なく思う。

食事が終わったあとは、ヴェーテル湖の周囲をのんびり歩く。途中でアニャがツィリルに水切りを披露していた。アニャが投げた石は、四回ほど水面を跳ねた。

「すげー‼」

ツィリルは大興奮し、やり方を教えてくれという。アニャは笑顔で、ツィリルに水切りを伝授していた。少し離れた場所で、ミハルと共に見守る。

「いやー、なんつーか、イヴァン、すまんかったな」

「何が？」

「嫁さんの前で、ツィリルがロマナの話をしてしまったから」

「ああ。ミハルのせいじゃないって」

「でも、事前に口止めすることもできたなって思ってさ」

「いいよ。子どもが、そこまで気を遣う必要なんてないし」

「そうだけどさ。あの雰囲気だと、嫁さん、ロマナの子がお前の子じゃないかと疑っているんじゃないか？」

「ミハルもそう思った？」

「思った」

やはり、何かを問い詰めたそうなアニャの鋭い視線は気のせいではなかったようだ。

「アニャに、ロマナについてきちんと説明していない俺が一番悪いよ」

「言ってなかったか」

「言ってなかったんだな」

「ま、言えないか」

「俺がうっかりロマナの名前を言わなければ、平和に過ごせたんだけれど。そういえば、ロマナはどうなった？」

ミハルは険しい表情になる。ひとまず、ロマナについては後回しにした。

「あ、そうそう。お義父様とアニャから、ミハルにお土産があるんだ」

「おー！」

ラズベリージャムを使って焼いた蕎麦のケーキと、鹿の角のナイフ。

「お、ケーキ、うまそう！　ちょっと甘いものが食いたかったんだ」

ミハルはケーキと鹿の角のナイフを掲げて、アニャに感謝の気持ちを伝えていた。

アニャは淡くはにかんで、会釈を返す。

「よし、いただこう」

ミハルはケーキを二等分にして一つをツィリルにとっておき、自分の分を食べきった。途中、口の中の水分を持っていかれたのか涙目になる。家から持ってきていた蜂蜜水を、分けてあげた。

「はー！　うまい！」

「お口に合ったようで、何より」

続いて、鹿の角のナイフを引き抜き「カッコイイじゃん！」と上から目線で評価していた。

「ケーキ、店に出せそうなくらいおいしかった。いいなー、イヴァンは。嫁さんから、ケーキを作ってもらえるなんて」

そんなことを呟きつつ、蜂蜜水を飲む。誤解があったようなので、指摘させてもらった。

「あ、ケーキを作ったのは、お義父様のほうだから」

「ぶはっ‼」

ミハルは口の中の蜂蜜水を噴き出す。天気がいいので、小さな虹が一瞬だけ浮かんだ。

「いや、にゃんにゃんおじさんお手製ケーキだったのかよ！」

「にゃんにゃんおじさんじゃなくて、マクシミリニャンのおじさんね」

そして、鹿の角のナイフはアニャ特製である。ふたりとも手先が器用なのだ。

「そっか。あのおじさん、菓子作りが上手いんだな。人は見た目によらない」

「そうそう」

それからしばし近況を語り合う。

ミハルのお祖父さんは、俺が出ていったと聞いて意気消沈していたらしい。しかし、ツィリルが手伝ってくれて、また元気よく漁に出かけているのだとか。

「ツィリルも、頑張っているみたいだ」

「そっか」

ミハルも、相変わらず実家に品物を届けているらしい。

「あそこも、変わったよ」

「男衆が働いているって手紙に書いてあったけれど、信じられないな」

「実際に見ても、信じられんぞ」

その中でも、サシャが働いているというのが驚きである。いったいどんな顔で作業しているのやら。一回見学に行きたい。

「問題のロマナだが――相変わらず修道院で生活しているらしい。子どもは養子に出すと言っているってさ」

「そうだったんだ」

てっきり、働くようになったサシャとよりを戻しているのかと思っていた。

「お前のお袋さんも気に掛けて、面会に行っているようだが、最近は顔も見せてくれないってぼやいていたな」

「何もかもうまくいくなんて、ないよね」

「そうだな」

ちなみに、サシャは復縁を望んでいるらしい。だが一方で、ロマナにはその気がない。サシャは子どもだけでも引き取りたいと望んでいたようだが、母は賛成しなかったという。気まぐれなサシャに子育ては無理だと判断したのだろう。

「なんか、ごめん。実家がいろいろ問題を抱えていて」

「イヴァン、実は、問題はロマナだけじゃないんだ」

「え、何？」

ミハルが鞄から何かを取り出す。差し出されたのは、実家で作っている蜂蜜だった。

「これ、ちょっと舐めてみてくれないか」

「あ、うん」

花畑養蜂園では売れ筋の、アカシアの花の蜜で作られた蜂蜜だ。口にする前に、蜂蜜を太陽にかざして透かし見る。

「なんかちょっと、濁っているような」

蓋を開けると、独特な臭いが漂ってきた。異臭とまでは言わないが、なるべく嗅ぎたくない類の臭いであった。

「うっわ。臭い」

「やっぱり、臭うよな？」

舐めなくても味は予想できるが——せっかくここまで持ってきてくれたので、いただく。

「やっぱりおいしくないね」

「だろう？　お客さんもそう言って、返品してくるんだ。困ったもんだよ」

なぜ、蜂蜜が臭くまずいのか。それは、巣箱の管理不足である。汚れた巣箱の中で蜂蜜が作られると、臭いを吸収してしまうのだろう。巣箱はなるべく清潔さを第一に。長く使わずに、新しい物と取り替えたほうがいい。

「多分、兄さんたちが巣箱を管理しきれなかったんだろうね」

「やり方が悪かったんだな」

花畑養蜂園の今年の蜂蜜はまずい。そんな噂話が流れ、売り上げは昨年に比べて三分の一以下だという。窮地に陥ってから、兄たちは俺の苦労に気づいたらしい。

「皆、口々に、イヴァン戻ってきてくれ〜なんて叫んでいるぞ」

「絶対に、実家に戻る気はないけれど」

「だよなー」

問題は尽きないようだ。なんというか、みんな頑張れ。

「そういやイヴァン、いい帯しているじゃないか」

「ああ、これね。アニャが作ってくれたんだ」

「へー」

ミハルはニヤニヤしながら俺を見る。

「イヴァン、お前、蔦の花言葉、知っているか？」

「〝結婚〟でしょう？」

「それだけじゃないんだよ」

ミハルの実家でも、帯を取り扱っている。そのさいに、蔦の帯はないかと求められるらしい。

「蔦のもう一つの花言葉は、〝永遠の愛〟なんだよ」

「あ――そう、だったんだ」

この帯には、アニャの想いが詰まっていた。なんだか、泣きそうになってしまう。

一生、この帯を大事にしよう。

会話が途切れたちょうどそのとき、ツィリルの投げた石が、湖で二回跳ねる。

ツィリルは跳び上がって喜んでいた。水切りを成功させたツィリルは、笑顔で戻ってくる。

「イヴァン兄、さっきの、見た？」

「見た、見た。天才じゃん」

「でしょう？」

短い間に、ツィリルはすっかりアニャと打ち解けたようだ。水切りを教わりつつ、いろんな話を聞いたらしい。

「でっかい山羊に乗って、崖を登っているんでしょう？」

「まあ……うん」

「いいなー！　見てみたい。イヴァン兄、カッコイイんだろうなー」

いや、決してカッコよくはない。今現在も必死で、毎回冷や汗をかいている。おそらく一生、慣れることはないだろう。ツィリルはキラキラした瞳で、こちらを見つめていた。夢を壊してはいけない。そう思って、笑ってごまかしておく。

「おれも、イヴァン兄とアニャ姉と一緒に、山で暮らしたい！」

「あー、いや、山の暮らしは、町より過酷だから」

「それでも、イヴァン兄と暮らしたい！」

ツィリルはしゃがんだ姿勢から、弾丸のように懐に飛び込んできた。受け止めきれず、ツィリルともども背後に倒れ込む。

「どわー！」

「わー！」

ツィリルは俺の腹の上で、楽しそうに笑っていた。その頭を、ぐしゃぐしゃに撫でる。

大人しくなったので、起き上がって顔を覗き込んだ。なんだか、シュンとしている。

「ツィリル。ねえ、どうしたの？」

「家に、帰りたくない」

「どうして？」

「だって、誰も、おれのことを見ていないんだ。みんなバタバタしていて、忙しそうで……。イヴァン兄はどれだけ忙しくても、おれと遊んでくれた。だから、寂しくなかったんだ」

ツィリルをぎゅっと抱きしめる。こんなに小さな体で、毎日孤独に耐え、養蜂園の仕事を頑張っていたのだろう。

「うーん、でもなー、せめて十三歳くらいになるまで、親元にいたほうがいいんだよなー」

親の愛情をたっぷり受けて、すくすく育ってほしい。

しかし、それは一般的な子どもに当てはまるもので、大勢の家族の中で暮らしているツィリルには当てはまらないのかもしれない。

　ちょっと待てよ。いっそのこと、うちで引き取って俺やアニャ、マクシミリニャンが愛情込めて育てたほうがいいのではないか。よくよく見たら、ツィリルはこの辺で見る子どもより痩せている。食事も満足に摂れていないのかもしれない。

　収入が減ったというので、この先もしかしたら食生活にも影響が出る可能性がある。

　小さな子どもが食事を我慢するような環境なんて、あってはならないだろう。それに、養蜂園の仕事が忙しくて、最近勉強もしていないと話していた。

　俺のところにいれば、学習も再開できるだろう。可能であれば、ツィリルを引き取りたい。

　しかしそれは、ひとりで決めていいものではない。

「アニャは、どう思う？」

「私は親御さんがいいと言うならば、問題ないわ。お父様も子どもが大好きだから、賛成するはず」

「そっか。ありがとう」

　問題があるとしたら、ツィリルの両親だろう。

「ツィリル、あまり期待はしないでくれると助かるんだけれど、俺やアニャと山に住む話を、ツィリルのお父さんとお母さんに聞いてみるから」

「え、いいの⁉」

「うん。まあ、断られるだろうけれど」

「それでも、嬉しい！」

　跳び上がって喜ぶツィリルを眺めていたら、子どもがいる生活もいいいな、なんて思ってしまう。

まあ、実際、子育ては大変なんだろうけれど。

「あ、ミハル、ごめん。身内の話ばかりしてしまって」

「いいって、気にするな。アニャさんに挨拶して、ツィリルをイヴァンに会わせるという任務を果たしにきただけだから」

「そっか」

一泊していくのかと思いきや、日帰りらしい。

「宿に集合とか言っていたから、てっきり一泊するものだとばかり」

「こう見えて、俺たちは忙しいんだよ。なあ、ツィリル」

「そうそう」

ツィリルの大人ぶった物言いに、笑ってしまったのは言うまでもない。

ひとまず、ツィリルにもお土産のナイフとマクシミリニャン特製のラズベリージャム、それから採ったばかりの蜂蜜を手渡す。アニャ特製、鹿の角のナイフをたいそう気に入ったようだ。

「ツィリル、それ、手もスパンと切れるから、扱いには気をつけるのよ」

「うん、わかった。ありがとう、アニャ姉！」

アニャ姉と呼ばれたアニャは、少し照れくさそうにしている。兄弟がいないので、姉と呼ばれるのは新鮮なのかもしれない。

馬車の時間となり、別れのときがやってきた。

「ツィリル、すぐに、兄さんに手紙を送るから」

「うん、待っているね」

手をぶんぶんと振り、馬車へ乗り込む。

「ミハル、ツィリルを連れてきてくれて、ありがとう」

「おうよ。またな」

「うん。冬くらいに、そっちに行くと思う」

「わかった」

ツィリルは窓を開け、見えなくなるまで手を振っていた。

兄は、ツィリルを引き取ることに対して、どういう反応を示すだろうか。

ふたりを見送ったあと、アニャを振り返る。

「アニャ、今日は、ツィリルと遊んでくれて、ありがとう」

「気にしないで。私も、楽しんでいたから。あなたがツィリルと話しているときにミハルさんが、イヴァンをお願いしますって、言っていたわ」

「ミハル、どこ視点からの言葉なんだよ」

「イヴァンのお兄さんみたいな口ぶりだったわ」

「同じ年なんだって」

今回、ミハルとツィリルに会って、思いがけない実家の近況を知ることができた。

いいことも、悪いこともあった。

アニャがもっとも気になるのは、ロマナについてだ。このまま黙っておくのも、不誠実である。

勇気を振り絞り、アニャに話しかけた。

「アニャ、あのさ」

「何?」

「ロマナについての話を、聞いてくれる?」

アニャの表情が強ばった。この問題から、逃げてはいけない。

アニャが歩きたいというので、ヴェーテル湖周辺をぶらぶら散歩する。エメラルドグリーンの湖は、美しい夏の山を映している。

途中、村人が漕ぐボートが通り過ぎ、湖面に波紋を残していった。ゆらり、ゆらりと、湖は揺れる。ヴェーテル湖はオクルス湖よりも大きく、歩いて一周するのは無謀だろう。どこかで、引き返さなくては。

アニャは俺と並んで歩かず、三歩ほど先を歩いていた。なんとなく背中から、並ぶなという圧を感じる。と、勝手な忖度をしていたら、アニャが振り返った。

「ツィリル、とってもかわいかったわ。ミハルさんは、感じがよくて話しやすかったし」

「そっか。よかった」

ぱちぱちと、二度瞬いただけで、アニャは涙目となる。いったいどうしたというのか。ギョッとしてしまった。

「え、アニャ、どうしたの?」

「私、イヴァンを、家族から奪っちゃったんだって思ったら、申し訳なくて」

「いやいや、俺は、望んでここにきたから。ごめん。ロマナのことだけじゃなくて、きちんと、家の事情も話していなかった」

たんぽぽが咲く湖のほとりに腰を下ろし、楽しくもない実家の事情を語って聞かせた。

「――そんなわけで、俺は独り立ちしようと思ったわけ。偶然にも、お義父様は養蜂をしているって話していたし、役に立つんじゃないかって思ったんだ」

選んだのは自分自身だ。マクシミリニャンに拐かされるようにして、ここに来たわけではない。

「だからね、アニャ。安心して」

「ええ、わかったわ」

そう返したものの、アニャの表情は晴れない。続いて、第二部だ。ロマナについて話さないといけない。アニャはロマナを意識している。俺との関係も、怪しいと疑っているのだろう。ここではっきり説明しておかなくては。

「それで、ロマナについてなんだけれど」

途端に、アニャの目つきが鋭くなった。そんな顔をしなくても……。

「ロマナが双子の兄サシャの妻で、俺の腰帯を作ったって話を以前したと思うのだけれど――」

身売りをしようとしていたロマナを拾い、家に連れ帰って実家の養蜂園で働けるように取り計らった。彼女は帰る家もなく、大家族が暮らす家の片隅に転がり込む形となったのだ。

「親の愛情を受けないで育ったロマナは、とにかく卑屈で、自分を大事にしなかった。だから、余計に気に掛けて、何言ってんだよって、バシバシ背中を叩いていたんだよね」

ロマナに対しての感情は、友達であるミハルとは違う。かといって、家族とも違っていた。

「恋でもなければ愛でもないし。う――ん、難しいな」

放っておいたら死んでしまいそうな儚さがあって、見放すことなんてできなかった。

「ごくごく普通の人になるまで、数年かかったかな」

それくらい、ロマナの心の傷は深く酷いものだったのだ。

「それから、ぼんやりしている間に、サシャとロマナの結婚が決まって。あー、いつの間にか仲良くなっていたんだなーって思っていたんだけれど」

「ロマナさんは、イヴァンのことが好きだったのね？」

「まあ、うん」

ロマナの気持ちに気づいたのは、ごくごく最近。ずっと、気づかずに過ごしてきた。

だから、俺と顔がそっくりだからサシャと結婚したとか、結婚したあとも好きだったとか、とんでもない話の数々を聞いて白目を剥いたくらいだ。

「ロマナの子の父親は、サシャだからね」

「うん、わかっている」

「本当に？」

追及すると、アニャは明後日の方を向いた。

「最初に聞いたときは、ちょっと疑ったけれど……冷静に考えたら、イヴァンが不誠実なことをするわけないと思って」

「そうそう。俺は誠実なの」

アニャに手を伸ばし、頬に触れる髪を耳にかけた。ハッと驚いた様子を見せていたが、嫌がっている感じではない。

「ねえ、アニャ。やっぱり、教会に行ってさ、結婚の誓いをしてこようよ」

「嫌！」

「どうして？」

「だって、だって――」

アニャの眦から、ポロリと涙が零れる。

また、泣かせてしまった。アニャの泣き顔は心臓に悪い。こんな顔はさせたくなかったのに。

「神様の前で誓ったら、それはもう、破棄することなんてできないから」

「破棄できないから、神様の前で誓うんでしょう？　ねえアニャ、どうして誓えないの？」

アニャは消え入りそうな声で囁く。神様の前で誓ったら、俺を縛り付けておくことになると。

「なるほど。だから、嫌だって言ったんだ」

がっくりと、うな垂れてしまう。教会で夫婦の誓いをしたくないとか、なんだか不可解な発言だと思っていたのだ。

「私は、嫌なの。イヴァンみたいな人が、山の奥地に縛られるのが。もっともっと、たくさんの人に必要とされて、きちんとした女性に愛されるべきだから……！」

神様の前で誓わなかった結婚は本物ではない。いつでも解消される、ままごとのようなものだと。けれどそれは、アニャの本心ではない。俺は彼女の本当の気持ちを知っている。

この蔦の帯が、紛れもない愛の証なのだ。

「アニャ、話をしよう」

提案するもアニャは泣くばかりで、こちらの言葉に応えてくれない。そんな彼女を抱き寄せ、耳元で囁く。

「アニャ、聞いて」

結婚式のときに、兄や義姉たちが誓っていた言葉は、一言一句覚えている。

それを、アニャに聞かせてやろうと思った。覚悟しておけ。そんなことを考えながら。

結婚するにあたり、教会で式を挙げることは大事な儀式とされている。これまで、大勢の兄たちの結婚式に出て祝ってきた。何回も何回も繰り返せば、手順も覚えてしまう。

「まず結婚するには、お互いの意思を確認しないといけない。アニャは俺と、結婚してくれますか？」

今更ながら、こんな質問をするのは恥ずかしい。けれど、ここでしっかり意思の確認をしておく必要があるのだ。

アニャは俯き、黙り込んだままだ。すかさず、アニャの両手を握って懇願する。

「アニャ、お願い。俺と結婚して！」

「でも……」

「心の底から俺が嫌いだったら、別に、そのまま黙り込んでいてもいいけれど」

「嫌いじゃないわ！」

アニャは強く否定する。だからといって、結婚を了承してくれたわけではないが。

「ここでアニャが結婚すると言ってくれないと、先に進めない」

彼女の気持ちはわかっている。けれども、言葉にすることが大事なのだ。

アニャをしっかり見つめ、心の内が伝わるように話しかける。

「俺はこの先、アニャ以外の女性と結婚する気はない。だからここでアニャが結婚を受け入れてくれなかった場合は、ああ生涯独身なんだな、で終わるだけ」

「そんな……わからないじゃない」

「あのね、アニャ。結婚したいと思える女性との出会いって奇跡なんだよ。そうそうあるわけではない」

これは、はっきり言い切れる。

結婚は、生涯に一度だけ。神の教えでは基本的にはそうなっている。

死別した場合は再婚も認められているが、ふたり目の妻を娶る人なんてこの辺りではそうそういない。

俺にとって、アニャこそが運命の相手。最愛の妻だ。

「イヴァンは、私のどこがいいの？　見た目は幼いままだし、子どもは生めないだろうし、色気もないし、山奥に住んでいるし」

「アニャ、止めて。自分を卑下しないで」

アニャがそんなことを口にするたび、知らないうちにアニャ自身を傷つけているのだ。

もう二度と、言って欲しくない。

「だって、だって、私——」

「俺は、明るくて、元気で、頑張り屋さんなアニャに惹かれたんだ。そんなアニャと夫婦になって、一緒にいたいと思った。それだけじゃ、ダメ？」

アニャは弾かれたように、顔を上げる。その顔は涙やら赤面しているやらで、ぐじゃぐじゃだ。

そんなアニャを、世界一愛おしいと思った。

だから、ありったけの勇気をかき集めて、結婚してくれと頼み込む。

「アニャ、俺を受け入れて。夫として選んで。お願い」

あとはひたすら、頭を下げるばかりだ。

アニャにとっても、俺が運命の相手でありますように。そう願いながら。

「イヴァン、私でいいの？」

「アニャがいいの」

「本当に、物好きで変な人……」

力なく握られるままだったアニャの手が、俺の手をぎゅっと握る。その瞬間、俺は顔を上げた。

アニャは、笑顔だった。

「イヴァン、私でよければ、妻に、してください」

「アニャ!!」

あまりの嬉しさに、アニャを抱きしめる。が、勢い余って、アニャを押し倒してしまった。

「きゃー!!」

「どわっ!!」

周囲はたんぽぽ畑だが、突然押し倒されたアニャは驚いただろう。すぐさま起き上がって、アニャに謝る。

「アニャ、ごめん!!」

「イヴァン、じゃれつく犬みたいだったわ」

そう言って、アニャはくすくすと笑う。

周囲のたんぽぽが、肩を揺らすアニャに合わせてゆらゆらと揺れていた。

その様子があまりにもかわいくて、アニャの頬にキスをした。

突然の行動に、アニャは硬直する。

「今、な、なんで、キスしたの？」

「愛おしかったから」

「なっ……！」

たんぽぽ畑に寝そべったままのアニャに接近し、結婚式の誓約を囁く。

それは、いかなる場合においても、手に手を取って協力し合い、苦難も幸せも、共に分かち合おうという言葉であった。

アニャはこくんと、頷いてくれた。

「俺も、アニャに、誓う」

アニャの耳元にあったたんぽぽを摘んで輪にし、指輪に見立てる。それをアニャの左手の薬指に嵌《は》めた。

「今は、こんなものしかないけれど」

「ううん、ありがとう。嬉しい」

いつか、銀の指輪をアニャに贈りたい。

「そうだわ。指輪は交換するのよね。私も」

アニャは起き上がり、たんぽぽを吟味し始める。その横顔があまりにも真剣で、笑ってしまった。

アニャは小ぶりのたんぽぽを選び、器用な手つきで指輪を作る。

そして、俺の指に嵌めてくれた。

「これで、私たちは夫婦？」

「いや、まだ最後の儀式が残っている」

それは、結婚式において、もっとも重要なものであった。

「そんなの、あったかしら？」

「あるよ」

アニャの耳元に、そっと囁く。すると、彼女の頬は、熟れたリンゴのように真っ赤に染まった。

結婚式において、もっとも重要な儀式。それは、誓いの口づけである。

これは、誓いの言葉を封じ込める大事な意味合いもあるのだ。

「え、キスって、唇と唇よね？」

「まあ、そうだね」

「ちょっと待って、心の準備をするから」

「どれくらいかかる？」

「一時間くらい？」

「あまりにも長い」

しかし、アニャの心の準備ができるまで、いつまでも待とう。

そう思っていたら、アニャが笑い始める。

「冗談よ」

そう言って、目を閉じた。

俺はアニャの肩を掴んで、そっと接近する。間近で見るアニャが、かすかに震えているのに気づく。きっと、心の準備なんてできていないのだろう。

「アニャ、俺の心臓の音、聞いてみて。やばいくらい、バクバクいっているから」

「え？」

アニャは言われたとおり、耳を傾ける。だが、何も聞こえなかったと、不服そうな目で見てきた。

「心臓の音というのは比喩でして、えーっと、こんな感じです」

アニャの手を取って、俺の胸に当てる。今度こそ、鼓動を感じたのだろう。ハッと目を見張った。

「イヴァンは、こういうのは慣れているのかと思っていたわ」

「キスするのも抱擁するのも、アニャ以外の女性にしたことなんてないから」

「そ、そうよね。ドキドキしているのは私だけかと思って、恥ずかしくなっていたの」

「俺もだよ」

アニャはホッとしたように微笑み、目を閉じた。

彼女のことは、絶対に幸せにする。そう心に誓い、ほんのちょっと触れるだけのキスをした。

今の俺には、これが精一杯である。

目を開いたアニャは、幸せいっぱいと言わんばかりの笑顔を浮かべていた。

この瞬間、俺たちは本当の夫婦となったのだ。

広い広い湖の前で、愛を誓った。

水面がキラキラと輝いている。きっと、祝福してくれているのだろう。

アニャとマクシミリニャンと暮らす幸せな毎日が、未来永劫《えいごう》続きますように。

そんなことを、願ってしまった。

書き下ろし番外編　心に花咲く、美しきアイダ

春から初夏までの流蜜期は、蜜蜂だけではなく養蜂家も繁忙期となる。

汗水垂らし、朝から晩まで働く。

これから暑くなると、病気にも罹りやすくなるので注意が必要だ。

今日も今日とて巣箱を覗き、異変がないか調べる。

雄蜂が多い場合は、心の中で謝罪しつつ引っこ抜いておく。罪もない幼虫を手に掛けるたびに、自分が極悪人のような気持ちになる。

ただ、養蜂家視点において雄蜂は、蜂蜜を作らないどころか、子育てもしない、穀潰《ごくつぶ》しなのだ。

こうして雄蜂の数を減らさないと、蜜蜂の巣全体が崩壊してしまう。

ちなみに雄蜂は何をするのかというと、女王蜂と交尾するだけだという。

あとは、何もせずにだらだらと過ごすだけ。

食べ物も、働き蜂に食べさせてもらうらしい。自分たちの力だけでは、生きていけないという。

雄蜂の入った巣の蓋を蜜刀で剥がしていると、ついつい実家の男共を思い出してしまう。

実家も、蜜蜂の群れ《コロニー》とまったく同じだ。男はだらだら過ごし、女ばかりがあくせくと働いていた。

カーストの頂点に立つ女王蜂《はは》や働き蜂《ぎりのあね》たちが、男共を管理しなかった。

蜜蜂の巣と同じように、いずれは崩壊していただろう。

ちなみに雄蜂は交尾に成功すると、生殖器官が取れて死んでしまうらしい。

兄たちも、そうなっていたら生活が楽だったのか。

なんて考えているところに、アニャが声をかけてくる。

「イヴァン、そっちの巣はどうだった？」

「雄蜂が多かったから、少なくしておいたよ」

「そう。ありがとう」

アニャは太陽のように微笑んだ。思わず、眩しいと思ってしまう。

彼女やマクシミリニャンは、周囲の愛情をおおいに受けて育った人たちなのだろう。

明るくて、朗らかで、心が清らかで私欲がない。一方で、俺はどこか捻くれているような気がした。さっきも、兄たちを亡き者にする妄想をしていたし。

「イヴァン、どうかしたの？」

「え、どうして？」

「なんか、表情が暗かったから」

「空気が薄いから、ちょっと疲れてしまったのかも」

「大変！　少し休憩しましょう」

アニャは俺の手を引き、木陰に連れて行ってくれた。そして、蜂蜜入りの水を飲ませてくれる。

「体調が悪かったら、無理して働くことはないのよ」

「ごめん」

「怒っているんじゃないわ」

「ごめん――じゃなくて、わかった」

アニャに「はー」とため息をつかれてしまう。申し訳ない気持ちでいっぱいになった。

「ねえ、イヴァン、何を考えているの？」

「何って、え、なんで？」

「あなたが、私の言葉をどういうふうに捉えて、何を考えているかを知りたいの」

「何って――俺みたいな男が夫で、アニャに申し訳ないな、と思ったんだけれど」

「どこをどう受け止めたら、そういうふうな考えに至るのよ」

「だって、ずっとそうだったから」

蜂蜜が思うように売れないのも、蜜蜂が死んでしまうのも、蜂蜜が悪くなってしまうのも、全部俺のせい――。

「俺自身、何も生み出せない。蜜蜂に助けてもらっているだけの、取るに足らない人間で――」

「バカ！　イヴァンの大バカ！」

またしても、アニャに怒られてしまう。

謝ろうと顔を上げたら、アニャがポロポロと涙を零しているのに気づいた。

どうすればいいのかおろおろしていたら、アニャが突然俺をぎゅっと抱きしめる。

「ア、アニャ!?」

「イヴァン、あなたは、何も、何も悪くないわ。イヴァンに酷いことを言う人は、どうにもならない物事を、あなたの責任にしてなすりつけているだけなの！」

「そう、なのかな？」

「そうなの!!」

後ろ向きになるなと、叱咤《しった》される。

いや、これは、アニャが俺を奮い立たせようとしているのだろう。だから、ごめんと謝ってはいけない。彼女の体を抱き返す。そして、耳元で囁いた。

「アニャ、ありがとう」

アニャは拳で背中を叩きながら、「あなたを悪く言う人がいたら、私が成敗するから！」と震える声で言ってくれる。

叩く力がけっこう強くて、俺がアニャに成敗されそうになっていたが、ぐっと我慢しておいた。


帰り道で、アニャが俺の顔を見て言う。

「そうだ！　イヴァン、家に帰ったら、いいものを見せてあげるわ」

「え、なんだろう？」

「あなたが作りだした、すばらしいものよ」

「俺が？」

いったい何を作っていただろうか。

以前アニャと作ったチーズか。それとも、蜜蝋で作った蝋燭のことか。

先日完成した、獣除けの柵でもないだろうし。

こうして振り返ってみると、いろいろ作っていた。

何も生み出せないと言った時、アニャが怒った理由がわかったような気がする。

思っていた以上に、後ろ向きな性格だったのだろう。

家に戻った瞬間、アニャに手を引かれる。

「イヴァン、早く、早く！」

走って向かった先は——畑。そこは一面、満開の白い花。

アニャは手を放し、振り返る。

「ねえ、イヴァン、きれいでしょう？」

「うん、きれいだ！」

アニャと一緒に春に植えた蕎麦の花《アイダ》が、一斉に咲いていたのだ。

「ねえ、イヴァン。蕎麦の花言葉を、知っている？」

「ううん、知らない」

アニャは背伸びをして、耳元でそっと囁いてくれた。

「〝喜びも悲しみも〟、〝あなたを救う〟。人生、きっと、意味のないことなんてないのよ。どんな経験も、イヴァンを助ける糧となる」

返事をする代わりに、涙が零れる。

この美しい蕎麦の花畑を、今、アニャとふたりで見ることができて、本当に幸せだ。

改めて、アニャの手を握って感謝の気持ちを伝える。

「アニャ、ありがとう」

アニャは微笑みながら、頷く。

来年もこうして手を繋ぎ、蕎麦の花を見たいと、強く望んでしまった。


（下巻へつづく）

特別企画

キャラクターデザイン公開

「養蜂家と蜜薬師の花嫁　上」のキャラクターデザインを一挙公開いたします！

キャラクターデザイン：笹原亜美

イヴァン

オクルス湖のほとりで代々養蜂業を営むイェゼロ家の十四番目の息子。十三番目の兄・サシャとは双子。灰色の髪、濃い青の瞳を持つ。

アニャ・フリバエ

豊富な蜂蜜の知識を持ち、蜂蜜を薬のように処方して人々を癒す「蜜薬師」。マクシミリニャンの娘。金髪碧眼の童顔美人。

マクシミリニャン・フリバエ

アニャの父。筋肉質で強面。娘の結婚相手を探すために山を下りて、イヴァンと出会う。元軍人。

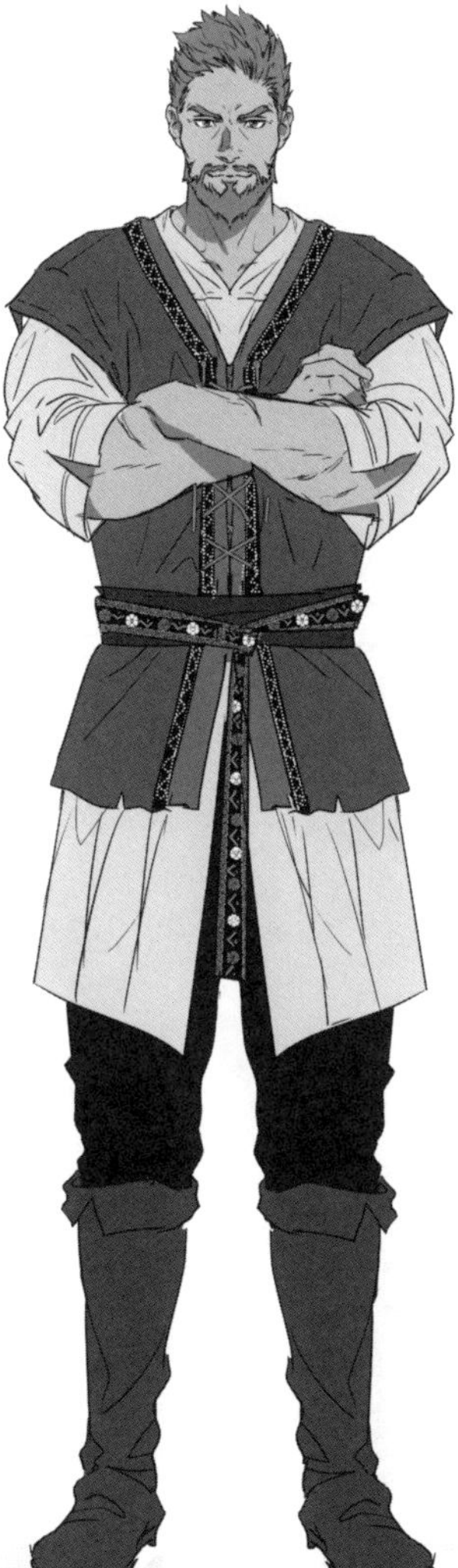

ミハル

イヴァンの親友。雑貨商の息子で、幼い頃からイェゼロ家に出入りしている。

ツィリル

イヴァンの五つ年上の兄ミロシュの息子。イヴァンに懐いている少年。

あとがき

はじめまして、江本マシメサと申します。『養蜂家と蜜薬師の花嫁　上』をお手に取っていただき、まことにありがとうございました。今作はデビュー五年間の集大成として書いた作品でした。こうして書籍の形として世に送り出せたことを、心から幸せに思っています。

今作は養蜂家を主人公にした、ライトノベルにしては珍しい作品ではないでしょうか。

物語にはこれでもかと「蜂蜜はすごい！」という展開が出てまいります。ですが、フィクションとして楽しんでいただくよう、お願い申し上げる次第でございます。

どの食品にも言えることなどですが、口にするもの、肌に触れるものにアレルギーはつきものです。食中毒も恐ろしいですよね……。

乳児は蜂蜜を食べることにより、乳児ボツリヌス症にかかることがあるそうで、ご注意ください。

この作品はたくさんの方々の協力を得て、一冊の本となりました。心から感謝しております。ありがとうございました。

そして、お手に取ってくださった読者様へ。お楽しみいただけましたでしょうか？

最後までお読みいただき、ありがとうございました。

養蜂家と蜜薬師の花嫁の下巻にて、再会できることを信じて……！

江本マシメサ

養蜂家と蜜薬師の花嫁　上

2021年9月16日 初版発行

【著　者】江本マシメサ

【イラスト】笹原亜美
【編集】株式会社 桜雲社／新紀元社編集部
【デザイン・DTP】株式会社明昌堂

【発行者】福本皇祐
【発行所】株式会社新紀元社
〒101-0054　東京都千代田区神田錦町 1-7　錦町一丁目ビル 2F
TEL 03-3219-0921 ／ FAX 03-3219-0922
http://www.shinkigensha.co.jp/
郵便振替　00110-4-27618

【印刷・製本】株式会社リーブルテック

ISBN978-4-7753-1946-8

※本書は、「小説家になろう」（http://syosetu.com/）に掲載されていたものを、改稿のうえ書籍化したものです。